Arthur W. Upfield

Todes-zauber

Kriminalroman

Aus dem Englischen von
Heinz Otto

GOLDMANN VERLAG

Die Originalausgabe erschien unter dem Titel
»The Bone is Pointed«

Umwelthinweis:
Alle bedruckten Materialien dieses Taschenbuches
sind chlorfrei und umweltschonend.
Das Papier enthält Recycling-Anteile.

Der Goldmann Verlag
ist ein Unternehmen der Verlagsgruppe Bertelsmann

Neuausgabe 6/96

Umschlaggestaltung: Design Team München
Umschlagfoto: SV Bilderdienst/Heidt
Druck: Elsnerdruck, Berlin
Krimi 2111
AB · Herstellung: sc
Made in Germany
ISBN 3-442-02111-1

5 7 9 10 8 6

I

Genau wie damals!

Dieser Gedanke ließ sie nicht los. Es war, als wollte sie ein Quälteufel immer wieder an jenen verhängnisvollen Abend vor zwölf Jahren erinnern.

Fast auf den Tag genau hatte Mary Gordon vor zwölf Jahren auf ihren Mann gewartet, war unruhig in der schönen Wohnküche der Meena-Station umhergewandert. Die Uhr auf dem Kaminsims schlug die Viertelstunden – genau wie an jenem Abend vor zwölf Jahren. Damals hatte der Kalender den neunzehnten April angezeigt – heute verkündete er den achtzehnten. Genau wie in jener Unglücksnacht trommelte der Regen auf das Wellblechdach. Das monotone Dröhnen zerrte an Mary Gordons Nerven, denn es übertönte das Geräusch, auf das sie so sehnlich wartete: den Hufschlag sich nähernder Pferde.

Die Uhr schlug achtmal.

Der Tisch war für drei Personen gedeckt. Das Essen stand in der Backröhre des Herdes. Acht Uhr. Seit zwei Stunden war das Abendessen fertig!

Vor zwölf Jahren war Mary Gordons Mann nicht mehr nach Hause gekommen. Würde ihr Sohn John heute abend ebenfalls nicht nach Hause kommen?

Die Frau war zu unruhig, um sich zu setzen, um zu lesen oder zu nähen. Der Regen trommelte auf das Blechdach, rauschte in den Blättern der beiden Orangenbäume, die vor der Veranda standen, prasselte auf die Dächer der Nebengebäude. Kurz nach Mittag hatten sich aus Nordwesten schwarze Wolken herangeschoben, und es war früh dunkel geworden.

Was mag die beiden nur aufhalten? dachte Mary Gordon.

Sie stand in der offenen Tür der großen Wohnküche und lauschte angestrengt, doch kein Hufschlag war zu hören, nur das monotone Rauschen des Regens. Endlich, nach langen, heißen Sommermonaten, war dieser Regen gekommen. Sie hatte ihn mit freudiger Erregung begrüßt, hatte die warme, feuchte Luft tief eingesogen, hatte lange auf der Westveranda gestanden und zugesehen, wie die dicken Tropfen in den ausgetrockneten Meenasee fielen.

Genau wie damals!

Vor zwölf Jahren hatte sie ebenfalls in der Tür gestanden, hatte auf den Hufschlag gelauscht, aber nur das Rauschen des Regens vernommen. Stunde um Stunde hatte sie gewartet, bis der neue Tag grau heraufgekrochen kam. Damals hatten vier Leute auf der Station gearbeitet. Sie hatte sie geweckt, hatte ihnen Frühstück gegeben und sie mit zwei Eingeborenen auf die Suche nach ihrem Mann geschickt. Er hatte unter seinem Pferd gelegen, das sich in einem Kaninchenbau ein Bein gebrochen hatte. Sie hatten ihn nach Hause gebracht – naß und kalt, mit Schlamm bespritzt. Jetzt aber arbeiteten lediglich ihr Sohn und Jimmy Partner auf Meena, und beide waren irgendwo draußen in Dunkelheit und Regen, während sie längst hätten zu Hause sein sollen.

Vielleicht machte sie sich auch unnötige Sorgen. Ihr Mann war damals allein losgeritten, um auf der Südweide nach dem Vieh zu sehen. John hingegen war mit Jimmy Partner unterwegs, wollte die Schafe auf der Ostweide kontrollieren. Wenn John etwas zustoßen sollte, würde ihm Jimmy Partner helfen. Es mußte ja auch nicht unbedingt ihrem Sohn etwas passiert sein, genauso gut konnte Jimmy Partner verunglückt sein. Sie verstand einfach nicht, was die beiden so lange aufhielt – vor allem, da es seit zwei Uhr immer heftiger regnete!

Mary Gordon war groß und hager, in ihrem Gesicht hatten sich tausend feine Fältchen eingegraben. Ihr schütteres Haar war fast weiß, aber die grauen Augen blickten noch immer groß und ausdrucksvoll.

Sie hatte es nicht leicht gehabt, doch die Liebe von Mann und Sohn hatten sie entschädigt für die schweren Jahre, die sie als Tochter eines Fuhrmannes durchmachen mußte. Sie hatte ihren Vater auf dem Ochsengespann begleitet, hatte für ihn gekocht und oft am Morgen die Ochsen einspannen müssen – ja manchmal lenkte sie sogar das Gespann, wenn der Vater betrunken hinten auf dem Wagen lag. Nachdem er schließlich unter den Rädern seines eigenen Fuhrwerks den Tod gefunden hatte, war Mary als Hausangestellte auf die Viehstation gegangen, bis John Gordon sie heiratete und mit nach Meena nahm, dem von ihm gepachteten hundertzwanzigtausend Hektar großen Weidegut.

Als John Gordon tödlich verunglückte, wurde er auf dem kleinen Friedhof der Station neben John I. zur letzten Ruhe gebettet. John III. war damals sechzehn Jahre alt und ging in Adelaide zur Schule. Er kam sofort nach Hause und bestand darauf, die Schafzucht zu erlernen.

Genau wie damals!

Aber nein! Es durfte nicht sein! Warum nur kamen die beiden nicht nach Hause?

Mary konnte die Untätigkeit nicht länger ertragen. Sie streifte den Regenmantel über, zündete die Sturmlaterne an, dann überquerte sie die Veranda, ging den nassen Aschenweg des kleinen Gartens entlang und öffnete die Tür in dem niedrigen Zaun. Hier war das Dröhnen des Regens auf dem Blechdach nicht mehr zu hören. Das Wasser rann an ihrem Mantel herab, von den Bäumen, ihre Hände wurden naß, ihr Gesicht. Doch außer dem Rauschen des Regens vernahm sie nichts, keinen Hufschlag, nicht das Knarren von Sattelzeug, nicht das ungeduldige Schnauben eines Pferdes.

Sie überquerte einen freien Platz und betrat die Arbeiterunterkunft. Im ersten Raum befanden sich ein rohgezimmerter Holztisch, eine Bank und einige Kisten, die als Sitzgelegenheiten dienten. Auf dem Tisch lagen Illustrierte und ein Kartenspiel, daneben stand eine Sturmlaterne. Im Hinterzimmer waren zwei Betten aufgestellt, aber nur eins war bezogen, die Decken unordentlich zurückgeschlagen. Dieses Bett gehörte Jimmy Partner.

Obwohl der Raum von einem Eingeborenen bewohnt wurde, war die Luft frisch und sauber. Jimmy Partner war eben ein ungewöhnlicher Eingeborener.

Mary Gordon trat wieder hinaus in den Regen, eilte durch die beklemmende Finsternis zum Tor im Drahtzaun, der alle Gebäude der Meena-Station umschloß. Zu ihrer Rechten dehnte sich – in der Dunkelheit nicht sichtbar – der See. Dreimal hatte sie nun schon erlebt, wie er austrocknete und sich wieder mit Wasser füllte, wie er Fischen und Vögeln Heimat bot. Sie passierte das Tor, folgte dem Pfad, der sich zwischen den Buchsbäumen, die das Seeufer säumten, hindurchwand. Im Schein ihrer Sturmlaterne glühten die Augen der Kaninchen auf, und die Tiere hoppelten eilfertig zur Seite, wurden von der Dunkelheit verschluckt. Der Regen nahm auch ihnen alle Futtersorgen.

Plötzlich verlöschte die Laterne. Es kam völlig unerwartet, denn es war windstill. Wie schwarzer Samt senkte sich die Finsternis vor Mary Gordons Augen. Verwirrt blieb sie stehen, lauschte auf den Regen, der in den Zweigen rauschte.

Aber Mary wußte auch so, wo sie sich befand. Dieser Pfad war von nackten Eingeborenenfüßen getrampelt worden und verband das Camp mit dem Farmhaus. Sechzig Jahre war dieser Trampelpfad nun alt. Langsam gewöhnten sich Marys Augen an die Dunkelheit. Sie konnte den Pfad zwar auch jetzt nicht sehen, aber sie richtete sich nach den Bäumen und tappte weiter.

Nach fünf Minuten glühten vor ihr die Bäume rötlich auf. Sie näherte sich dem Eingeborenencamp. Wenige Sekunden später konnte sie die glimmenden Feuerstellen erkennen. Vor einer der aus Säcken und Bambusgras errichteten Hütten loderte ein helles Feuer, an dem sich zwei Eingeborene gegenüberstanden. Sonst war niemand zu sehen.

Der Neger, der mit dem Rücken zur Hütte stand, war von kleinem Wuchs. Das gute Leben hatte ihn fett werden lassen, doch seine Beine waren erstaunlich dünn. Das Haar und der struppige Bart waren weiß. Sein Äußeres verriet keineswegs, welche Macht er über den Stamm der Kalchut besaß, denn Nero war ein Diktator.

Den zweiten Eingeborenen erkannte Mary ebenfalls sofort. Er war einsachtzig groß, trug Reitstiefel und ein weißes Baumwollhemd. Er hatte die Arme verschränkt und war so erhitzt, daß er im Regen dampfte. Als Mary Gordon ihn erblickte, zögerte sie. Jimmy Partner war mit ihrem Sohn unterwegs, und auf die Rückkehr der beiden wartete sie die ganze Zeit.

Warum, um alles in der Welt, mochte er um diese Zeit mit Nero sprechen? Um neun Uhr befand sich normalerweise kein Eingeborener mehr außerhalb seiner Hütte. Es mußte also etwas passiert sein, wenn Jimmy Partner bei strömendem Regen um neun Uhr abends ins Lager eilte und Nero aus seiner Hütte holte.

Kaum eine zweite Frau im Westen von Queensland kannte die Eingeborenen besser als Mary Gordon. Für sie waren die Schwarzen weder Kinder noch Halbidioten oder Wilde. Sie hatte Jimmy Partner im eigenen Haus aufgezogen, er war ihrem Sohn wie ein Bruder. Er gehörte zum Stamm der Kalchut, hatte die Reiferiten empfangen, und doch wohnte er in der Arbeiterunterkunft, aß mit ihr und John an einem Tisch. Er erhielt seinen gerechten Lohn, sie hatte ihm stets unumschränkt vertrauen können, und er war ihr immer treu ergeben gewesen. Am frühen Morgen war er mit John losgeritten, um die Zäune der Ostweide zu kontrollieren. Nun stand er um neun Uhr abends hier und sprach mit Nero. John aber war noch nicht zu Hause.

Während sie auf das Feuer zuging, traf es sie wie ein Donnerschlag: Jimmy Partner suchte Neros Hilfe, genau wie sie selbst! Nero sollte ihm helfen, nach ihrem Sohn zu suchen. John war also verletzt, vielleicht sogar tot.

Genau wie damals!

Sie rannte los, starrte auf Jimmy Partner, dessen Gesicht Besorgnis verriet. Seine Worte überstürzten sich, aber er sprach leise und gestikulierte lebhaft mit der Rechten. Nero schien lediglich zuzuhören. Sein Gesicht konnte sie nicht sehen, er hatte ihr den Rücken zugewandt, aber er nickte immerfort.

Die Hunde witterten die Frau, stimmten ein wütendes Gebell an. Die beiden Eingeborenen traten vom Feuer zurück, blickten sich lauschend um. Da hatte Jimmy Partner auch schon die Frau entdeckt, lief ihr mit langen Schritten entgegen.

»John! Was ist mit John?« rief Mary keuchend.

Jimmy Partner hatte das Lagerfeuer nun im Rücken, so daß sie seinen Gesichtsausdruck nicht erkennen konnte. Nur das Weiß seiner Augen leuchtete.

»Ach, Johnny Boss ist all right, Missis«, erwiderte er mit einer Stimme, die tiefer und melodischer war als die der meisten Eingeborenen. »Er treibt eine Schafherde aus der Ostweide, weil der Regen den tiefergelegenen Teil in einen Sumpf zu verwandeln droht. Mich hat er nach Hause geschickt. Es ist alles in Ordnung, Missis.«

Es schoß ihr heiß durchs Herz, eine Zentnerlast war von ihr genommen. Ihre Beine gaben nach, sie taumelte und wäre zweifellos zu Boden gesunken, hätte Jimmy Partner sie nicht mit seinen kräftigen Armen aufgefangen.

»Aber ich sage Ihnen doch, Johnny Boss ist all right, Missis«, wiederholte er mit Nachdruck. »Er muß jeden Augenblick nach Hause kommen. Wir haben den ganzen Nachmittag kleinere Herden aus den Channels weggetrieben.«

»Ja!« rief Mary erregt. »Aber warum hast du mir nicht Bescheid gesagt, Jimmy? Was treibst du hier, wenn du weißt, daß das Essen kalt wird und ich mir Sorgen mache?«

»Ach, Missis, ich habe überhaupt nicht daran gedacht. Heute morgen fanden wir am Schwarzen Tor eine Nachricht für Nero. Mitterloo wünscht, daß der Stamm zum Dep Well kommt. Die alte Sarah ist krank und stirbt wahrscheinlich. Da bin ich nach Hause geritten und habe Nero Bescheid gesagt. Der Stamm macht sich gleich morgen früh auf den Weg. Gehen Sie jetzt lieber nach Hause, Missis. Ich komme auch. Vielleicht ist Johnny Boss bereits da. Moment, ich will Ihnen noch die Laterne anzünden.«

Gott sei Dank! Ihr Gefühl hatte sie getrogen – die Ereignisse wiederholen sich nicht. Sie betrachtete Jimmy Partners dünnes Hemd, das ihm naß am Körper klebte.

»Du machst jetzt, daß du nach Hause kommst!« Ihre Stimme klang wieder wie früher, als John und Jimmy in jungenhafter Unbekümmertheit glaubten, eine unverwüstliche Gesundheit zu besitzen. »Wie üblich keinen Hut auf dem Kopf! Und keine Jacke, nur einfach das Hemd über dem Trikot. Und dann stellst du dich auch noch hier in den Regen!«

»Keine Sorge, Missis. Ich hole jetzt mein Pferd und bin vielleicht noch vor Ihnen zu Hause.«

Nero war in seiner Hütte verschwunden, die Hunde hatten sich beruhigt. Mit der brennenden Laterne konnte Mary rascher ausschreiten. Als sie das Tor des Drahtzaunes hinter sich schloß, sprangen zwei Hunde auf sie zu. Freudentränen schossen ihr in die Augen, denn es waren Johns Hunde. Vom Sattelplatz herüber klirrten Steigbügel. Sie rannte los, und laut bellend sprangen die Hunde um sie herum.

»John!« rief sie schon von weitem. »O John! Ich habe mir solche Sorgen gemacht. Ich dachte, du – du wärst gestürzt und lägst verletzt im Regen.«

Die schlanke Gestalt ihres Sohnes löste sich von dem Pferd, das sich schüttelte und zu dem Trog beim Windrad trabte. Dann hielt sie John im Arm.

»Es ist alles in Ordnung, Mutter!« beruhigte er sie. »Ich wollte unbedingt noch die Schafe aus den Channels treiben. Das ist ein Regen! Es müssen schon fünfundzwanzig Millimeter gefallen sein. Hoffen wir, daß es weiterregnet und sich der See ganz füllt.«

Dumpfer Hufschlag näherte sich. Jimmy Partner sprang aus dem Sattel, noch bevor das Pferd stand. Dann löste er mit geschickten Griffen den Sattelgurt.

»Ich habe Nero die Botschaft vom Schwarzen Tor ausgerichtet«, meldete er.

»Ach«, John Gordon blickte auf, dann fügte er rasch hinzu: »Richtig, die Botschaft! Gut, Jimmy. Der Stamm bricht also gleich morgen früh nach Deep Well auf. Die alte Sarah liegt im Sterben. Sie muß die älteste Lubra unter den Kalchut sein. So, nun wasch dich und zieh dir trockene Kleidung an. Hast du noch saubere Sachen?«

»Ja, Johnny Boss.«

Mutter und Sohn gingen Arm in Arm hinüber zum Haus.

»Tut mir leid, daß ich so spät komme«, meinte John. »Als ich heute morgen losritt, konnte ich ja nicht ahnen, daß es Regen gibt. Wenn ich die Schafe in den tiefgelegenen Channels gelassen hätte, würde ich heute nacht kein Auge schließen können.«

»Ich habe mir solche Sorgen gemacht, mein Lieber«, klagte seine Mutter. »Ich mußte immer wieder an den schrecklichen Abend vor zwölf Jahren denken.«

John drückte seine Mutter fest an sich.

»Ich weiß«, sagte er leise. »Du machst dir immer gleich Sorgen. Du steckst zuviel mit den Schwarzen zusammen, vor allem mit den Lubras. Nun glaubst du schon an Gespenster. Weil Vater verunglückt ist, bildest du dir ein, es könnte mir genauso ergehen. Sei doch ehrlich, das ist doch alles Unsinn! Ich bin gesund und munter, wir haben endlich Regen, und es sieht so aus, als würde es die ganze Nacht weiterregnen. Vielleicht regnet es sogar eine ganze Woche lang und wir haben Futter und Wasser auf Jahre hinaus. Ich wüßte wirklich nicht, worüber wir uns Sorgen machen sollten. Wir hätten viel eher allen Grund, einen Freudentanz aufzuführen.«

Mary Gordon ging in die Küche, sah nach dem Feuer und dem Essen, legte trockene Sachen auf das Bett ihres Sohnes, summte fröhlich vor sich hin. Doch als John schließlich in die Küche kam, fuhr sie erschrocken auf, denn sie bemerkte die blaue Strieme an seinem Hals.

»Ach, das ist nicht weiter schlimm«, erklärte er rasch. »Tut überhaupt nicht weh. Ich ritt im Dunkeln unter einem Mulgabaum hindurch, da schlug mir ein tiefhängender Ast gegen den Hals. Es ist überhaupt nichts passiert, und deshalb besteht auch kein Grund zur Sorge. Also, was gibt es zu essen? Ich habe Hunger, und da kommt auch schon Jimmy Partner.«

Ihr Gesicht hellte sich auf, aber sie holte doch die Flasche mit dem Liniment und gab keine Ruhe, bis sich John den Hals eingerieben hatte.

Als sie am Tisch Platz nahmen, regnete es immer noch.

2

Das Tagwerk von Bill dem Wetter begann um sieben. Dann ritt er hinaus auf die Pferdekoppel und holte die Arbeitstiere herein, die von den Viehhirten der riesigen Karwir-Station benötigt wurden.

Bill der Wetter war ein kleines Männchen. Das spärliche Haar vermochte den riesigen Schädel nicht zu bedecken. Die lange Nase zerteilte den ingwerfarbenen Bart, dessen Enden traurig nach unten hingen, doch die wäßrigblauen Augen verrieten, daß der Mann die Hoffnung auf eine bessere Zukunft noch nicht aufgegeben hatte.

Am Morgen des neunzehnten April rasselte wie an jedem Werktag der Wecker, und als Bill der Wetter aufwachte, merkte er sofort, daß der Regen nicht mehr auf das Blechdach trommelte. Die Arbeitspferde wurden also gebraucht.

Außer den beiden Köchen mußte nur noch er so zeitig aufstehen. Leise fluchend machte Bill der Wetter sich auf den Weg zum Stall, hinter dem sich labyrinthartig die Viehpferche dehnten, um sein Pferd zu satteln. Da bemerkte er plötzlich den schwarzen Wallach, der gesattelt und gezäumt hinter dem Tor der Straße nach Opal Town stand.

»So was!« brummte er. »Das ist doch Andersons Gaul. Ha! Dann gewinne ich meine zwei Pfund vielleicht doch noch.«

Der Knecht bog von dem Weg, der zum Stall führte, ab und ging zum Gattertor. Er legte die Arme auf die Querlatte, und während er das Tier betrachtete, glitt ein Lächeln über sein Gesicht.

»So so!« sagte er laut. »Du bist also ohne unseren ehrenwerten Mr. Jeffery Anderson zurückgekommen. Ich hoffe nur, daß er sich das Genick gebrochen hat. Dann gewinne ich nämlich zwei Pfund, und der ehrenwerte Mr. Anderson hat seine gerechte Strafe für das, was er mir angetan hat.«

Bill der Wetter drehte sich um und ging zu der Tür im Bambusgraszaun, der das Herrenhaus umschloß. Er rieb sich die Hände, pfiff fröhlich vor sich hin. Es gehörte zu seinen Pflichten, den Garten zu pflegen und die Fenster des geräumigen Hauses zu putzen. Deshalb wußte er auch, welches Zimmer Eric Lacy bewohnte.

Bill der Wetter klopfte kräftig ans Fenster, das gleich darauf hochgeschoben wurde. Zwei braune Augen unter einem zerzausten Rotschopf tauchten auf.

»Der Schwarze Kaiser steht vor dem Grünsumpf-Tor«, meldete der Knecht und rieb sich die Hände. »Er ist gesattelt, der Lunchsack scheint leer zu sein. Ich habe keine Spuren entdecken können, daß Mr. Anderson das Tier dort hat stehen lassen und auf sein Zimmer gegangen ist. Es sieht vielmehr so aus, als ob der Schwarze Kaiser allein zurückgekommen ist.«

»Warten Sie, Bill«, erwiderte der junge Mann energisch. »Ich bin gleich bei Ihnen.«

Fünf Sekunden später trat der junge Lacy aus dem Haus. Er hatte einen blauen Morgenmantel, der mit roten Biesen besetzt war, übergeworfen. Der junge Mann war mittelgroß, aber kräftig. Seine Füße steckten in gelben Hausschuhen. Bill der Wetter rieb sich ununterbrochen die Hände und pfiff vergnügt vor sich hin. Als die Gartentür hinter den beiden Männern ins Schloß fiel, musterte der junge Lacy den Knecht.

»Ist Ihnen eigentlich nicht in den Sinn gekommen, daß Mr. Anderson vielleicht schwer verletzt draußen auf der Grünsumpf-Weide liegt?« fragte er. Er war fünfundzwanzig Jahre alt, wirkte aber wie neunzehn.

»Ganz recht!« erwiderte Bill der Wetter. »Ich habe zwei Pfund gewettet, daß er sich eines Tages das Genick bricht, und ein Pfund, wenn er so zugerichtet wird, daß er nach St. Albans ins Krankenhaus muß. Immerhin habe ich durch den vermaledeiten Regen verloren, da möchte ich wenigstens durch Mr. Anderson etwas verdienen.«

»Wahrscheinlich würden Sie sogar um Ihr eigenes Begräbnis wetten, wie?«

»Jederzeit, Mr. Lacy. Ich wette fünf Pfund, daß Sie von uns beiden zuerst sterben. Wir können das Geld ja in einen Umschlag stekken und im Büro in den Safe schließen. Der Gewinner erhält ihn dann, wenn es soweit ist.«

»Mein Gott, Mann! Sie sind der reinste Leichenfledderer.«

Sie erreichten das Gattertor an der Straße, die zur Grünsumpf-Weide und nach Opal Town führte. Bill der Wetter öffnete es einen Spalt, daß sie hindurchschlüpfen konnten, dann schloß er es sofort wieder. Der schwarze Wallach starrte ihnen aus großen Augen entgegen. Er hatte die Ohren zurückgelegt und stand steifbeinig und reglos da. Ein wunderschönes Tier, und doch hatte es den Teufel im Leib. Ohne zu zögern, trat der junge Lacy an das Pferd und faßte die Enden der zerrissenen Zügel.

»Hatte der Schwarze Kaiser nicht ein Lasso am Hals, als Mr. Anderson gestern morgen losritt?« fragte er.

»Keine Ahnung. Aber gewöhnlich hat er diesem lieben Täubchen ein Lasso umgelegt.«

Die beiden Männer musterten das Pferd sorgfältig.

»Lediglich die Zügel scheinen kaputt zu sein«, meinte Bill der Wetter schließlich. »Er hat Mr. Anderson runtergeschmissen, dann ist er wahrscheinlich auch noch umgekehrt und hat ihn mit Zähnen und Hufen bearbeitet. Na schön! Früher oder später mußte es ja so kommen. Ich wette ein Pfund, daß Mr. Anderson kalt und steif ist.«

»Sie mögen Mr. Anderson nicht, Bill, wie?« Es war mehr eine Feststellung als eine Frage. Der junge Mann blickte in den Lunchbeutel, in dem die zusammengefaltete Serviette lag, mit der das Essen eingewickelt gewesen war.

»Oh, wenn ich durch ihn zu Geld kommen kann, mag ich ihn durchaus. Im übrigen aber hege ich keine zärtlichen Gefühle für ihn.«

»Hm – hat keinen Sinn, länger hierzustehen. Bill, holen Sie die Pferde. Ich bringe inzwischen den Schwarzen Kaiser auf die Nachtkoppel und sage dem Boss Bescheid.«

»In Ordnung, Mr. Lacy. Aber schicken Sie mich lieber nicht mit dem Suchtrupp los. Wenn ich Mr. Anderson finden sollte, würde ich nämlich die Augen schließen und weiterreiten.«

»Sie altes Ekel«, murmelte der junge Mann, brachte den Wallach auf die Koppel und kehrte ins Haus zurück.

Er fand seinen Vater auf dessen Zimmer. Der alte Lacy trank Kaffee, dann wollte er sich anziehen und den Männern, die vor dem Büro auf ihn warteten, die Arbeit zuteilen. Trotz seiner siebzig Jahre war er eine imposante Erscheinung.

»Schon etwas von Jeff zu sehen?« fragte er mit seiner vollen Stimme und blickte seinen Sohn durchbohrend an.

»Nein, aber Bill fand den Schwarzen Kaiser. Er stand vor dem Tor zur Grünsumpf-Weide. Ich habe ihn gerade auf die Nachtkoppel gebracht. Das Tier ist unverletzt, lediglich die Zügel sind an der Schnalle gerissen. Jeff ist nicht in seinem Zimmer. Wahrscheinlich liegt er verletzt irgendwo draußen.«

Der alte Lacy strich sich mit den Fingern der Linken über seine römische Nase, in der Rechten hielt er die Kaffeetasse. Seine klaren Augen verrieten Entschlußkraft.

»Hm! Jeff scheint langsam kindisch zu werden«, meinte er. »Ich werde mir das Pferd ansehen. Zum Teufel! Jetzt hat Jeff unseren ganzen Tagesplan über den Haufen geworfen.«

Der junge Lacy nickte und ging in die Küche, wo ihm das Hausmädchen eine Tasse Tee einschenkte.

»Mr. Anderson ist nicht auf seinem Zimmer, Mr. Lacy«, sagte sie.

»Ich weiß, Mabel. Sein Pferd ist zurück. Mr. Anderson scheint verunglückt zu sein. Hast du Miss Lacy schon Tee gebracht?«

»Ja. Sie wollte wissen, ob Mr. Anderson in der Nacht zurückgekommen sei.«

»Dann sage ihr rasch, daß das Pferd ohne ihn zurückgekommen ist.«

»Können wir gehen?« rief der alte Lacy von der Halle, und der junge Mann begleitete seinen Vater zur Nachtkoppel. Der alte Herr ging um das Pferd herum und musterte es aufmerksam. »Es muß den Reiter abgeworfen haben, lange, bevor der Regen aufgehört hat. Es ist überhaupt nicht schlammbespritzt. Hast du eine Ahnung, wann es zu regnen aufhörte?«

»Nein. Ich habe erst nach ein Uhr das Licht gelöscht, da hat es noch geregnet.«

Der alte Lacy inspizierte das Pferd noch einmal.

»Hm«, meinte er. »Dann wollen wir uns mal die Spuren vor dem Gattertor ansehen.«

Zwei Tore führten durch den Drahtzaun, der parallel zum Bach verlief. Die Sonnenstrahlen funkelten in den Pfützen, die sich in den Lehmkuhlen und Wagenspuren angesammelt hatten. Ein zweiter Zaun, er trennte die Grünsumpf-Weide von der Nordweide, dehnte sich bis an den Horizont. Die beiden Männer passierten das Tor und blieben auf der Straße nach Opal Town stehen.

»Der Schwarze Kaiser ist bereits hier gewesen, bevor der Regen aufgehört hat«, stellte der alte Herr fest und betrachtete aufmerksam den Boden. »Hier, die Spuren sind vom Regen fast ausgelöscht. Er ist der Straße gefolgt. Du frühstückst jetzt, mein Junge, und ich werde inzwischen die Leute zusammentrommeln. Du organisierst dann die Suche. Schade, daß die Startbahn aufgeweicht ist, sonst könntest du mit dem Flugzeug suchen. Besser, ich rufe Blake an. Vielleicht benötigen wir seinen Spurensucher.«

Sergeant Blake saß mit seiner Frau gerade beim Frühstück, als im Büro das Telefon schrillte. Durch die Fenster des Büros konnte man auf die einzige Straße blicken, die durch Opal Town führte. Der Polizeichef eines Bezirks, der so groß war wie England und Wales zusammen, war schlank, aber kräftig. Das sorgfältig frisierte graue Haar und das gepflegte graue Bärtchen bildeten einen scharfen Kontrast zu dem braungebrannten Gesicht. Seine Frau war eine stattliche Erscheinung und stand, genau wie er selbst, im sechsundvierzigsten Lebensjahr. Ohne viel Worte zu verlieren, stellte sie die halbgegessenen Frühstückskoteletts in die Warmhalteröhre.

Der Sergeant, er war bereits korrekt in Uniform, trottete durch den Flur zum Telefon. Von jenseits des großen Mulga-Waldes und der weiten Ebene drang eine tiefe, dröhnende Stimme an sein Ohr.

»Sind Sie es, Blake? Lacy hier. Tut mir leid, Sie so früh stören zu müssen. Ich fürchte, Jeff Anderson hat irgendwo draußen auf der Grünsumpf-Weide einen Unfall. Vielleicht benötige ich Ihre Hilfe.«

»Was ist passiert?« fragte Blake mit seiner klaren hellen Stimme.

»Gestern morgen habe ich Anderson auf die Grünsumpf-Weide geschickt. Er sollte die Zäune kontrollieren. Als er gestern abend nicht zurückkam, dachten wir, er würde wegen des Regens draußen in der Hütte übernachten. Wir machten uns also keine Sorgen.

Aber heute morgen fand der Knecht sein Pferd vor dem Gattertor. Ich habe mir das Tier angesehen. Es ist unverletzt. Das Sattelzeug ist unbeschädigt, lediglich die Zügel sind gerissen. Vermutlich haben sie am Boden geschleift, und das Pferd ist beim Laufen draufgetreten. Wahrscheinlich ist Anderson abgeworfen worden. Mein Junge ist mit allen verfügbaren Leuten hinausgeritten, ihn zu suchen.«

»Soviel ich weiß, ist Anderson ein ausgezeichneter Reiter. Was hatte er denn für ein Pferd?«

»Das wildeste Biest, das wir auf Karwir haben, Blake, den Schwarzen Kaiser.«

Der Sergeant pfiff durch die Zähne. »Von dem habe ich schon gehört. Dann passen Pferd und Reiter ausgezeichnet zusammen, wie?«

»Ganz recht«, erwiderte der alte Lacy zögernd. »Anderson hatte sich den Schwarzen Kaiser selbst ausgesucht, und er wurde auch gut fertig mit ihm. Nun passen Sie auf: der Boden ist durch den Regen viel zu aufgeweicht, um mit dem Flugzeug starten zu können. Mein Junge kann also nicht von seiner Maschine aus suchen. Aber auch mit dem Wagen werden wir nicht weit kommen. Es sieht ganz so aus, als ob Anderson das Pferd gestern nachmittag am Nordende der Weide verloren hat. Wenn er unverletzt ist, dürfte er in der Hütte übernachtet haben und heute zu Fuß nach Hause kommen. Meine Leute müßten ihm dann begegnen. Es ist aber genausogut möglich, daß er sich ernstlich verletzt hat und nun irgendwo im Freien liegt.«

»Ja, diese Möglichkeit besteht«, pflichtete Blake bei. »Was kann ich nun für Sie tun?«

»Im Augenblick noch nichts. Sollten meine Leute aber Anderson nicht finden, dann könnten Sie vielleicht einen Wachtmeister mit Ihrem Spurensucher hinausschicken, eventuell könnten Sie sogar selbst kommen. Oder Sie könnten die Gordons anrufen und John bitten, mit zwei seiner Schwarzen die Suche aufzunehmen. Wenn Anderson bis zwei Uhr nicht auftaucht oder gefunden wird, ist er bestimmt schwer gestürzt.«

»Da halte ich es für zweckmäßiger, wenn Gordon mit zwei Kalchut zur Grünsumpf-Weide reitet, als wenn wir von hier aus mit dem Wagen hinausfahren«, erwiderte Blake. »Rufen Sie mich nach dem Mittagessen an. Ich bin den ganzen Tag hier. – Das war ein herrlicher Regen, wie?«

»Allerdings. Bei uns waren es dreiundvierzig Millimeter. Hoffen wir, daß es ein schöner, feuchter Winter wird. Also, ich rufe kurz nach Tisch wieder an.«

Der Sergeant nahm am Frühstückstisch Platz und berichtete seiner neugierigen Frau, was es gegeben hatte.

»Wer das Schwert nimmt, der soll durch das Schwert umkommen«, zitierte sie sofort, denn sie war eine eifrige Methodistin. »Wer gewalttätig ist, wird auch eines gewaltsamen Todes sterben.«

»Bis jetzt wissen wir ja noch gar nicht, ob Jeff Andersons Verschwinden mit einer Gewalttat zusammenhängt«, entgegnete er.

»Nein, aber den Beweis wirst du noch erhalten. Ich habe dir oft genug gesagt, daß du eines Tages wegen Jeffery Anderson Arbeit bekommst. Wo bleibt eigentlich Abie? Er hat sich noch gar nicht sein Frühstück geholt?«

»Wahrscheinlich schläft er noch. Und das Pferd ist natürlich noch nicht gefüttert. Ich muß Abie mal wieder ordentlich zusammenstauchen. Diese Schwarzen sind doch alle gleich. Länger als einen Monat halten sie es ohne ihren Stamm nicht aus.«

Blake war mit dem Frühstück fertig, stand auf und zündete sich die Pfeife an. Ohne erst den Hut aufzusetzen, durchquerte er den Hof und betrat die Stallungen. Obwohl der Sergeant einen Wagen und einer seiner Wachtmeister ein Motorrad besaß, war ein Dienstpferd vorhanden. Der eingeborene Spurensucher wohnte in einer der leeren Stallboxen, und es gehörte zu seinen Aufgaben, das Pferd zu versorgen und zu bewegen.

Zu Blakes Erstaunen war das Feldbett des Eingeborenen leer. Es waren auch weder Kleidungsstücke noch die Stockpeitsche, auf die der Schwarze so stolz war, zu sehen. Die braune Stute in der angrenzenden Box verlangte laut wiehernd ihr Frühstück. Auf der Stirn des Sergeanten stand eine steile Falte, als er das Tier zum Wassertrog führte. Er rief mehrmals nach Abie, aber nichts rührte sich. Blake war nun überzeugt, daß der Schwarze zu seinem Stamm zurückgekehrt war. Am Abend zuvor war er noch um zehn Uhr im Stall gewesen. Auf dem Hof begegnete Blake einem seiner beiden Wachtmeister.

»Haben Sie heute morgen Abie gesehen?« fragte er, und seine Augen blitzten.

»Nein, Sergeant.«

»Er muß davongelaufen sein. Alle seine Sachen sind verschwunden. Kate war weder gefüttert noch getränkt. Ich habe mich gerade um sie gekümmert. Am besten, Sie striegeln sie gleich und reiten dann hinaus zu Mackay.«

Während des Vormittags arbeitete Blake im Büro, während der

zweite Wachtmeister mit den Fingerspitzen auf der Schreibmaschine herumhackte. Nach dem Mittagessen rief der Sergeant auf der Meena-Station an. John Gordon war am Apparat.

»Guten Tag, Mr. Gordon. Haben Sie vielleicht Abie gesehen? Er war heute morgen nicht in seinem Quartier.«

»Nein, ich habe ihn nicht gesehen. Aber der ganze Stamm hat sich heute morgen sehr früh auf den Weg nach Deep Well gemacht. Ich habe die Schwarzen überhaupt nicht mehr gesehen. Vielleicht ist Abie mitgegangen.«

Gordon berichtete von der Botschaft, die Jimmy Partner am Schwarzen Tor gefunden hatte.

»Hm«, brummte der Sergeant. »Abie ist jedenfalls nicht da. Will der Stamm die alte Sarah besuchen?«

»Ja. Jimmy Partner ist auch mitgegangen. Oma Sarah liegt im Sterben, und da sind alle nach Deep Well aufgebrochen, um die übliche Totenfeier zu zelebrieren. Nero ist als einziger im Camp zurückgeblieben. Er liegt wegen seines Rheumas in einer Schwitzpackung aus Eukalyptusblättern. Ich war nach dem Frühstück drüben, lediglich sein Kopf war zu sehen. Wieviel Regen ist denn bei Ihnen runtergekommen?«

»Achtunddreißig Millimeter. Und wieviel war es bei Ihnen?«

»Bei uns waren es siebenunddreißig Millimeter. Anscheinend hat es überall so stark geregnet. Wissen Sie, wieviel es in Karwir war?«

»Ja, dort waren es dreiundvierzig Millimeter. Der alte Lacy rief mich heute morgen an, Anderson wird vermißt. Sein Pferd wurde heute früh am Gattertor gefunden. Nun ist der junge Lacy mit den Leuten draußen, sie suchen Jeff Anderson.«

»Komisch!« meinte John Gordon. »Anderson ist doch ein guter Reiter. Auf welcher Weide hat er denn gearbeitet?«

»Auf der Grünsumpf-Weide. Er ist gestern morgen losgeritten, um die Zäune zu kontrollieren. Leider ist der Boden zu aufgeweicht, um mit dem Flugzeug nach ihm zu suchen.«

»Ich habe gestern mit Jimmy Partner auf unserer Ostweide gearbeitet, und die grenzt ja, wie Sie wissen, im Norden an die Grünsumpf-Weide. Wir haben die Schafe aus den Channels getrieben, denn bei Regen verwandelt sich dort alles sofort in Morast. Wir waren öfters in der Nähe des Grenzzauns, aber Anderson haben wir nicht gesehen. Sagen Sie mir Bescheid, wenn Sie etwas Neues aus Karwir hören, ja? Ich bin zwar vielleicht nicht da, aber Mutter ist immer anwesend.«

Kurz nach vier rief der alte Lacy erneut Sergeant Blake an.

»Mein Junge hat gerade Bill den Wetter nach Hause geschickt«, berichtete er. »Er sollte mir melden, daß Jeff Anderson bisher nicht gefunden wurde. Sie konnten ungefähr eine Meile weit auf der Straße den Spuren des Schwarzen Kaisers folgen, aber dann waren sie vom Regen ausgelöscht. Nicht das geringste Anzeichen deutet darauf hin, daß Anderson über Nacht in der Hütte war. Sie haben weder von ihm noch vom Pferd Spuren gefunden. Könnten Sie vielleicht Ihren Spurensucher schicken oder selbst herauskommen? Die Straße müßte ja inzwischen wieder einigermaßen trocken sein. Meine Tochter hat mich heute nachmittag mit dem Wagen zum Grenzzaun gebracht.«

Blake berichtete, daß Abie verschwunden sei. »Ich werde Gordon bitten, dem Stamm nachzureiten und zwei Tracker mitzubringen. Die könnten dann gleich morgen früh nach Spuren suchen – falls Anderson nicht noch vor Eintritt der Dunkelheit gefunden wird.«

Der alte Lacy schwieg sekundenlang, und Blake glaubte schon, die Verbindung sei unterbrochen, als die dröhnende Stimme des Viehzüchters wieder an sein Ohr drang.

»Komisch, daß die Schwarzen ausgerechnet heute morgen auf Wanderschaft gegangen sind und sogar Ihr Tracker mit verschwunden ist. Hatten Sie eine Ahnung, daß die alte Sarah im Sterben liegt?«

»Nein. Gordon erzählte mir, daß er zusammen mit Jimmy Partner am Schwarzen Tor eine Nachricht vorgefunden habe. Am Abend hat Jimmy Partner dann seinen Leuten Bescheid gesagt. Gordon sagte mir auch, daß er zusammen mit Jimmy Partner die Schafe aus den Channels weggetrieben habe. Sie seien öfters in der Nähe des Grenzzauns gewesen, hätten aber Anderson nicht gesehen. Ich werde ihn dann gleich anrufen, damit er uns zwei Spurensucher besorgt. Und Sie geben mir Bescheid, was Ihre Leute erreichen, ja?«

Als der Sergeant in Meena anrief, meldete sich Mrs. Gordon.

»John ist zum Westufer des Sees geritten«, erklärte sie. »Er wollte sehen, ob der Meena Creek schon Wasser an den See abgibt. Haben Sie schon etwas von Mr. Anderson gehört?«

»Nein. Bisher ist er nicht gefunden worden, Mrs. Gordon. Der Regen hat alle Spuren verwischt, wenigstens für uns Weiße. Bitten Sie doch Ihren Sohn, er möchte mich sofort anrufen, sobald er nach Hause kommt.«

Fünf Minuten nach sieben rief John Gordon den Sergeanten an.

»Um sechs sind die Leute vom Suchtrupp zum Abendessen gekommen, bis dahin ist Anderson noch nicht gefunden worden«, berichtete der Sergeant. »Sie reiten aber gleich wieder los und wollen in der Hütte am Grünen Sumpf übernachten, um morgen früh gleich an Ort und Stelle zu sein. Würden Sie wohl den Schwarzen nachfahren und zwei Tracker mit zurückbringen?«

»Gewiß. Aber ich werde Pferde nehmen müssen, denn die Straße nach Deep Well dürfte noch für zwei bis drei Tage unbefahrbar sein. Es sind auch einige tiefe Wasserläufe zu durchqueren. Aber wundern Sie sich nicht, wenn keiner von den Schwarzen mitkommt. Die haben noch nicht vergessen, was Anderson mit Inky Boy gemacht hat, wissen Sie!«

»Hm, das ist verständlich«, pflichtete Blake bei. »Versuchen Sie es trotzdem.«

»Selbstverständlich. Ich werde noch vor Tagesanbruch aufbrechen.«

»Gut. Der alte Lacy machte so eine Andeutung, als sei etwas faul an der Geschichte. Anscheinend glaubt er, die Schwarzen könnten Anderson umgebracht haben, als Rache für Inky Boy.«

»Ach, das ist doch Unsinn!« erwiderte Gordon voller Überzeugung. »Sehen Sie, Sergeant, wenn die Schwarzen sich hätten rächen wollen, würden sie nicht so lange gewartet haben. Außerdem hätte ich es unbedingt erfahren.«

»Ich bin in diesem Punkt durchaus Ihrer Meinung«, erwiderte Blake. »Wahrscheinlich liegt Anderson irgendwo mit einem gebrochenen Bein. Und wenn sie ihn nicht finden sollten, können wir praktisch überall nach ihm suchen. Gute Nacht!«

»Gute Nacht, Sergeant. Ich bringe so schnell wie möglich einen Spurensucher nach Karwir. Ich bin sicher, daß Jimmy Partner mitkommt.«

Aber Jeffery Anderson wurde weder von den Leuten auf Karwir noch von den Schwarzen gefunden, die John Gordon drei Tage, nachdem der Schwarze Kaiser vor dem Tor gefunden worden war, mitbrachte.

Der Mai verging, der Juni – und immer noch blieb Jeffery Anderson im Busch verschwunden.

Der alte Lacy klagte nun ganz öffentlich die Kalchut an, Anderson ermordet und verscharrt zu haben, während die Gordons, Mutter und Sohn, die Eingeborenen leidenschaftlich verteidigten. Sergeant Blake und sein Wachtmeister befragten viele Leute und fertigten eine Menge Protokolle an, aber einen brauchbaren Hinweis erhielten sie nicht. Schließlich schrieb der alte Lacy an den Polizeichef von Queensland und sagte offen, was er von der Polizei im allgemeinen und der von Queensland im besonderen hielte.

Der Juli ging ins Land, der August wich dem September, aber der Busch hatte Jeffery Anderson noch immer nicht freigegeben.

3

Bei gutem Wetter traf das Postauto aus St. Albans jeden Dienstag gegen Mittag in Opal Town ein. Der 21. September war ein schöner, warmer Tag, und das Postauto war pünktlich. Ein junger Mann kroch hinter dem Steuer hervor und stieg aus. Er sah sich um und erblickte Sergeant Blake vor der Tür des Postamts.

»Tag, Sergeant!« rief er gutgelaunt.

Sergeant Blake, der Zivil trug, erwiderte den Gruß und musterte die Fahrgäste. Die beiden Viehhüter, die ihm zunickten, kannte er. Aber als er den dritten Passagier sah, kniff er die Augen zusammen. Dieser Mann trug städtische Kleidung und einen schweren Koffer. Er war von durchschnittlicher Größe und Gestalt. Bemerkenswert war vor allem seine dunkle Hautfarbe, zu der die blauen Augen und die weißen Zähne einen scharfen Kontrast bildeten. Der Fremde lächelte und sprach mit dem Chauffeur, der in den Postsäcken wühlte, dann blieb er zögernd an der Bordsteinkante stehen und betrachtete das Hotel, das sich auf der gegenüberliegenden Straßenseite befand, während die übrigen Passagiere und der Chauffeur im Postamt verschwanden.

Als sich der Fremde mit schlanken Fingern eine Zigarette drehte, hielt Blake den Moment für gekommen, einmal zu hören, was dieser Stadtmensch hier im Busch wollte.

»Bleiben Sie lange in Opal Town?«

Der Fremde drehte sich um und musterte sein Gegenüber, wobei er zwinkerte.

»Ich hoffe nicht«, erwiderte er gleichmütig. »Sie sind Sergeant Blake?«

»Der bin ich«, antwortete der Polizeibeamte reserviert.

»Dann werden Sie – so hoffe ich wenigstens – über mein Kommen erfreut sein. Ich bin Inspektor Napoleon Bonaparte.«

Blake riß erstaunt die Augen auf. Napoleon Bonaparte! Was hatte er nicht schon alles von diesem großartigen Kriminalisten gehört!

»Und wie ich mich freue, Sir!« sagte er aufrichtig. »Allerdings hatte ich keine Ahnung, daß Sie heute eintreffen. Man hat mich nicht benachrichtigt.«

»Ich komme gern unangemeldet«, murmelte Inspektor Bonaparte und blickte zum Postamt.

»Werden Sie im Hotel wohnen?« fragte der Sergeant.

»Das werde ich entscheiden, sobald wir uns unterhalten haben. Meinen Koffer werde ich inzwischen im Postamt lassen.«

Blake brachte das Gepäckstück zur Aufbewahrung, dann gingen die beiden Männer zur Polizeistation, die am Ende der Straße lag.

»Ich glaube, wir werden gut zusammenarbeiten«, meinte der Inspektor. »Aber ich möchte Sie bitten, Sergeant, mich ganz einfach Bony zu nennen. Wenn man mich mit ›Sir‹ oder ›Inspektor‹ anredet, fühle ich mich höchst unbehaglich.«

Blake warf Napoleon Bonaparte einen mißtrauischen Seitenblick zu. Er hatte den Eindruck, dieser Mischling machte sich über ihn lustig, und hütete sich infolgedessen, etwas darauf zu erwidern. Bony musterte ihn kurz und bemerkte die Reserviertheit des Sergeanten.

»Sind Sie verheiratet?« fragte er rasch.

»Ja.«

»Dann ist Ihre Frau vielleicht so liebenswürdig und brüht uns eine Kanne Tee auf. Sobald ich eine Tasse Tee und eine Zigarette habe, bin ich gleich ein ganz anderer Mensch.«

Der Sergeant führte Bony in sein Büro, dann entfernte er sich, um mit seiner Frau zu sprechen. Als er zurückkehrte, stand der Inspektor vor der großen Wandkarte des Bezirks.

»Meine Frau sagt, daß das Mittagessen gleich fertig ist«, erklärte Blake, und er wirkte jetzt nicht mehr ganz so steif. »Wir würden uns freuen, wenn Sie uns Gesellschaft leisten.«

»Das ist sehr freundlich von Ihnen«, erwiderte Bony lächelnd.

Der Sergeant geleitete seinen Gast zu der schönen Veranda vor der Küche, wo bereits der Tisch gedeckt war, und stellte ihn seiner Frau vor.

»Bitte, nehmen Sie hier Platz, Inspektor«, sagte Mrs. Blake und rückte einen Stuhl zurecht.

»Du liebe Güte!« rief Bony. »Entschuldigen Sie, Mrs. Blake: sehe ich vielleicht wie der Generalgouverneur aus?«

Mrs. Blake riß verwundert die Augen auf, schließlich schüttelte sie den Kopf.

»Dem Himmel sei Dank, Mrs. Blake!« Bony lächelte. »Meine Freunde nennen mich Bony. Darf ich Sie zu meinen Freunden rechnen?«

Auf diese Weise war der Kontakt sofort hergestellt, und als sich Bony auch noch mit Mrs. Blake über die Eingeborenen unterhielt – ein Thema, das sie beide sehr interessierte –, wurde sie immer lebhafter und schien die Anwesenheit ihres Mannes zu vergessen.

Als die beiden Männer schließlich wieder ins Büro zurückkehrten, studierte Bony noch einmal die Wandkarte.

»Diese Karwir-Station ist ein sehr großes Weidegut, Sergeant«, stellte er schließlich fest. »Ich werde jetzt eine Menge Fragen stellen, die Sie vielleicht für unnötig halten, nachdem ich Ihren Bericht gelesen habe. Da Anderson vermutlich auf dem Gebiet der Karwir-Station verschwunden ist, werden wir sie als Ausgangspunkt unserer Ermittlungen wählen. Bitte korrigieren Sie mich, wenn ich mich bei meinen Überlegungen irren sollte. Also: Anderson verließ das Gutshaus am achtzehnten April, um die Umzäunung der Grünsumpf-Weide abzureiten. Am nächsten Morgen wurde sein Pferd vor dem Gattertor gefunden. Zu diesem Zeitpunkt waren dreiundvierzig Millimeter Regen gefallen, so daß die Spur des Pferdes nur eine Meile weit auf der Straße zurückverfolgt werden konnte. An diesem Tag suchte ein Reitertrupp nach Anderson. Am zwanzigsten wurde die Suche von diesen Leuten fortgesetzt. Außerdem flog Mr. Eric Lacy, von seiner Schwester begleitet, am Nachmittag das ganze Gebiet ab. Am dreiundzwanzigsten traf Mr. Gordon mit drei Trackern ein. Zu diesem Zeitpunkt hatten Sie sich mit Ihren beiden Wachtmeistern in die Suchaktion eingeschaltet, die am neunundzwanzigsten beendet wurde. Nicht die geringste Spur des Vermißten wurde gefunden. Wissen Sie, Blake, das ist recht aufschlußreich.«

»Allerdings.« Blake nickte. »Ich glaube nicht mehr, daß Anderson vom Pferd gestürzt ist. Er wurde entweder ermordet, oder er hat sich – aus einem uns unbekannten Grund – unbemerkt aus dem Staub gemacht.«

»Damit dürften Sie recht haben, Sergeant, und ich werde den Beweis für die eine oder die andere Möglichkeit antreten. Mein Chef hat mir lediglich zwei Wochen gegeben, um diesen Fall zu lösen, aber ich habe es bisher stets abgelehnt, mich antreiben zu lassen. Ich weiß nicht, wie oft man mich schon fristlos entlassen hat, weil ich es ablehnte, vor der endgültigen Klärung eines Falles zurückzukehren. Also, vergegenwärtigen wir uns zunächst einmal die Grünsumpf-Weide. Sie liegt am nordöstlichen Ende der Viehstation, ungefähr zehn bis zwölf Meilen südlich von Opal Town. Diese Weide ist rechteckig und wird im Norden von dem Maschendrahtzaun abgeschlossen, der Karwir von der Meena-Station trennt. Sie ist ungefähr zwanzigtausend Hektar groß. Die südliche

Hälfte besteht aus flachem Land, während die nördliche Hälfte von Mulgagürteln und ausgetrockneten Bachbetten durchzogen wird. Diese Bäche münden in einen Sumpf, der im Osten und Norden von Sanddünen begrenzt wird. Südlich der Grünsumpf-Weide liegt der Herrensitz von Karwir, im Osten die Mount-Lester-Station, und im Norden die Meena-Station. Unterhalten wir uns zunächst über die Leute auf Karwir. Beschreiben Sie mir doch einmal die Lacys, dann die Gordons, und schließlich die Mackays. Skizzieren Sie auch kurz die Lebensgeschichte.«

Erst, nachdem er überzeugt war, daß seine Pfeife gut brannte, kam der Sergeant diesem Wunsch nach, und man merkte deutlich, daß er seine Worte sorgfältig wählte.

»Ich will mit dem alten Lacy beginnen. Man nennt ihn hier allgemein nur den alten Lacy. Er gründete Karwir kurz nach der Jahrhundertwende. Er besaß nicht viel Geld und mußte deshalb gewaltig schuften. Dann heiratete er, und da seine Frau etwas Vermögen besaß, begann er mit der Viehzucht. Er ist schon weit über Siebzig, geht aber glatt für Fünfzig weg. Man munkelt, daß er eine Million wert ist – eine Million gute australische Pfunde! Und wenn Sie ihn einmal so richtig in Wut bringen wollen, brauchen Sie ihn nur zu fragen, warum er sich nicht zur Ruhe setzt und in die Stadt zieht. Einmal wöchentlich kommt er nach hier und hält Gericht. Ganz gleich, was der Delinquent angestellt hat, der alte Lacy verhängt eine Strafe von zwei Pfund, auch wenn die Strafe eigentlich fünf Shilling oder fünfzig Pfund betragen müßte. Er hat zwei Kinder. Eric ist fünfundzwanzig, wohl der populärste Mann im ganzen Bezirk. Der alte Lacy ist vernarrt in seinen Sohn und gibt ihm eine Menge Geld, aber das ist dem Jungen nie in den Kopf gestiegen. Er besitzt den Flugschein, kam aber nicht zur Air Force. Er hat eine eigene Maschine, mit der er in der Gegend herumfliegt, außerdem führt er die Bücher. Diana, seine Schwester, ist gerade zwanzig Jahre alt. Seit sie vor zwei Jahren aus der Schule gekommen ist, führt sie den Haushalt. Ein ganz reizendes Ding. Das wären also die Lacys.«

Der Sergeant klopfte die Pfeife aus und stopfte sie neu.

»Ungefähr zu der Zeit, als der alte Lacy Karwir übernahm, eröffnete John Gordon nördlich davon die Meena-Station«, fuhr er fort, nachdem die Pfeife wieder brannte. »Herrenhaus und Nebengebäude liegen am Ostufer eines schönen Sees, der dieses Jahr völlig ausgetrocknet war. Um den Besitz des Grünen Sumpfes führte er mit dem alten Lacy einen langen Kampf, und als der ihn schließlich bekam, war der erste Gordon bis an sein Lebensende verbittert. Dann übernahm sein Sohn die Viehstation, bis er vor zwölf Jahren mit seinem Pferd stürzte, wobei er ums Leben kam. Die Frau des zweiten Gordon, eine prächtige Frau, führte dann die Station, bis ihr Sohn, John Gordon III., alt genug war, um den Platz seines Vaters einzunehmen. Es sind ehrenwerte Leute. Sie leben sehr zurückgezogen und haben den Schutz unserer Eingeborenen übernommen. Diese Schwarzen gehören zum Stamm der Kalchut vom Volke der Worgia. Die Gordons mögen es nicht, wenn sich jemand in ihre Angelegenheiten einmischt, und da die Straße in Meena endet – dahinter dehnt sich die Wüste –, läßt man die Gordons und ihre Eingeborenen in Ruhe.

Die Mackays hingegen sind ganz anders – anders als die Lacys und anders als die Gordons. Ihr Weidegut hat ungefähr die Größe von Meena, also nur hundertzwanzigtausend Hektar, aber es ist unfruchtbares Land. Mackay ist seit fünfzehn Jahren gelähmt. Seine Frau starb vor vier Jahren. Es sind drei Jungen und zwei Mädchen im Alter von fünfundzwanzig bis sechzehn vorhanden. Die Jungen sind wild und haben immer mehr Geld, als die Station abwerfen dürfte. – Ich glaube, das wäre alles, was es zu erzählen gibt.«

»Sehr gut, Sergeant. Nun wissen wir, in welcher Umwelt Anderson gelebt hat. Jetzt erzählen Sie mir mal von ihm.«

»Hm. Als Anderson verschwand, war er ungefähr fünfunddreißig. Er kam mit fünfzehn oder sechzehn als ein ausgesprochenes Greenhorn nach Karwir, und er ist bis zuletzt ein Greenhorn geblieben. Der alte Lacy hat ihn hart angepackt, aber der schwerste Schlag war es für Anderson, als er nicht den Verwalterposten erhielt. Vor einigen Jahren ging nämlich der frühere Verwalter weg. Als der junge Lacy nach Hause kam, wurde allgemein erwartet, der alte Herr würde Anderson rauswerfen, aber er behielt ihn dann doch. Anderson war ein ausgezeichneter Reiter. Er war groß, sah gut aus, war aber jähzornig und besaß eine Neigung zur Grausamkeit.

Die ersten Scherereien gab es wegen einer jungen Eingeborenen, die Mrs. Lacy als Hausmädchen beschäftigte. Es gab einen großen Wirbel, und die Eltern des gegenwärtigen John Gordon weigerten sich, jemals wieder zu gestatten, daß eine weibliche Eingeborene auf Karwir arbeitete.

Dann schlug Anderson einen gewissen Wilson zusammen. Dieser Mann ist bekannt unter dem Namen Bill der Wetter. Wilson lag neun Monate im Krankenhaus. Der alte Lacy übernahm alle

Kosten, bezahlte Wilson ein Schmerzensgeld und stellte ihn wieder ein. Bill der Wetter ist heute Pferdeknecht auf Karwir.

Dann passierte eine Geschichte mit einem Pferd, das notgeschlachtet werden mußte. Aber ich habe nie erfahren, was da eigentlich los war, denn die Sache wurde vertuscht.

Und schließlich kam der üble Vorfall mit Inky Boy, einem Eingeborenen. Der hatte auf Karwir die Aufgabe, die Widder zu versorgen, denn man züchtet dort sowohl Schafe als auch Rindvieh. Eines Tages entdeckte Anderson die Hälfte der Widder verendet in einer Ecke des Drahtzauns, während Inky Boy in seiner Hütte schlief. Darauf band er Inky Boy an einen Baum und peitschte ihn aus, bis der Eingeborene mehr tot als lebendig war. Ich erfuhr erst davon, als alles längst vorüber war. Der junge Lacy flog nach St. Albans und holte den Doktor. Dann kamen die Gordons und nahmen Inky Boy mit nach Meena. Unter großer Mühe pflegten sie ihn gesund. Danach erlaubten sie keinem Schwarzen mehr, auf Karwir zu arbeiten.

Sehen Sie, die Gordons hatten genausoviel Interesse daran, die Geschichte vor mir zu verheimlichen, wie die Lacys. Die Gordons fürchteten, daß irgendwelche Wichtigtuer aus der Stadt kommen könnten, die veranlassen würden, daß die Kalchut in ein Reservat abgeschoben werden. So kam Anderson immer wieder ungeschoren davon. Da Inky Boy sich nicht bei mir beklagte, und ich überhaupt erst nach Monaten davon erfuhr, entschied ich mich, die Geschichte auf sich beruhen zu lassen.«

»Unter den gegebenen Umständen haben Sie sehr weise gehandelt, Blake«, lobte Bony. »Doch fahren Sie bitte fort.«

»Nun, wie gesagt, Anderson war ein ausgezeichneter Reiter, verstand etwas von Vieh und auch von Schafen. Er machte also seine Arbeit ganz ordentlich. Aber Anderson war nicht nur ein guter Reiter, er konnte auch wie kein zweiter mit der Stockpeitsche umgehen. Damit befriedigte er seine sadistischen Neigungen. Niemand in der ganzen Gegend mochte ihn, und niemand verstand, warum der alte Lacy ihn nicht längst davongejagt hatte. Als Anderson die freigewordene Verwalterstelle nicht bekam, wurde er immer mürrischer und trank mehr als gut war.«

»Was ist Ihre private Meinung über Anderson?« fragte Bony.

»Tja, wissen Sie – daß der Mann wahrscheinlich tot ist.«

»Ich verstehe durchaus Ihr Zögern, Blake, aber wir müssen der Sache auf den Grund gehen. Der Charakter eines Menschen bietet oft einen wichtigen Hinweis.«

Blake ließ sich Zeit, stopfte umständlich die Pfeife und zündete sie an.

»Ich glaube, daß Anderson ein anderer Mensch geworden wäre, wenn er es nicht so schwer gehabt hätte«, fuhr er schließlich fort. »Nach allem, was ich gehört habe, scheint ihn der alte Lacy sehr hart angepackt zu haben. Anderson konnte zu Recht erwarten, die freigewordene Verwalterstelle zu erhalten. Als er sie nicht bekam, ging es mit ihm abwärts. Ich habe ihn nie gern hier in der Stadt gesehen und war jedesmal froh, wenn er wieder verschwand. Allerdings haben wir nie Scherereien mit ihm gehabt. – Das ist so ungefähr alles, was ich zu seinen Gunsten sagen kann.«

»Dann muß er viele Feinde gehabt haben?«

»Bestimmt«, erwiderte Blake. »Ich habe aber nie gehört, daß ihm jemand nach dem Leben trachtete, und es ist auch nie ein bestimmter Verdacht geäußert worden, wer an seinem Tod schuld sein könnte.«

Bony stand auf und trat vor die Wandkarte. Nach einigen Sekunden setzte er sich wieder und drehte sich eine seiner unförmigen Zigaretten.

»In Ihrem Bericht erwähnten Sie, am Morgen des neunzehnten April sei Ihr Tracker plötzlich verschwunden gewesen«, sagte er und blies den Rauch zur Decke. »Später erfuhren Sie dann, daß er mit seinem Stamm nach Deep Well gezogen war, wo eine alte Lubra angeblich im Sterben lag. Ist sie tatsächlich gestorben?«

»Nein. Sie hat sich wieder erholt. Sie lebt jetzt bei dem Stamm am Meenasee.«

»Wann haben Sie oder einer Ihrer Wachtmeister diesen Tracker am Vortag zuletzt gesehen?«

»Ich habe ihn am Abend des Achtzehnten um zehn Uhr zum letzten Mal gesehen. Das war der Tag, an dem Anderson zum Grünen Sumpf ritt. Ich ging wie üblich zum Stall, um nachzusehen, ob das Pferd ordnungsgemäß versorgt war. Abie, so hieß der Tracker, lag auf seinem Feldbett in der Nebenbox.«

»Wie konnte er erfahren, daß die Lubra erkrankt war?«

»Keine Ahnung. Wahrscheinlich über den Buschtelegrafen.«

»Wie weit ist es von hier bis zum Meenasee?«

»Achtundzwanzig Meilen.«

»Und um welche Zeit vermißten Sie den Tracker am nächsten Morgen?«

»Um halb acht.«

Bony blickte über den Sergeant hinweg durch das offene Fenster. Fast eine Minute lang schwiegen die beiden Männer.

»Ich glaube, daß die alte Lubra in Deep Well tatsächlich krank war. Haben Sie diesen Punkt einmal nachgeprüft?«

»Hm – nein.«

»Dann müssen wir es noch tun. Da heißt es also, eine alte Lubra sei in Deep Well krank, zweiundvierzig Meilen von der Stelle entfernt, an der Abie als Tracker tätig ist. Während der fraglichen Nacht regnet es stark. Abie marschiert erst achtundzwanzig Meilen zum Meenasee und dann weiter vierzehn Meilen nach Deep Well. Aber die alte Frau liegt gar nicht im Sterben. Die Schwarzen machten also einen bösen Schnitzer. Wissen Sie, mein lieber Blake, langsam beginnt mich dieser Fall zu interessieren. Doch zunächst noch etwas: es konnte nie der Beweis erbracht werden, daß Andersons Pferd an dem Morgen, an dem er zum Grünen Sumpf geritten ist, eine Halsleine trug. Als der Knecht das Tier am nächsten Morgen vor dem Gattertor fand, fehlte das Lasso, obwohl Anderson stets eins mitnahm. Es besteht also die Möglichkeit, daß neben Anderson auch noch das Lasso und seine Stockpeitsche verschwunden sind.«

Sergeant Blake nickte. Interessiert sah er zu, wie Bony etwas auf einen Zettel schrieb, den er gleich darauf dem Sergeant zuschob.

Jemand steht vor dem Fenster, las Blake. Sehen Sie nach, wer es ist, und bringen Sie ihn möglichst herein!

Ganz leise schob der Sergeant seinen Stuhl zurück und stand auf. Er schlich zum Fenster und beugte sich blitzartig hinaus.

»Was suchst du denn hier, Wandin?« rief er unwirsch.

»Ich warten auf Sie, Sergeant«, erwiderte eine Eingeborenenstimme. »Brauchen Geld, um kaufen Tabak.«

»Ach nein? Komm mal ganz schnell herein!«

Blake trat vom Fenster zurück, und Bony sah, wie ein hochgewachsener Eingeborener zur Tür ging. Gleich darauf war das Tappen nackter Füße im Korridor zu hören. Bony stand auf und stellte sich neben Blake.

Ein großer, finster blickender Eingeborener mit spindeldürren Beinen trat ein, blieb dicht an der Tür stehen und rieb sich mit den Zehen des rechten Fußes seinen linken Fuß. Er war glatt rasiert, Baumwollhemd und Blue jeans waren verhältnismäßig sauber. Einen Hut trug er nicht, das volle Haar wurde bereits grau. Ein Grinsen glitt über sein schmales Gesicht, als er von Blake zu Bony blickte. Es war ein schiefes Grinsen, das seine Furcht verbergen sollte, die in den schwarzen Augen deutlich zu erkennen war.

»Was hast du da draußen gemacht?« fragte Blake schneidend.

»Nichts, Sergeant. Nur warten.«

»Worauf?«

»Geld für Tabak, Sergeant. Ich keinen Tabak. Sie mir geben zwei Shilling?«

Bony trat dicht vor den Eingeborenen, der ein ganzes Stück größer war als er selbst.

»Du bist also Wandin, wie?«

»Ja.«

»Du hast also draußen gelauscht, weil du Tabak haben möchtest. Sieh mal da!« Bony zeigte nach unten.

Wandin blickte auf seine Hosentasche, wo sich deutlich ein Stück Preßtabak abzeichnete. Weiterhin dümmlich grinsend blickte er wieder in die blauen Augen des Inspektors.

»Komisch. Ich vergessen.«

Bony lächelte, griff blitzschnell zu und zog das offene Baumwollhemd auseinander. Wandin erstarrte, während Bonys Blick von der narbenübersäten Brust nach oben glitt und sich in die ärgerlich funkelnden schwarzen Augen bohrte.

»Du bist ein großer Blackfeller, wie?« sagte Bony leise. »Du bist ein großer Zauberer? Gehörst zum Marloo-Totem? Ich kenne diese Zeichen. So, und jetzt gehst du hinaus und kümmerst dich um das Polizeipferd.«

Der Inspektor nahm wieder am Schreibtisch Platz, während Blake dem Eingeborenen nochmals den Befehl erteilte, im Stall nach dem Pferd zu sehen. Ohne ein weiteres Wort verschwand Wandin, und das Patschen der nackten Füße entfernte sich im Korridor. Blake beobachtete durch das offene Fenster, wie der Schwarze hinter dem Haus verschwand, dann setzte er sich wieder.

»Glauben Sie, daß er unser Gespräch belauscht hat?« fragte er stirnrunzelnd.

»Wir haben es mit einem sehr intelligenten, schwarzen Gentleman zu tun, Sergeant. Ich bin überzeugt, daß er gelauscht hat. Jedenfalls hoffe ich es. Ja, dieser Fall beginnt interessant zu werden. Geht Ihre Uhr eigentlich richtig?«

»Ich habe sie gestern abend nach dem Rundfunk gestellt.«

»Gut. Übrigens – in Ihrem Bericht haben Sie nicht angegeben, ob Anderson an dem Tag, an dem er verschwand, einen Hut trug. Genaugenommen haben Sie überhaupt nicht erwähnt, welche Kleidung er trug.«

»Für mich stand es fest, daß er einen Hut aufhatte.«

»Sie geben an, daß in seinem Lunchsack eine Serviette lag, in der das Essen eingewickelt war, Sie haben aber nicht aufgeführt, ob sein Kochgeschirr am Sattel hing.«

»Doch, das war vorhanden. Ich habe den Sattel später gesehen.«

»Sie müssen wissen, daß wir unbedingt feststellen müssen, was alles mit Anderson zusammen verschwunden ist. Von der Stockpeitsche wissen wir es. Vielleicht trug er einen Filzhut. Außerdem dürfen wir annehmen, daß am Hals des Pferdes ein sauber aufgerolltes Lasso angeknüpft war, mit dem er das Tier anband, wenn er am Zaun eine Reparatur vornehmen mußte oder essen wollte. Wenn ich nun dieses Lasso hier in Ihrem Büro entdecken sollte, ohne daß Sie mir dafür einen triftigen Grund nennen können, verstehen Sie, was ich meine? Genauso wäre es mit dem Hut und allen anderen Sachen, die er an dem fraglichen Tag bei sich hatte. In Karwir werde ich meine Ermittlungen fortsetzen. Würden Sie Mr. Lacy anrufen und ihn bitten, mir Unterkunft zu gewähren? Sagen Sie ihm, daß Inspektor Napoleon Bonaparte kommt. Wenn Sie von Bony sprechen, würde er ihn vielleicht in das Arbeiterquartier stecken.«

Lächelnd hob Blake den Hörer vom Haken des Telefons, das neben ihm an der Wand hing. Während er auf die Verbindung wartete, meinte Bony:

»Der Dienstrang in Verbindung mit dem berühmten Namen, den ich trage, hat mir schon oft eine komfortable Unterkunft beschert.«

Blake begann, mit einem Mr. Lacy zu telefonieren, doch Bony konnte aus seinen Worten nicht erkennen, ob es sich um den Vater oder um den Sohn handelte.

»Mr. Lacy freut sich, Ihnen Gastfreundschaft gewähren zu können.« Der Sergeant hielt die Hand über die Muschel und drehte sich zu Bony um. »Wenn es Ihnen recht ist, läßt er Sie von seinem Sohn mit dem Flugzeug abholen.«

»Richten Sie Mr. Lacy meinen Dank aus. Ich nehme sein Angebot gern an. Ich bin jederzeit abflugbereit.«

»So, das wäre auch erledigt«, sagte Blake, nachdem er den unförmigen Hörer an den Haken des uralten Telefons gehängt hatte. »Sie werden die Lacys sympathisch finden.«

»Daran zweifle ich nicht«, erwiderte Bony. »Ich habe sogar das Gefühl, daß mir die bevorstehenden Ermittlungen Vergnügen bereiten werden. Allein die mysteriösen Umstände haben mich bewogen, den Fall überhaupt zu übernehmen.«

»Den Fall zu übernehmen!« Für Blake war es undenkbar, daß ein Polizeibeamter sich seine Arbeit aussuchte.

»Genauso ist es!« erklärte Bony. »Sehen Sie, Blake – wenn ich mich immer nur an die Dienstvorschriften gehalten hätte, würde ich heute noch ein ganz gewöhnlicher Kriminalbeamter sein, der sich herumschubsen lassen muß. Das nennt man dann Teamwork. Aber ich bin gewöhnt, allein zu arbeiten. Und wenn ich einmal mit Ermittlungen beginne, dann führe ich sie auch zu Ende. Darauf basieren meine Erfolge. Ich fürchte nicht, im vorliegenden Fall zu versagen, weil zwischen dem Verschwinden von Anderson und dem Beginn meiner Ermittlungen eine gewaltige Zeitspanne liegt. Alle Spuren sind verwischt, ich besitze nichts, womit ich bei meinen Ermittlungen beginnen könnte: keine Leiche, kein blutiges Messer, keinen mit Fingerabdrücken übersäten Revolver. Aber ich habe etwas viel Wichtigeres, Sergeant: meinen Kopf, zwei Augen und zwei Ohren. Ich besitze die Fähigkeit, logisch zu denken und verachte den Bürokratismus. Mehr benötige ich nicht. Und nun schauen Sie bitte einmal nach, was Wandin treibt. Aber lassen Sie sich nicht anmerken, daß Sie sich für ihn interessieren – beobachten Sie ihn unauffällig.«

Der Sergeant blieb ungefähr fünf Minuten weg. Als er zurückkehrte, fand er Bony wieder vor der Wandkarte.

»Sie haben Wandin vermutlich an der Stelle gefunden, die ihm als Lager dient«, meinte Bony, ohne sich umzuwenden. »Er hockte auf den Fersen, die gekreuzten Arme ruhten auf den Knien, und sein Kinn auf den Armen. Er schien zu schlafen. Natürlich war er in Wirklichkeit wach, aber da Sie sich sehr leise näherten, bemerkte er Sie nicht.«

Sergeant Blake trat neben Bony. Sekundenlang blickte er den Inspektor schweigend an, dann murmelte er:

»Woher wissen Sie das?«

»In der Stadt bin ich wie ein nervöses Kind«, erklärte Bony. »Hier im Busch aber bin ich ein erwachsener Mann, da fühle ich mich den anderen überlegen.« Er lächelte. »Manchmal bin ich direkt stolz darauf, daß meine Mutter eine Eingeborene war, denn es gibt Gelegenheiten, wo man den Eindruck gewinnt, daß die Schwarzen viel zivilisierter sind als die Weißen. Wenn wir in nächster Zeit zusammenarbeiten, werden Sie es vielleicht selbst merken.«

4

Eine halbe Meile nördlich von Opal Town standen Bony und Blake neben dem Wagen des Sergeanten. Der alte Lacy hatte das Gelände roden und planieren lassen, um ein kleines Flugfeld zu schaffen. Das Städtchen war von diesem Punkt aus nicht zu sehen, denn es lag hinter den Sanddünen, durch die sich ein wenig benutzter Buschpfad wand.

»Ist der junge Lacy ein verläßlicher Pilot?« fragte Bony.

»Durchaus. Als er nicht in die Air Force aufgenommen wurde, wollte er bei einer Fluggesellschaft eintreten, doch sein Vater redete ihm dieses Vorhaben aus. Ich glaube, ich kann das Flugzeug bereits hören.«

»Ja, es kommt. Ich kann es sogar schon sehen. Übrigens – schikken Sie Ihren Tracker weg. Es ist zu gefährlich, wenn Sie ihn in unmittelbarer Nähe der Polizeistation behalten.«

»Gefährlich?« wiederholte Blake ungläubig. »Er ist doch ganz willig und auch verläßlich.«

»Vielleicht kommt Abie zurück«, meinte Bony. »Tauschen Sie auf jeden Fall Wandin gegen einen jüngeren Mann aus. Ein junger Mann versteht nicht soviel von Zauberei und ähnlich unangenehmen Dingen. – Oh, das ist ja eine sehr schöne Maschine.«

Das silbergraue Flugzeug setzte ganz sanft auf und rollte näher. Fünfzig Meter vom Wagen entfernt drehte es gegen den leichten Westwind und hielt an. Der junge Lacy sprang aus der Maschine und kam mit langen Schritten auf die beiden Männer zu. Als er die Fliegerhaube abnahm, wurde dichtes rotes Haar sichtbar. Bony fand den jungen Mann mit dem offenen und fröhlichen Gesicht sofort sympathisch.

»Guten Tag, Sergeant!« rief Eric Lacy schon von weitem. »Wie geht's denn so? Ich soll Inspektor Bonaparte abholen.«

Er beachtete Bony weiter nicht, über dessen Gesicht ein Lächeln glitt, sondern blickte sich suchend um. Offensichtlich erwartete der junge Lacy einen Inspektor mit weißer Hautfarbe. Sergeant Blake räusperte sich verlegen.

»Ich bin Inspektor der Kriminalpolizei, Mr. Lacy«, erklärte Bony. »Ich bin natürlich kein richtiger Polizeibeamter, aber da ich Frau und Kinder habe, freue ich mich über das Gehalt, das man mir zahlt. Mein Name ist Napoleon Bonaparte.«

Während dieser selbstironischen Vorstellung wurden die Augen des jungen Lacy immer größer, und statt des anfänglichen Lächelns zeigte sein Gesicht restlose Verwirrung.

»Inspektor Bonaparte besitzt einen ausgezeichneten Ruf, Mr. Lacy«, fügte Sergeant Blake hinzu. »Er mag vielleicht kein Polizist im landläufigen Sinn sein, aber er ist ein hervorragender Kriminalist.«

»Ja – natürlich! Freue mich, Sie kennenzulernen, Inspektor Bonaparte. Ich bin ein richtiger, begriffsstutziger Hinterwäldler«, sagte der junge Lacy rasch. »Ich erwartete einen stiernackigen Bullenbeißer, dem die Handschellen aus der Jackentasche baumeln. Mein alter Herr wird sehr enttäuscht sein.«

»Tatsächlich. Warum denn?«

»Weil er – genau wie ich – einen stiernackigen Kriminaler erwartet. Er hat sich schon darauf gefreut, den Mann mit in den Busch zu nehmen und dort stehen zu lassen. Aber ich muß sagen, daß Sie nicht zu der Sorte gehören, die wir erwartet haben.«

»Ich freue mich ebenfalls, Sie kennenzulernen, Mr. Lacy«, erwiderte Bony herzlich. »Und nachdem ich gesehen habe, welch guter Pilot Sie sind, meine ich es wirklich ehrlich. Sie müssen wissen, daß ich nicht sehr oft fliege. Das letzte Mal war ich mit Captain Loveacre unterwegs, und das ist schon eine Weile her.«

»Captain Loveacre! Dann kennen Sie ihn ebenfalls. Moment, ich erinnere mich jetzt. Er erzählte mir sogar von Ihnen und dieser Geschichte im Lande des Brennenden Wassers. Er nannte Sie immer nur Bony.«

»Allerdings, Mr. Lacy. So nennen mich meine Freunde. Ich hoffe, ich darf Sie dazu rechnen.«

»Klar, Bony. Und ich heiße allgemein der junge Lacy. So, wie wär's, können wir starten? Mein alter Herr wird schon ungeduldig warten.«

Eric Lacy verstaute den Koffer, dann achtete er darauf, daß Bony den Fliegerhelm aufsetzte und sich auf dem hinteren Sitz festschnallte.

»Auf Wiedersehen, Blake!« rief er, nachdem er am Steuerknüppel Platz genommen hatte. »Grüßen Sie Ihre Frau von mir.«

Der junge Lacy gab Gas, der Motor heulte auf, und der Propeller wirbelte eine gewaltige Staubwolke auf. Der Sergeant retirierte mit langen Schritten zu seinem Wagen. Die Maschine rollte an, wurde schneller und hob ab. Das Städtchen kam in Sicht, die wenigen Häuser sahen wie bunte Tupfen im Mittelpunkt einer riesigen grünen und braunen Scheibe aus. Bony sah auf die Straße, die sich zum östlichen Horizont schlängelte. Eine zweite Straße führte nach Norden und eine dritte in vielen Windungen nach Westen.

Bony nahm einen Bleistift und einen alten Briefumschlag und

schrieb darauf: Bitte folgen Sie der Straße nach Karwir. Möchte die Kiefernhütte auf dem Gebiet von Meena sehen. Fliegen Sie bitte ganz niedrig.

Er schob die Nachricht über die Schulter von Eric Lacy, der sie las. Der junge Mann blickte sich kurz um und nickte. Dann klemmte er den Steuerknüppel zwischen die Knie, nahm einen Bleistift und schrieb ebenfalls etwas auf den Umschlag.

Gehe gern herunter, las Bony. Es ist allerdings sehr böig. Vielleicht wird Ihnen schlecht.

Als sich Eric umblickte, schüttelte Bony den Kopf und deutete mit der Hand nach unten. Darauf ging der junge Mann im Sturzflug hinunter und folgte, dicht über dem Erdboden, dem sich nach Westen schlängelnden Buschpfad. Grüner Busch und braune Sanddünen wechselten einander ab.

Ein Drahtzaun tauchte auf, huschte unter ihnen hinweg. Von der Wandkarte in Blakes Büro wußte Bony, daß es der Gemeindezaun von Opal Town war und nun das Gebiet der Meena-Station begann. Meena war ein schönes kleines Weidegut, allerdings nicht zu vergleichen mit der riesigen Besitzung von Karwir. Bony würde den Gordons einen Besuch abstatten müssen, ebenfalls Nero und dessen Stamm. Nero würde inzwischen längst erfahren haben, daß Bony nach Karwir flog.

In einer Höhe von hundertzwanzig Metern folgte der junge Lacy der gewundenen Straße. Nach Norden zu war das weidende Vieh als braune und weiße Punkte zu erkennen. Immer wieder geriet die Maschine in eine Fallbö, wurde wieder in die Höhe gerissen.

Bereits nach wenigen Minuten tauchten am Horizont das Wellblechdach und das Windrad der Kiefernhütte auf. Die Sonne ließ das sich drehende Windrad aufblitzen, verwandelte die beiden Eisentröge, in die sich das Wasser ergoß, in leuchtende Goldbarren. Die Straßengabel war deutlich sichtbar. Nach Westen führte der Buschpfad zum Herrenhaus von Meena, der andere Pfad bog nach Süden ab, schlängelte sich durch einen Mulgaforst, der sich bis ans Ende der Welt zu dehnen schien.

Das Flugzeug drehte nun nach Süden, folgte der Straße nach Karwir. Kein Rauch stieg aus dem Schornstein der Hütte auf, die unter ihnen vorbeiglitt, und keine Hunde sprangen umher. In den Koppeln waren keine Pferde zu sehen, niemand winkte zum Flugzeug herauf.

Bony verlor jedes Zeitgefühl. Fasziniert beobachtete er, wie der gewundene Pfad, wie Büsche und Bäume unter ihm vorbeihuschten. Neben der Straße lag im Schatten träge das Vieh. Ab und zu sprang ein Kaninchen auf, und eine rote Staubfahne wehte davon. Manchmal konnte er auch den dünnen Strich der Telefonleitung erkennen, die sich von Baum zu Baum zog.

Der Wald lichtete sich, ein breiter Streifen graues, unfruchtbares Land schloß sich an, der von einer unregelmäßig verlaufenden Reihe aus Flaschenbäumen begrenzt wurde. Dann tauchte wieder nacktes, baumloses Land auf, eine zweite Reihe von Flaschenbäumen, und nochmals graue, nackte Erde. Doch gleich darauf flog die Maschine erneut über dichten Baumbestand, der sich rechts und links der endlosen Straße dehnte. Die Channels glitten vorüber, die sich vom Meenasee bis zum Grünen Sumpf erstreckten.

Zwei Minuten nach Überfliegen der Channels tauchte am Ende der Straße ein weißer Fleck auf, der sich als ein weißgestrichenes Gattertor entpuppte. Dahinter erstreckte sich ein dunkler Strich bis ans Ende der Welt: Der Zaun, der die zu Karwir gehörende Steppe durchschnitt und die Grünsumpf-Weide von der Nordweide trennte. Schnurgerade verlief dieser Zaun, während sich an seiner Ostseite die Straße nach wie vor dahinschlängelte.

Warum Bony in dem Augenblick, in dem die Maschine den Grenzzaun überflog, nach Westen blickte anstatt nach rechts, wo die Grünsumpf-Weide lag, die für seine Ermittlungen doch so wichtig war, vermochte er später nicht zu sagen. Das Gattertor huschte unter dem Flugzeug vorüber, für den Bruchteil einer Sekunde sah Bony den stacheldrahtbewehrten Maschenzaun. Eine knappe Meile westlich des Gattertors, auf dem Gebiet von Karwir, stand im Schatten eines Baumes ein Schimmel, auf der anderen Seite des Zauns – ebenfalls unter einem Baum – ein braunes Pferd. Beide Tiere waren gesattelt und schienen an den Bäumen festgebunden zu sein. Offensichtlich zwei Viehhüter, die einen kleinen Schwatz halten, dachte Bony.

Die Maschine flog nun entlang dem endlos scheinenden Zaun zum Herrenhaus von Karwir. Im Süden und Osten dehnte sich die Steppe bis an den Horizont. Der Mulgawald aber blieb immer weiter zurück.

Das Flugzeug näherte sich mit zwei Meilen pro Minute dem Herrenhaus, während früher die Planwagen mit zwei Meilen pro Stunde über den Buschpfad geholpert waren.

Der Horizont nahm im Süden eine dunkle Färbung an, Baumwipfel tauchten auf. Es waren die riesigen Rotgummibäume, die den Bach säumten, an dessen Ufer das Herrenhaus von Karwir lag. Majestätisch ragten die Bäume auf, zu ihren Füßen schimmerten die Blechdächer der Gebäude, und drei Windräder blitzten in der Sonne. Aus den Pferchen, die aus Streichhölzern zu bestehen schienen, stiegen Staubwolken auf. Braune und schwarze Ameisen wimmelten durcheinander, und am Zaun standen zwei seltsame Wesen, die sich als Menschen entpuppten.

Interessiert betrachtete Bony das rote Dach des weitläufigen Herrenhauses, die Orangenbäume im Garten und den Bambusgraszaun, der alles umschloß. Sie überflogen einen Bach, einige Rotgummibäume, dann lag auch schon links unter ihnen der Wellblechhangar, hinter dem sich eine geräumige Landefläche dehnte. Wenige Sekunden später hatte die Maschine sanft aufgesetzt, rollte über das Flugfeld zum Hangar. Dann herrschte plötzlich eine tiefe Stille, in der die Stimme des jungen Lacy seltsam dünn wirkte.

»So, Bony, da wären wir.«

»Man kann sich kaum noch vorstellen, daß man vor vierzig Jahren nur auf dem Rücken eines Pferdes oder in einem leichten Wagen hierhergelangen konnte«, meinte Bony lächelnd und reichte Eric Lacy, der als erster aus dem Flugzeug kletterte, seinen Koffer, dann stieg er ebenfalls aus.

»Nun kommen Sie«, sagte der junge Lacy. »Mein alter Herr wird Sie schon voller Ungeduld erwarten. Machen Sie sich auf einen Despoten gefaßt. Mein Vater hat zwar viele gute Seiten, aber Fremde finden ihn manchmal ein wenig schwierig. Am besten, Sie lassen sich nichts gefallen. Wenn man ihn richtig zu nehmen weiß, kommt man ganz gut mit ihm aus.«

Bony lächelte. »Besten Dank für Ihren guten Rat. Ich besitze eine langjährige Erfahrung im Umgang mit Despoten. Anscheinend ähnelt Ihr Vater sehr meinem Chef, Colonel Spendor.«

Die beiden Männer schritten über die Brücke, die über den Bach führte, dann durch die schmale Tür am Bambusgraszaun. Die Orangenbäume atmeten Kühle, ihr Duft vermengte sich mit dem der Blumen, die vor der langen, von Moskitonetzen geschützten Südveranda blühten. Bony folgte dem jungen Mann zwei Stufen hinauf zu der mit Linoleum belegten Veranda, die zwar schlicht, aber geschmackvoll eingerichtet war. Vor einem Ledersessel stand der alte Lacy, in der einen Hand die Pfeife, in der anderen eine Viehzüchterzeitschrift: Ein unumschränkter Herrscher auf seinem Grund und Boden. Er trug Hausschuhe, eine Gabardinehose und über dem weißen Hemd eine offene Tweedweste. Das schüttere Haar war schlohweiß, genau wie der Bart. Die grauen Augen verrieten Energie und Charakter. Er blickte den Ankömmlingen entgegen, doch kein Lächeln glitt über sein Gesicht.

»Vater, das ist Kriminalinspektor Bonaparte.«

»Wie?« brummte der alte Lacy, und man mußte den Eindruck haben, er sei taub. Der junge Lacy wiederholte die Vorstellung nicht, und auch Bony wartete geduldig. »Kriminalinspektor – Sie? Wird aber auch Zeit, daß die verantwortlichen Stellen endlich jemanden schicken, der diesen Mord untersucht. Well, mein Junge wird Ihnen Ihre Schlafstelle zeigen.«

»Inspektor Bonaparte kann ruhig hierbleiben, Vater«, entgegnete Eric Lacy, wobei er Bonys Titel extra betonte. »Bis jetzt sind noch keinerlei Vorbereitungen getroffen worden, weil Diana ausgeritten ist, bevor ich nach Opal Town flog, und ich habe auch vergessen, Mabel Bescheid zu sagen, daß sie ein Zimmer vorbereiten sollte. Ich werde veranlassen, daß sie uns eine Kanne Tee kocht und dann ein Zimmer herrichtet.«

»Hm, all right!« Der alte Lacy setzte sich, dann deutete er auf den gegenüberstehenden Sessel. »Nehmen Sie Platz, Bonaparte. Sind Sie Inder oder Australier?«

»Danke.« Bony setzte sich. »Australier – jedenfalls mütterlicherseits. Aber besser ein halber Australier als gar keiner.«

»Wieso haben Sie es überhaupt bis zum Kriminalinspektor gebracht?« fragte der alte Herr ungeniert. »Das möchte ich zu gern wissen.«

Mit einiger Mühe gelang es Bony, ernst zu bleiben, denn er wußte genau, warum dieser alte Herr so bissig war: Sein ganzes Leben lang hatte er schwer kämpfen müssen, verabscheute Schwächlinge und Duckmäuser. Nun wollte er den Fremden auf die Probe stellen.

»Es würde sehr lange dauern, wenn ich Ihnen in allen Einzelheiten erzählen wollte, wie sich – nach erfolgreichem Universitätsbesuch – meine kriminalistische Laufbahn entwickelt hat«, erwiderte Bony ruhig. »In Australien ist die Hautfarbe ja kein Hinderungsgrund, wenn man nur doppelt so tüchtig ist wie die anderen. Man sollte mir nicht zum Vorwurf machen, daß ich zwischen den Rassen stehe. Ich habe mich damit begnügt, die von meinen Vorfahren ererbten Fähigkeiten auszunützen, während es für andere vor allem wichtig ist, viel Geld zu verdienen. Aber Geld und der Besitz einer großen Viehstation sind noch lange kein Grund, sich einem Mischling gegenüber arrogant zu benehmen – und vor allem, wenn dieser Mischling sein Leben der Verbrechensbekämpfung geweiht hat, damit diese Bürger in Sicherheit leben können.«

Die grauen Augen leuchteten auf.

»Sie haben vollkommen recht«, sagte der alte Lacy, und seine

Stimme klang plötzlich bescheiden und leise. »Ich habe viele prächtige Burschen unter den Eingeborenen gefunden und auch unter den Mischlingen. Und es gibt tatsächlich viele Weiße, die eine Menge Geld gescheffelt haben und sich nun als König fühlen. Also, nehmen Sie mir meine Art nicht übel. Ich bin ein grober alter Klotz und froh, daß Sie gekommen sind. Ich möchte, daß das, was man meines Erachtens Jeffery Anderson angetan hat, gesühnt wird. Sie sind ein willkommener Gast auf Karwir, und Sie können auf jede erdenkliche Hilfe rechnen. Die werden Sie nötig haben, denn seit Jeffs Verschwinden sind viele Monate vergangen.«

»Dessen bin ich sicher, Mr. Lacy«, versicherte Bony und spürte ein Glücksgefühl, weil er wieder einmal einen Sieg über die Voreingenommenheit eines Menschen errungen hatte. »Gewiß, meine Nachforschungen werden schwieriger sein und länger dauern, weil bereits so viel Zeit verstrichen ist. Es wäre durchaus möglich, daß ich Ihre Gastfreundschaft mehrere Monate in Anspruch nehmen muß. Ich werde nicht eher nach Brisbane zurückkehren, bis ich Andersons Schicksal geklärt habe.«

»Das höre ich gern. Genauso würde ich handeln, wenn ich es auch nicht so gut ausdrücken könnte. Ah – setzen Sie das Tablett hier ab, Mabel.«

Das Dienstmädchen stellte das Tablett auf den Tisch, der zwischen den beiden Männern stand, und verschwand wieder.

Bony erhob sich. »Milch und Zucker, Mr. Lacy?«

»Danke, keinen Zucker. Den kann ich mir in meinem Alter nicht mehr leisten. Genaugenommen konnte ich ihn mir nie leisten.«

»Ich weiß. Zucker ist teuer«, murmelte Bony und tat zwei Löffel in seinen Tee. »Aber es gibt Dinge, die noch teurer sind, Flugzeuge zum Beispiel.«

Der alte Herr lachte. »Inspektor, ich glaube, wir beide werden uns gut verstehen.«

5

»Nun möchte ich noch einmal auf den achtzehnten April zu sprechen kommen, Mr. Lacy«, sagte Bony. »Wie war an dem fraglichen Morgen das Wetter?«

»Es war trüb«, erwiderte der alte Lacy sofort, für den das Wetter stets eine wichtige Rolle gespielt hatte. »Ein warmer, feuchter Wind wehte aus Norden, und aus derselben Richtung kam schließlich ein hohes Wolkenfeld. Wir erwarteten keinen Regen – denn dann hätte ich Anderson nicht zur Grünsumpf-Weide hinausgeschickt.«

»Beschreiben Sie doch einmal, wie sich das Wetter im Laufe des Tages entwickelte.«

»Gegen elf Uhr hellte sich der Himmel im Norden auf, und gegen zwölf trieb das Ende der geschlossenen Wolkendecke über uns hinweg. Gleichzeitig aber schoben sich von Nordwesten neue Wolken heran, die dann kurz nach ein Uhr hier waren. Eine Stunde später begann es zu regnen – zunächst ganz leicht, dann immer heftiger. Als ich um vier Uhr nach dem Regenmesser sah, waren bereits drei Komma neun Millimeter gefallen. Es regnete dann ununterbrochen und hörte erst in den frühen Morgenstunden auf.«

»Wie oft hat es seitdem geregnet, und wie stark?«

»Lediglich am siebenten August fiel ein ganz leichter Schauer, aber nicht einmal die Sandrinnen füllten sich mit Wasser.«

Bis jetzt konnte der alte Lacy noch nicht erkennen, daß Bony gerade für derartige Fälle eine besondere Begabung besaß, doch die folgenden Fragen zeigten es ihm um so deutlicher.

»Haben Sie Anderson Ihre Anweisungen erst an dem betreffenden Morgen erteilt?«

»Ja. Nachdem ich die Leute eingeteilt hatte, sprach ich mit ihm. Er sollte nicht nur den Grenzzaun abreiten, er sollte sich auch den Grünen Sumpf ansehen und mir melden, wie hoch das Wasser steht. Wenn der Wasserspiegel zu tief absinkt, entsteht ein tiefer Morast. Dann müssen wir ihn einzäunen und die Pumpe in Betrieb nehmen.«

»Erinnern Sie sich noch, um welche Zeit er losgeritten ist?«

»Wir frühstücken immer um acht«, antwortete der Viehzüchter sofort. »Anderson bewohnte ein Zimmer im Bürobau, aber er aß mit uns und kam auch manchmal abends herüber, wenn er gerade Lust hatte. Ich habe zwar nicht gesehen, wann er losritt, aber es dürfte ungefähr zwanzig Minuten vor neun gewesen sein.«

»Schön. Aber nun kommt ein sehr wichtiger Punkt: Haben Sie ihm vorgeschrieben, wie er den Zaun abreiten sollte – im Uhrzeigersinn oder anders herum?«

»Er ritt gegen den Uhrzeigersinn, also von hier aus am Südzaun in östlicher Richtung.«

»Woher wissen Sie das?« bohrte Bony weiter.

»Weil der Knecht gesehen hat, daß er in dieser Richtung davongeritten ist.«

»Richtig, der Knecht. Auf ihn komme ich gleich zu sprechen. Wo dürfte sich nun nach Ihrer Schätzung Anderson um die Mittagszeit befunden haben?«

»Nun, er ritt ein schnelles Pferd, den Schwarzen Kaiser. Der Südzaun ist acht Meilen lang. Angenommen, er hatte in diesem Abschnitt keine Reparaturen, dann müßte er gegen elf Uhr an der Ecke angekommen sein. Nun mußte er am Ostzaun acht Meilen in nördlicher Richtung reiten. Er dürfte also kurz vor ein Uhr die Sanddünen erreicht haben. An diesem Punkt wird er den Zaun verlassen haben, um zu der eine halbe Meile westlich gelegenen Hütte, die an der Wasserstelle des Grünen Sumpfes liegt, zu reiten. Dort dürfte er sich Tee gekocht und zu Mittag gegessen haben.«

»Aber als am nächsten Tag die Leute der Suchmannschaft in der Hütte nachsahen, fanden sie keine Anzeichen dafür, daß Anderson dort gekocht hatte«, widersprach Bony.

»Stimmt«, gab der alte Lacy zu. »Er kann genausogut am Fuße der Sanddünen Rast gemacht haben. Er hatte ja einen vollen Wassersack dabei.«

»Er hatte einen Wassersack dabei? In Blakes Bericht wird aber nichts davon erwähnt. Hing der Wassersack noch am Sattel, als der Knecht das Pferd am nächsten Morgen vor dem Gattertor fand?«

»Ja, selbstverständlich.«

Bony lächelte. »Wir machen Fortschritte, wenn auch langsam. – Nehmen wir einmal an, daß Anderson nicht in der Hütte, sondern am Zaun bei den Dünen Mittagsrast machte. Nach Ihrer eigenen Beobachtung müßte sich um diese Zeit gerade die zweite Wolkenmasse genähert haben. Da sich Anderson im Busch ebensogut auskannte wie Sie, würde er doch beim Anblick dieser Wolken damit gerechnet haben, daß Regen kommt?«

»Donnerwetter! Ja, ganz bestimmt!« pflichtete der Viehzüchter bei.

»Schön. Nun sagten Sie, daß es kurz nach zwei Uhr zu regnen begann. Angenommen, Anderson hatte an diesem Morgen einige Reparaturen vorzunehmen und kam erst kurz nach eins bei den Sanddünen an. Während der Mittagsrast begann es zu regnen. Glauben Sie, daß er im Sumpf den Wasserstand kontrolliert hätte?«

»Nein, niemals!« Die Stimme des alten Herrn klang erregt. »Der Zweck einer solchen Kontrolle wäre gewesen, festzustellen, wieviel Wasser noch vorhanden war, um eine eventuelle Gefahr für das Vieh zu beseitigen. Aber in dem Augenblick, in dem es zu regnen begann, bestand eine solche Gefahr nicht mehr. Ich sehe, worauf

Sie hinauswollen, Inspektor. Falls es zu regnen anfing, während Anderson Rast machte, würde er weiter in nördlicher Richtung am Zaun entlanggeritten sein, sich an der nächsten Ecke nach Westen wenden und, falls der Regen inzwischen aufgehört haben sollte, dort den Zaun verlassen, um den Nordrand des Sumpfes zu kontrollieren.«

Bonys Augen glänzten. »Wir haben nun eine Erklärung, warum Anderson nicht in der Hütte und beim Sumpf war. Durch den einsetzenden Regen konnte er sich die vorgesehene Kontrolle sparen. Jetzt muß ich natürlich noch beweisen, daß er überhaupt bis zu den Sanddünen gekommen ist. Übrigens ist bis heute ungeklärt, ob Anderson – wie üblich – ein Lasso dabeihatte. Was glauben Sie?«

»Niemand kann mit Sicherheit behaupten, daß er ein Lasso mithatte, aber ich bin überzeugt davon. Anderson wäre nicht ohne Lasso losgeritten.«

Bony drehte sich eine Zigarette und zündete sie an, dann lehnte er sich bequem zurück. Er konnte zufrieden feststellen, daß er den alten Herrn mit seiner Kombinationsgabe beeindruckt hatte.

»Sie werden zweifellos erkannt haben, welche Schwierigkeiten sich mir entgegenstellen«, fuhr er schließlich fort. »Dieser Fall interessiert mich. Es lohnt sich, dafür Zeit und Mühe zu opfern. Es ist möglich, daß ich mich mehrere Wochen hier aufhalten muß, und ich hoffe, Ihnen nicht allzusehr zur Last zu fallen.«

»Sie können bleiben, solange Sie wollen, Inspektor«, sagte der alte Lacy herzlich. »Anderson war eine gute Arbeitskraft, aber er war sehr gewalttätig. Zweifellos haben Sie bereits davon gehört, daß er Bill der Wetter krankenhausreif geschlagen und einen Eingeborenen namens Inky Boy ausgepeitscht hat. Ich habe stets die Augen zugedrückt, auch noch bei zwei anderen Vorfällen. Aber als er die Unverschämtheit besaß, um die Hand meiner Tochter anzuhalten, war das Maß voll. Sie haben mein Mädel noch nicht gesehen, sie ist ausgeritten. Aber Sie werden meine Tochter ja bald kennenlernen.«

»Sie ist eine gute Reiterin?«

»In der ganzen Gegend gibt es keine Frau, die es mit ihr aufnehmen könnte. Wenn sie auf dem Rücken von Sally, ihrer weißen Stute, sitzt, dann ist das ein herrliches Bild.«

»Das glaube ich gern. Ist sie heute mit Sally unterwegs?«

»Ja.«

Vor Bonys geistigem Auge tauchte ein Bild auf, das er vom Flugzeug aus gesehen hatte: ein weißes Pferd, das dicht beim Grenzzaun an einen Baum gebunden war, und auf der anderen Seite des Zaunes ein braunes Pferd, das ebenfalls unter einem Baum stand.

»Ihre Tochter hat Anderson nicht geliebt?« fragte Bony leise.

»Natürlich nicht! Sie ist gerade zwanzig, und er wollte sie schon vor einem Jahr heiraten. Teufel! Was er mir alles an den Kopf geworfen hat, nachdem ich ihm eine Absage erteilt hatte, möchte ich lieber nicht wiederholen. Er mein Schwiegersohn – daß ich nicht lache!«

»Aber rausgeworfen haben Sie ihn offensichtlich nicht?«

»Ihn rauswerfen!« Die Augen des alten Herrn blitzten auf.

»Ich nicht. Warum auch, ohne ihn wäre hier überhaupt nichts mehr los gewesen. Seit er verschwunden ist, geht es bei uns ziemlich ruhig zu. Einen guten Vorgesetzten hätte er allerdings nie abgegeben. Deshalb hat er auch von mir die freigewordene Verwalterstelle nicht bekommen. Dann hätte ich mich bestimmt fortwährend nach neuen Arbeitskräften umsehen müssen. Dieser Kerl mein Schwiegersohn! Ich bin zwar alt, aber so alt doch noch nicht. Außerdem wollte mein Mädel nichts von ihm wissen.«

Bony lächelte. »Ich nehme an, daß sie bis heute noch nicht den Richtigen gefunden hat?«

»Ganz recht. Meines Wissens hat sie noch nie ein Liebesverhältnis gehabt. Sie hätte es mir bestimmt erzählt.«

Bony sah wieder das weiße und das braune Pferd vor sich – und da bezweifelte er doch stark, daß sie dem alten Lacy alles erzählte. »Ein gewalttätiger Mensch wie Anderson besaß doch gewiß eine Menge Feinde. Die Schwarzen waren ihm bestimmt nicht freundlich gesinnt. Wie steht es mit dem Knecht, den Anderson krankenhausreif geschlagen hat?«

»Das ist ein kleines, schmächtiges Männchen. Er erhielt von mir ein anständiges Schmerzensgeld. Ihn können Sie ruhig ausschließen. Bei den Schwarzen ist es natürlich etwas anderes. Ich glaube nach wie vor, daß sie sich an Anderson gerächt haben für das, was er Inky Boy und zuvor einem Eingeborenenmädchen, das zu Lebzeiten meiner Frau hier beschäftigt war, angetan hatte.«

Die Sympathien des alten Herrn gehören also nicht denen, die unter der Gewalttätigkeit von Anderson zu leiden hatten! dachte Bony. Eigentlich seltsam, daß der Viehzüchter immer noch mit Hochachtung von einem Mann sprach, den er doch im Grunde nicht mochte.

»Wir dürfen eine Möglichkeit nicht unbeachtet lassen«, sagte Bony bedächtig. »Es ist Ihnen gewiß bekannt, daß schon öfter Menschen im Busch verschollen sind. Trotz gründlicher Suchaktionen wurden die Leichen erst nach Jahren oder überhaupt nicht gefunden. Anderson kann durchaus auf der Grünsumpf-Weide vom Pferd gestürzt sein und trotz schwerer Verletzungen noch eine größere Strecke zurückgelegt haben. Dann erst ist er vielleicht gestorben.«

»An diese Möglichkeit haben wir gedacht und das Gelände, das sich an die Grünsumpf-Weide anschließt, ebenfalls abgesucht«, entgegnete der alte Lacy. »Und außerdem, wo sollen denn sein Hut, seine Stockpeitsche und sein Lasso geblieben sein?«

»Ich gebe zu, daß das fehlende Lasso gegen die Theorie spricht, Anderson sei vom Pferd gestürzt und habe sich verletzt«, pflichtete Bony bei. »Ich möchte mir einmal den Schwarzen Kaiser ansehen. Könnte er morgen früh hereingeholt werden?«

»Er ist drüben auf der Koppel bei den Jungtieren, die zugeritten werden. Wenn Sie wollen, können wir gleich hingehen.«

Sie erhoben sich, und der alte Lacy ging durch die Verandatür voran. Während er Bony durch den Garten und über einen freien Platz führte, pries er die Vorzüge des Schwarzen Kaisers, verschwieg aber seine Untugenden.

Der Rappe befand sich mit einem Dutzend anderer Pferde in einer Koppel. Bonys Augen leuchteten auf, als er dieses pechschwarze, wahrhaft königliche Pferd erblickte.

»Er ist sechs Jahre alt«, erklärte der Viehzüchter, und ein leichtes Bedauern schwang in seiner Stimme. »Das schönste Pferd, das Sie in Queensland finden, und doch taugt es nichts. Es wirft den Reiter ab und trampelt ihn auch noch zu Tode. Der Schwarze Kaiser hat in mehr als einer Hinsicht prächtig zu Anderson gepaßt.«

»Wenn Sie erlauben, möchte ich ihn morgen reiten«, meinte Bony vergnügt. »Ein wunderschönes Tier! Wird es nie beschlagen?«

»Nein.«

»Die Hufe müßten beschnitten werden.«

»Wenn Sie ihn reiten wollen, dann können Sam und Bill der Wetter die Hufe beschneiden.«

»Danke, aber ich möchte das lieber selbst besorgen.«

Der Schwarze Kaiser schnaubte und legte die samtigen Ohren zurück, als Sam – der schmächtige, sehr träge wirkende Zureiter – mit dem Zaumzeug in der Hand auf ihn zutrat. Doch so leicht ließ sich das Pferd nicht einfangen, dazu mußte erst noch ein Lasso geholt werden. Als der Schwarze Kaiser schließlich zwischen den Hürden stand, machte sich Bony mit dem gebogenen Hornmesser ans Werk. Fachmännisch gab er den Hufen eine Form, die der ähneln mochte, als Anderson das Tier zum letztenmal geritten hatte. Dann führte er das Pferd zurück auf die Koppel. Der alte Lacy, Sam und Bill hockten sich auf die Umzäunung und sahen zu, wie Bony das Tier an seine Nähe gewöhnte. Es dauerte nur wenige Minuten, dann stand der Schwarze Kaiser ruhig und offensichtlich völlig zahm da. Selbst als Bony das Zaumzeug entfernte, versuchte der Rappe nicht auszubrechen, sondern ließ sich den Hals tätscheln.

»Morgen früh möchte ich ihn gern einmal reiten«, erklärte Bony und setzte sich zu den anderen auf den Zaun. »Für normale Arbeit ist er allerdings nicht zu gebrauchen – schade.«

»Bill, Sie bringen ihn morgen früh mit den Arbeitspferden herein«, wies der alte Lacy den Knecht an.

Bill der Wetter blickte Bony grinsend an. »Ich wette zwei Pfund, daß der Schwarze Kaiser Sie abwirft.«

»Da würden Sie nur ihr Geld verlieren«, erwiderte Bony.

Keiner der drei Männer bemerkte, daß sich vom Gattertor, das die Straße nach Opal Town abschloß, ein junges Mädchen auf einem weißen Pferd näherte. Erst als sie den Schimmel bis dicht zu den Männern geführt hatte, wurde sie von Bony entdeckt, und er sprang sofort vom Zaun.

»Hallo, mein Mädchen!« rief der alte Lacy lauter als nötig. »Du bist wieder zu Hause?«

Trotz seines hohen Alters kletterte er mit bemerkenswerter Geschwindigkeit vom Zaun. Sam ging wieder an seine Arbeit, während Bill der Wetter die weiße Stute wegführte.

»Dies ist Inspektor Bonaparte«, stellte der alte Herr vor. »Inspektor, dies ist meine Tochter Diana.«

»Und was für ein Inspektor sind Sie?« fragte das Mädchen mit klarer Stimme und musterte Bony kritisch.

»Wieso, er ist ein –«, begann der alte Lacy, doch Bony fiel ihm ins Wort.

»Ach, nichts, Miss Lacy«, sagte er und verbeugte sich. »Ich freue mich, Sie kennenzulernen. Manche Leute glauben, ich sei Polizeibeamter, aber das bin ich in Wirklichkeit gar nicht. Mein Chef, Colonel Spendor, würde es Ihnen jederzeit bestätigen. Ich heiße Napoleon Bonaparte und bin Kriminalbeamter.«

Diana Lacy war ein zierliches, dunkelhaariges Persönchen. Sie betrachtete das braune Gesicht des Fremden, der so schnell das Vertrauen ihres Vaters gefunden zu haben schien, was an sich schon bemerkenswert war. Das Mädchen schlug sich mit der Gerte gegen die Reithose, und trotz des grellen Sonnenlichtes waren ihre blauen Augen weit geöffnet.

Bony erkannte sofort, welch kraftvolle Persönlichkeit vor ihm stand. Dieses Mädchen ähnelte ihrem Vater viel mehr als ihr Bruder Eric. Bony entging nicht das kurze Erschrecken, doch schon im nächsten Moment glitt ein amüsiertes Lächeln über ihr Gesicht. Sie sah aus, als sei sie geradewegs von der Titelseite eines Modejournals gestiegen.

»Inspektor Bonaparte ist zu uns gekommen, um Jeffs Verschwinden aufzuklären«, sagte der alte Lacy mit seiner dröhnenden Stimme.

Es war nicht zu erkennen, ob das Mädchen seine Worte gehört hatte. Ihre Gedanken rasten, das sah Bony deutlich. Sie hatte ihr Mienenspiel völlig in der Gewalt, nicht aber ihre Hände – bis sie bemerkte, daß Bony darauf blickte. Jetzt erst wurde sie sich bewußt, wie ihre Hände zuckten, und sie schob sie rasch in die Hosentaschen.

»Ein wunderbarer Tag, um einen ordentlichen Galopp zu reiten, Miss Lacy«, meinte Bony im Plauderton. »Und außerdem eine wunderschöne Landschaft. Es wird morgen bestimmt ein Genuß, wenn ich mit dem Schwarzen Kaiser ausreite.«

»Ganz bestimmt, Inspektor«, pflichtete der alte Herr bei.

Die nervöse Spannung hatte sich gelegt, das Mädchen sah zu dem Rappen hinüber.

»Seien Sie vorsichtig, Inspektor Bonaparte«, sagte sie, ohne Bony oder ihren Vater anzublicken. »Mr. Anderson hat oft gesagt, daß dieses Pferd einen leichteren Gang hat als alle anderen.« Sie drehte sich um, schaute zur Sonne und schlug vor, ins Haus zu gehen und Tee zu trinken.

»Wie sind Sie eigentlich zu uns gekommen?« wandte sie sich an Bony.

»Ihr Bruder hat mich mit dem Flugzeug aus Opal Town abgeholt.«

Diana blickte ihren Vater an. »Ist schon für Mr. Bonapartes Unterbringung gesorgt?«

»Ja. Mabel richtet ein Zimmer her. Wir haben zwar vorhin schon Tee getrunken, aber noch eine Tasse kann nicht schaden.«

»Ich werde Ihnen weiter keine Umstände bereiten, Miss Lacy, das verspreche ich«, erklärte Bony, als sie über den freien Platz gingen. Er wunderte sich ein wenig über ihre Kühle, glaubte aber den Grund für ihr Unbehagen zu kennen. »Leider werde ich eine ganze Weile hierbleiben müssen. Wenn man erst viele Monate nach einem Geschehnis mit den Ermittlungen beginnen kann, türmen sich natürlich mannigfaltige Widerstände auf.«

Ihr Gesicht blieb auch weiterhin verschlossen. Offensichtlich nahm sie Bonys Anwesenheit mit demselben Gleichmut auf, mit dem sie einen Sturm oder einen Buschbrand hinnehmen würde.

»Ihre Anwesenheit stört uns nicht weiter, Mr. Bonaparte«, sagte sie nach kurzem Schweigen, und ihre Stimme verriet Bony deutlich, daß er von ihr Widerstand zu erwarten hatte. »Wir verstehen Ihre Schwierigkeiten nur zu gut. Eigentlich ist doch schon zu viel Zeit verstrichen, um noch etwas herauszufinden – meinen Sie nicht auch?«

»Es tut mir leid, Miss Lacy, aber da bin ich anderer Meinung«, antwortete Bony gutgelaunt. »Ich wäre sogar höchst erstaunt, wenn sich Andersons Verschwinden nicht aufklären lassen würde.«

Bony öffnete die Gartenpforte, und der alte Lacy, der über die Worte des Inspektors lachen mußte, trat als erster ein. Lächelnd betrachtete Bony das Mädchen, ihre schlanke Gestalt, das etwas hochmütige Gesicht, die kalten blauvioletten Augen. Im nächsten Moment schob sie sich an ihm vorbei, um ihrem Vater zu folgen. Sie warf Bony einen schrägen Blick zu und murmelte: »Durchaus möglich, daß Sie gewaltig staunen werden.«

6

Seit dem Abend, an dem Mary Gordon voller Herzklopfen auf die Rückkehr ihres Sohnes gewartet hatte, war über Meena kein Regen mehr niedergegangen. Die Aussichten auf einen ausreichenden Futtervorrat waren deshalb im Inneren Australiens äußerst gering. Die Hoffnung, die der Aprilregen erweckt hatte, wich einer immer tieferen Resignation, je länger die Sonne den Boden ausdörrte.

An diesem Nachmittag, an dem Inspektor Napoleon Bonaparte in Karwir eintraf, ritt John Gordon nach Norden. Er war deprimiert, doch nicht nur wegen des zu erwartenden trockenen Sommers. Zu Winterbeginn hatte Meena finanziell gut dagestanden, aber nun würden die Geldmittel rasch zusammenschrumpfen.

Noch gab es auf den Weiden Futter im Überfluß, aber es bestand wenig Aussicht, daß alles nachwuchs, bevor der heiße Sommerwind die Erde verbrannte. Glücklicherweise hatte John Gordon II. große Voraussicht bewiesen, indem er eine Anzahl Brunnen und Wasserstellen angelegt hatte, so daß es in Meena selbst in einer ausgedehnten Dürreperiode keinen Wassermangel geben konnte.

John Gordon III. hatte den ganzen Tag auf der Südweide gearbeitet, war über stoppeliges Tussockgras und durch Mulgagürtel geritten, hatte die breiten Niederungen – die Channels – inspiziert. Immer wieder war er an Kaninchenfamilien vorbeigekommen, hatte aber keine Jungtiere gesehen, die auf einen normalen Sommer hätten schließen lassen.

Von Südwesten näherte er sich dem Meenasee. Sein Pferd trug ihn über die grasbestandene Ebene, dann eine flache Steigung hinauf, und urplötzlich lag der See vor ihm. Bis auf drei Stellen war er von Dünen und Buchsbäumen umgeben. An der einen Stelle ergoß sich der Meena Creek – von den fernen Bergen im Nordwesten kommend – in den See, außerdem lag am Ostufer ein Plateau, auf dem die Gebäude mit ihren roten Dächern standen. An der dritten Stelle floß das Wasser in guten Jahren in die Niederungen ab.

Jetzt war der See ausgetrocknet, das blaue Juwel war verschwunden, aber die wunderschöne Fassung war noch vorhanden. Das Ufer des Sees – er war rund und hatte einen Durchmesser von ungefähr zwei Meilen – wurde von einem breiten Band aus schneeweißem Lehm gebildet, an das sich die rötlichen Sanddünen anschlossen, die wiederum von grünen Bäumen gesäumt wurden.

Als Gordon nun den sanften Hang hinab auf die Bäume zuritt, traf er nicht mehr auf einzelne Kaninchenfamilien, sondern auf ein riesiges Heer, das den See belagerte und das Land verwüstete.

Der Abend sank herab, und hatten die Tiere in der Hitze des Tages gedöst, so regte sich nun ringsum das Leben. Überall saßen Kaninchen, putzten sich und waren verspielt wie junge Kätzchen. Unter den Bäumen aber hockten die Nager dicht an dicht, fraßen die Blätter, die der Wind herabgeweht hatte, und nagten an den Wurzeln. Einige waren sogar an schiefstehenden Stämmen hinaufgeklettert, genossen die zarte Rinde junger Zweige.

Gewaltige Goldadler glitten dicht über dem Boden dahin, stiegen plötzlich – ohne einen Flügelschlag – steil zum leuchtenden Himmel auf. Die Krähen folgten den Adlern, ließen zwischen den Bäumen ihr heiseres Krächzen vernehmen oder stolzierten wie würdige, schwarzbefrackte Herren durch die Gegend. Für die Füchse war es noch zu früh, aber sie warteten bereits ungeduldig, sich nach Eintritt der Dunkelheit ihren Teil an den Kaninchen zu sichern.

Das Pferd witterte den Stall, trug Gordon zwischen den Bäumen hindurch und über die Dünen, die einen Pelzmantel angezogen zu haben schienen. Dann ging es hinab zur Lehmfläche am Ufer. Gordon preßte sein rechtes Knie in die Flanke des Tieres, das sofort gehorchte und dem weißen Lehmband folgte.

In der Mitte des Sees war auch jetzt noch Pflanzenwuchs vorhanden. Doch die Vorhut der Kaninchenarmee befand sich bereits auf dem Marsch, um auch damit aufzuräumen. Wohin John Gordon blickte, überall hoppelten die Nager über die Lehmfläche und weiter über den kiesigen Grund des ausgetrockneten Sees. Hin und wieder kam ein Adler angesegelt, schlug sich ein Kaninchen, und ein Todesschrei zerriß die Abendluft.

Vor drei Jahren hatten die Kaninchen die Herrschaft über den Meenasee angetreten, hatten sich laufend vermehrt, bis am Ende des vergangenen Sommers der See austrocknete und kein Grünfutter mehr vorhanden war. Der Aprilregen hatte den Kaninchen noch einmal Futter beschert, und während des milden Winters waren ungezählte Jungtiere geboren worden. Bereits nach neun Wochen hatten die jungen Häsinnen ebenfalls für Nachwuchs gesorgt. Anfang September jedoch schien ihnen ihr Instinkt die bevorstehende Trockenperiode anzukündigen, und schlagartig hörten die Kaninchen auf, sich zu vermehren.

Gewohnheit macht gleichgültig. So hatte auch John Gordon keinen Blick für die leuchtenden Farben, für die roten Dächer und weißen Mauern, für die Gebäude auf ihren rötlichen Fundamenten unter dem blaugrünen Baldachin. Das Pferd trug den jungen Mann zwischen den Dünen hinauf zum Rand des Plateaus und am Herrenhaus vorüber zum Sattelschuppen.

Gordon sprang ab, gab dem Tier ein paar zärtliche Klapse und sattelte es ab. Das Pferd schüttelte sich, ging zum Trog und soff. Die beiden Hunde stimmten ein wildes Gebell an, bis der junge Mann sie von ihren Ketten löste. Aufgeregt umsprangen sie ihn, während er zur Arbeiterunterkunft ging.

Alles das gehörte ihm, und dazu 120 000 Hektar gutes Land. Gewiß, Meena war bei weitem nicht so groß wie Karwir oder die anderen Viehstationen, war eigentlich nur ein Selektionsbetrieb. Doch die Gordons fanden ihren Lebensunterhalt, genau wie der See die Eingeborenen seit Jahr und Tag mit Nahrung versorgt hatte. Die ganze Verantwortung lag auf John Gordon. Er mußte nicht nur für seine Mutter sorgen, sondern auch für die Schwarzen, die ihn für mächtiger hielten als Nero, ihren Häuptling. Vom Seeufer herüber konnte er das Gekreisch ihrer spielenden Kinder hören, und als er sich der Arbeiterunterkunft näherte, vernahm er Akkordeonspiel, das durchaus nicht stümperhaft klang.

Er trat durch die Tür, und Jimmy Partner, der sofort zu spielen aufhörte, lächelte ihm entgegen.

»Hallo, Johnny Boss! Ein Ringkampf gefällig?«

»Ringkampf!« wiederholte Gordon ungeduldig. »Anscheinend hast du überhaupt nichts anderes im Kopf. Wenn ich dich nur ab und zu besiegen könnte, würdest du nicht dauernd davon sprechen.« Er lachte. »Wir könnten ja auch einmal boxen, dann würdest du dein blaues Wunder erleben!«

Die weißen Zähne blitzten. »Allerdings, Johnny Boss. Aber ein Glück, daß ich ein so guter Ringer bin, sonst könntest du deinen Kopf unter dem Arm tragen.«

Jimmy Partner lachte, es war ein kehliges, musikalisches Lachen. Er stellte sein Akkordeon auf dem Kaminsims ab und nahm die Ringerpose ein. Da er vor John Gordon nach Hause gekommen war, hatte er sich bereits gewaschen, trug nun eine saubere Hose aus Englischleder und ein weißes Tennishemd. Das sorgfältig frisierte Haar wurde von einem Mittelscheitel zerteilt, und das dunkelbraune Gesicht glänzte. Jimmy Partner war kein Riese, aber gut proportioniert und in der Vollkraft seiner Jahre. Langsam, mit federnden Schritten und angewinkelten Armen kam er auf John Gordon zu.

Der junge Mann verschwand blitzschnell durch die Tür und packte die Waschschüssel, die auf einer Kiste stand. Sie war noch angefüllt mit schmutzigem Waschwasser.

»Komm nur raus!« rief er.

Doch Jimmy Partner hütete sich. »O nein, Johnny Boss!« erwiderte er lachend. »Ich habe gerade ein sauberes Hemd angezogen, und das andere hängt gewaschen auf der Leine.«

»Na schön, also keine Dummheiten. Sonst . . .«

Vorsichtshalber nahm John Gordon die Waschschüssel mit und trat wieder ein. Jimmy Partner saß auf seinem Stuhl, das Akkordeon auf den Knien. Gordon setzte die Waschschüssel auf dem Tisch ab und nahm daneben Platz. Sein Gesicht wurde ernst.

»Was war mit den Fallen?« fragte er.

»Ich habe alle kontrolliert«, antwortete Jimmy. »Zwei waren zugeschnappt. In der Falle beim Schwarzen Tor war ein Dingo.«

»Gut! War er ganz reinrassig?«

»Nein. Es wird sehr trocken, Johnny Boss.«

»Allerdings. Sieht aus, als ob es ziemlich arg wird, bevor der Sommer zu Ende geht. Dann wirst du und deine Leute reicher sein als ich.«

»Keine Angst«, versicherte Jimmy Partner sofort. »Wenn du

Geld brauchst, holst du es von meinem Konto. Du kannst auch das Geld des Stammes haben, wenn du es brauchst.«

»Hm! So weit wird es nicht kommen, Jimmy. Weißt du eigentlich, wieviel du auf der Bank hast?«

»Ungefähr hundert Pfund.«

»Hundertzweiundachtzig Pfund und zehn Shilling.«

»Die kannst du haben, Johnny Boss. Ich möchte lediglich noch ein anderes Hemd.«

»Aber Mutter hat dir doch erst in der vergangenen Woche Hemden gegeben. Wo sind die denn?«

»Nero brauchte zwei.«

Gordon runzelte die Stirn. »Du sollst deine Sachen behalten, Jimmy. Auf dem Konto des Stammes ist genügend Geld, um alle zu versorgen. Wenn ich auch das Geld für die Hundefelle einzahle, besitzen sie mehr als siebenhundert Pfund. Damit werden die Kalchut jede Dürreperiode überstehen.«

»Der Stamm hat alle Dürreperioden überstanden, bevor Opa Gordon kam, und damals hatten meine Leute kein Geld auf der Bank.«

»Unsinn! Die Zeiten haben sich geändert, Jimmy.«

Seit Jimmy Partner vor sieben Jahren das zwanzigste Lebensjahr erreicht hatte, war ihm der Lohn eines Landarbeiters gezahlt worden. Es war nicht leicht gewesen, ihn zu bewegen, einen Teil des Geldes auf die Bank zu bringen. Doch sobald die Pfunde auf dem Konto waren, blieben sie auch dort – dafür sorgten schon Mrs. Gordon und ihr Sohn.

Genauso kontrollierten sie das Konto der Kalchut. Das durch den Verkauf von Kaninchen- und Fuchsfellen erzielte Geld zahlten sie ein, das für die Anschaffung der bescheidenen Winterkleidung benötigte hoben sie ab. Die Kalchut hatten nie gebettelt, und in den letzten Jahren hatten sie am Meenasee eine reiche Pelzernte einbringen können.

»Hast du eigentlich Nero getroffen?« fragte Jimmy Partner.

»Nein, weshalb?«

»Er war vor einer halben Stunde hier. Er sagte, daß großer Polizist Blackfeller nach Opal Town gekommen ist.«

Gordon richtete sich auf, und seine braunen Augen umflorten sich.

»Weshalb? Hat das Nero auch gesagt?«

»Nein«, erwiderte Jimmy gleichgültig.

»Was hat denn Nero noch gesagt?«

»Nichts. Ich sollte es dir nur ausrichten. Wandin hat ihn verständigt über Buschtelegraf.«

»Soso. Keine Ahnung, was es zu bedeuten hat. Das Essen wird gleich fertig sein. Also bis dann.«

Gordon schritt auf die Gartenpforte zu, als seine Mutter mit einem Eisenstab gegen den Triangel schlug und damit verkündete, daß das Abendessen fertig war. Mary stand an der Verandabrüstung und blickte ihrem Sohn entgegen. Sie trug ein blaugestreiftes Leinenkleid, das sie um Jahre jünger erscheinen ließ.

»Vom Fellagenten ist ein Scheck über zweiundsiebzig Pfund gekommen für die Kaninchenfelle, die die Schwarzen im vergangenen Monat geliefert haben«, rief sie ihm glückstrahlend entgegen.

»Das werden sie gut gebrauchen können, wenn die Trockenperiode anhält.« John lächelte seine Mutter an. »Sonst noch was?«

»Nur ein paar Empfangsbestätigungen und ein Brief von der Brunnenbaufirma. Wie sieht es auf der Südweide aus?«

»Noch ganz gut, aber das Vieh beginnt bereits etwas abzumagern.«

Mary verschwand in der Wohnküche, während John zunächst in das Bad ging, das an das Haus angebaut worden war. Fünfzehn Minuten später nahmen alle am Tisch Platz, wie es seit Jahren üblich war: an der Stirnseite auf dem Platz des Vaters saß John, zu seiner Rechten die Mutter, Jimmy Partner am anderen Tischende.

Menschen wie John und Mary Gordon gibt es viele im Inneren Australiens, aber die Anwesenheit eines Eingeborenen bei Tisch ist unüblich. Jimmy Partner war das lebende Beispiel, daß der Australneger durchaus in der Lage war, sich zu einem zivilisierten Wesen zu entwickeln, wenn man ihm nur die Gelegenheit gab.

Nach dem Essen drehte sich John Gordon eine Zigarette, Jimmy Partner spülte das Geschirr ab, die ›Missis‹ aber schlug den Brotteig. John ging hinüber zum Hühnerstall und überzeugte sich, ob alles vor den Füchsen sicher verschlossen war, dann spazierte er durch die Abenddämmerung zum Gartentor und schließlich den gewundenen Pfad entlang, auf dem seine Mutter in jener Aprilnacht bei strömendem Regen dahingehastet war.

Im Camp spielten die Kinder, nicht allzuweit entfernt von den Lagerfeuern, denn Mindye, der Buschgeist, holte alle Blackfellers, die in der Dunkelheit umherwanderten. Die Lubras hatten sich vor einer Hütte zu einem Schwatz zusammengefunden, während die Männer in ernstem Palaver um das Feuer hockten. Als die Kinder Johnny Boss entdeckten, liefen sie ihm entgegen und eskortierten ihn ins Camp.

»Guten Abend, Johnny Boss«, riefen die Männer im Chor.

Nero hockte, ungefähr hundert Meter vom Camp entfernt, vor einem kleinen Feuer. Gordon erwiderte den Gruß der Männer, tätschelte die schwarzen Köpfe der Kleinen und schlenderte weiter, um mit dem Häuptling zu reden.

John hockte sich gegenüber von Nero nieder, und eine dünne Rauchspirale stieg zwischen ihren Köpfen auf.

»Guten Abend, Johnny Boss«, sagte Nero leise, und seine schwarzen Augen musterten den weißen Mann wohlwollend.

Mit ihm konnte John Gordon nicht so sprechen wie mit seiner Mutter oder Jimmy Partner, denn Nero war nie von seinem Stamm weggekommen.

»Jimmy Partner sagen, du ihm erzählen, großer Polizist Blackfeller gekommen nach Opal Town«, meinte er.

»Ganz recht, Johnny Boss. Wandin er mir schicken Buschtelegramm.«

»Was meint Wandin mit ›großer Polizist Blackfeller‹?«

Nero schüttelte seinen weißen Haarschopf. »Nicht sagen.«

»Weshalb er kommen? Soll vielleicht finden Jeff Anderson?«

»Möglich. Er nicht genau sagen. Er nicht gemacht Rauchsignale. Nero noch nicht fertig.«

Gordon starrte in das kleine Feuer, dessen Glut das fette, alte Gesicht des Häuptlings mit Röte überzog. Nero trug lediglich eine alte Arbeitshose, und die Tätowierungsnarben auf seinem Oberkörper traten im Flammenschein deutlich hervor.

Wenn es wichtige Staatsaffären zu überdenken galt, zündete sich Nero solch ein kleines Feuer an, um mit den Geistern Verbindung aufzunehmen. Gordon kannte die Eingeborenen gut genug, um zu wissen, daß es jetzt um die Botschaft ging, die Wandin auf telepathischem Weg aus Opal Town gesendet hatte.

»Um welche Zeit Wandin dir melden die Ankunft von großem Polizisten Blackfeller?« fragte er.

Nero arrangierte sorgfältig die brennenden Spitzen der vier Zweige, und das Feuer loderte heller. Dann zeichnete er mit der Fingerspitze im Sand zwei Striche: einen horizontalen und einen senkrechten. Damit stellte er den Schatten dar, den die Sonne um zwei Uhr warf.

»Du versuchen, Wandin wieder zu hören?«

Nero nickte. »Wandin nicht sprechen.«

Sie verfielen erneut in Schweigen. Gordon sah über Neros Schultern hinweg, wie die Kinder eines nach dem anderen in den Hütten verschwanden. Die Lubras folgten ihnen, nur die Männer blieben an dem großen Lagerfeuer hocken.

John Gordon wollte sich gerade erheben, um nach Hause zurückzukehren, als die Hunde anschlugen. Die Männer vom Lagerfeuer erteilten ihnen einen barschen Befehl, und das Bellen ging in Winseln über. Im nächsten Moment erschien bei den Buchsbäumen aus der Dunkelheit die hochgewachsene, finster blickende Gestalt von Wandin.

»Wandin kommt«, sagte Gordon zu Nero, der dem Ankömmling den Rücken zukehrte.

Wandin trat zuerst zu den Männern am großen Lagerfeuer. Ein junger Eingeborener sprang auf und brachte ihm einen alten Blechnapf voll Wasser. Wandin trank in langen Schlucken, ohne abzusetzen. Schließlich reichte er dem jungen Mann den Blechnapf zurück, ging weiter zu dem kleinen Feuer und hockte sich, ohne ein Wort des Grußes, zwischen Nero und Gordon nieder. Erst nachdem er sich ein Stück Kautabak abgebissen hatte, begann er mit leiser, gutturaler Stimme zu sprechen.

»Sergeant mir Lohn gegeben. Mir sagen, ich verschwinden.«

Gordon und Nero schwiegen, während Wandin eine volle Minute lang eifrig Tabak kaute.

»Weißer Blackfeller Polizist kommen mit Postauto. Er essen mit Sergeant und Missis. Dann er halten Palaver mit Sergeant in Büro. Weißer Blackfeller wissen wollen, ob Old Sarah tot, und Sergeant ihm sagen, sie wieder gesund. Dann weißer Blackfeller wollen wissen, wann Abie verschwunden.«

Wieder kaute der Schwarze eine Weile schweigend Tabak.

»Ich sitzen dicht neben Fenster von Büro. Ich hören weißen Blackfeller sagen, er werden herausfinden über Jeff Andersons Verschwinden. Dann Sergeant steckt Kopf aus Fenster. Er mich sehen und sagen, ich muß kommen in Büro. Da steht weißer Blackfeller. Hat schönen Anzug an wie Johnny Boss, wenn er fahren nach Opal Town. Plötzlich er machen so –«

Wandin zerrte das Hemd auseinander.

»Er sagen: Du großer Blackfeller, wie? Du großer Zauberer? Dann er lachen. Er ganz großer Polizeimann!«

Wieder begann Wandin zu kauen. Gordon wußte genau, daß es ein großer Fehler wäre, jetzt Ungeduld zu zeigen.

»Sergeant mir sagen, ich verschwinden«, fuhr der Schwarze endlich fort. »So ich niederhocken und senden Botschaft. Ich sprechen von Blackfeller Polizist, weil nicht wissen, daß Polizist Mischling. Dann er fahren mit Sergeant hinaus zu Platz, wo Flugmaschine landen. Dann Flugmaschine kommen. Ich sehen den jungen Lacy. Polizeimann steigen ein und fliegen mit nach Karwir.«

Wandin verfiel erneut in Schweigen. Nero brummte und wartete ab. Sollte Johnny Boss dieses Rätsel lösen.

»Wie heißen dieser weiße Blackfeller Polizist?« fragte Gordon.

»Als er einsteigt in Auto, Sergeant sagt zu ihm Bony.«

»Bony!« wiederholte Gordon. »O ja – von dem habe ich gehört. Du bist sicher, daß der Sergeant ihn nennen Bony?«

»Ganz sicher sein! Dann kommen Sergeant zurück und geben mir Lohn – drei Pfund. Er mir sagen, ich ganz schnell verschwinden.«

»Du geben Geld Johnny Boss«, befahl Nero, und Gordon steckte die drei Pfundnoten in die Brieftasche, um sie später auf das Konto der Kalchut einzuzahlen.

Daraufhin trat tiefes Schweigen ein. Nero gab von Zeit zu Zeit ein leises Brummen von sich, Gordon rauchte zwei Zigaretten, und Wandin kaute eifrig Tabak. Offensichtlich konnte er immer noch nicht verstehen, warum er so plötzlich von Sergeant Blake entlassen worden war. Als sich Gordon schließlich erhob, standen die beiden Eingeborenen ebenfalls auf.

»Ich werde jetzt Jimmy Partner losschicken, damit er die Arbeitspferde hereinholt«, verkündete Gordon. »Ihr richtet Inky Boy und Abie aus, sie sollen zur Nachtkoppel kommen. Dieser Bony ist nicht gut. Der junge Lacy hat mir von ihm erzählt. Er sehr schlau. Malluc und seine Lubra können auch mitkommen. Alle sollen Decken mitnehmen. Bauen Camp am Grenzzaun.«

Wandin und Nero gaben durch ein Brummen zu verstehen, daß sie verstanden hatten, und John Gordon ging mit schnellen Schritten zum Herrenhaus zurück.

7

Am folgenden Morgen begann Bony mit seinen Ermittlungen auf Karwir. Als er um sieben Uhr am Sattelplatz eintraf, hatte Bill der Wetter die Arbeitspferde bereits von der Weide geholt.

Der Schwarze Kaiser befand sich darunter, aber heute morgen benötigte Bony zehn Minuten, bevor er ihn in der kleinen Koppel einfangen und satteln konnte. Dann führte er das Tier zum Gattertor an der Straße nach Opal Town, durch das man gleichzeitig auf die Grünsumpf-Weide gelangte. Der Knecht, der ihm neugierig zum Gartentor gefolgt war, hätte schadenfroh gegrinst, wenn Bony schon nach wenigen Sekunden abgeworfen worden wäre. Andererseits war er selbst ein so leidenschaftlicher Reiter, daß er sich freute, wie geschickt der Mischling mit dem Rappen umging. Nachdem sich das Pferd einmal um sich selbst gedreht hatte, ließ Bony die Zügel schießen. In einem langen Galopp durfte sich der Schwarze Kaiser auslaufen, bis er schließlich erst in Trab, dann in Schritt fiel. Nun kehrte Bony zur Koppel zurück und sattelte das Tier ab.

Er studierte gerade die Hufspuren, die das Pferd während des Rittes hinterlassen hatte, als die beiden Lacys, Vater und Sohn, auftauchten. Der alte Herr wollte sofort wissen, was der Inspektor eigentlich treibe.

»Ich muß mir die Spuren des Schwarzen Kaisers einprägen«, erläuterte Bony. »Die Hufform mag sich vielleicht in den vergangenen fünf Monaten etwas verändert haben, nicht aber die Art, wie das Tier auftritt. Ich könnte ein dickes Buch darüber schreiben, wie sich die Gangarten der Pferde voneinander unterscheiden, auch bei Trab und Galopp. Übrigens – ich vergaß bisher danach zu fragen: Ist der Schwarze Kaiser einmal hier geritten worden oder frei gelaufen, seit Anderson verschwunden ist?«

»Nein«, antwortete der alte Lacy. »Er war bei den nicht benötigten Arbeitspferden auf einer anderen Weide.«

»Aha! Dann wird es verhältnismäßig einfach sein, die Spuren zu finden, die er vor fünf Monaten hinterlassen hat.«

»Aber zum Teufel, Bony! Wir haben doch gleich nach Andersons Verschwinden alles gründlich abgesucht!« entgegnete der junge Lacy.

»Seit wann kannst du dir mit dem Inspektor solche Vertraulichkeiten erlauben, mein Junge?« wollte der alte Herr wissen.

»Seit gestern«, erklärte Bony. »Sehen Sie, alle meine Freunde nennen mich Bony. Eric gehört zu meinen Freunden. Darf ich Sie nicht auch dazu rechnen?«

»Klar!« erwiderte der alte Lacy kurz. »Zum Teufel mit Mister und Inspektor! Kommen Sie, wir wollen erst mal frühstücken.«

Nach dem Frühstück kehrte Bony mit dem alten Lacy zur Koppel zurück. Der alte Herr trug einen Wassersack, Bony ein Lunchpaket und das Kochgeschirr. Seine persönliche Habe würde später zusammen mit Lebensmitteln, Bettzeug und Pferdefutter zur Grünsumpf-Hütte gebracht werden.

»Ich weiß nicht, wie lange ich wegbleibe«, meinte Bony. »Vielleicht ein paar Tage, vielleicht auch ein paar Wochen. Ich muß mich mit der Szenerie vertraut machen, um mir vorstellen zu können, wie alles an dem Tag war, an dem Anderson verschwand.«

»Gut. Aber vergessen Sie nicht, daß Ihr Zimmer bereitsteht und Sie uns jederzeit willkommen sind«, sagte der alte Herr. »Wir sind einfache Leute und haben nur selten Besuch. Wenn Sie etwas benötigen, wenn wir irgend etwas für Sie tun können, dann lassen Sie es uns wissen.«

»Sie sind sehr freundlich«, murmelte Bony.

»Keine Ursache, Bony. Ich möchte lediglich wissen, was mit Jeff geschehen ist. Sehen Sie, ich habe ihn nicht richtig behandelt – er hätte eine bessere Behandlung verdient. Man soll eben nie etwas tun, was man später vielleicht bereut. Sie nehmen den Schwarzen Kaiser?«

»Nein, so gern ich ihn reiten würde. Aber solch ein Rassetier muß bewegt werden, und dazu habe ich keine Zeit.« Bony lachte. »Wissen Sie, wenn ich Viehzüchter wäre, würde ich mir kein solch edles Pferd halten, es sei denn, daß ich selbst damit ausreiten will. Die Leute aber werden dafür bezahlt, die Zäune abzureiten und das Vieh zu versorgen, nicht aber, um sich von Rassepferden von der Arbeit abhalten zu lassen.«

»Da haben Sie gar nicht so unrecht, Bony.«

»So, und von nun an muß ich mich ganz darauf konzentrieren, fünf Monate alte Spuren zu finden. Dabei kann ich kein Pferd von der Wildheit eines Schwarzen Kaisers brauchen.«

Bony wählte sich eine rotbraune Stute mit weißen Fesseln und einer Blesse. Dieses Tier war alt genug, um zu gehorchen, und so sanft, daß ein Kind zwischen seinen Beinen hätte spielen können.

Es war ein ruhiger, warmer Tag, als Bony um neun Uhr durch das Gattertor und am Südzaun der Grünsumpf-Weide entlangritt. Trotzdem war er deprimiert. Er spürte, daß Diana Lacy ihn ablehnte, weil er ein Mischling war. Jeder andere Mann hätte nicht weiter darüber nachgedacht, doch Bony war in dieser Hinsicht mit einem Minderwertigkeitskomplex belastet.

Man hatte ihm auf Karwir vorbildliche Gastfreundschaft gewährt. Das gestrige Abendessen war ausgezeichnet, ebenso das heutige Frühstück, und die Bedienung mustergültig. Doch während des Abendessens hatte Diana kaum gesprochen, und wenn sie einmal etwas sagte, dann ließ ihre kühle Höflichkeit deutlich spüren, daß sie diesen Mischling verachtete. Und wie sie ihn mit ihren kalten blauen Augen gemustert hatte!

Der Sonnenschein und die sanfte Brise aus Osten vertrieben schließlich seine trüben Gedanken. Kate, die rotbraune Stute, hatte einen ruhigen Trab eingeschlagen, und schon bald gelangte Bony in die Ausläufer des Mulgawaldes, der sich im Süden dehnte.

Vor fünf Monaten war ein Mann auf dem Schwarzen Kaiser, wenige Stunden vor einem heftigen Regen, in die Grünsumpf-Weide geritten. Um den Grenzzaun abzureiten, mußte er sechsunddreißig Meilen zurücklegen. Glücklicherweise war die Weide nicht groß, umfaßte lediglich achtzig Quadratmeilen. Sie bestand aus Steppe, aus Mulgawald und Buschwerk, aus Wasserläufen und Sanddünen.

Wenn man bedachte, welch große Zeitspanne zwischen Andersons Verschwinden und dem Beginn von Bonys Ermittlungen lag, mußten seine Bemühungen aussichtslos erscheinen. Jeder andere würde vor solchen Schwierigkeiten kapituliert haben, nicht aber Bony. Im Gegenteil, gerade diese Schwierigkeiten reizten ihn.

Das Verschwinden des Lassos, das ja zweifellos am Hals des Pferdes befestigt gewesen war, legte den Schluß nahe, daß Anderson getötet und die Leiche verscharrt worden war. Wäre er lediglich vom Pferd gestürzt, hätte man ihn irgendwann finden müssen. Und sollte er sich aus einem unbekannten Grund aus dem Staub gemacht haben – so etwas kam ja immer wieder vor –, dann hätte er zweifellos seinen Hut mitgenommen, und da er in seine Stockpeitsche vernarrt war, auch diese. Warum aber sollte er das Lasso mitgenommen haben, nicht aber den Wassersack, der für ihn in dieser Gegend Australiens wichtiger war als alles andere?

Der Sandboden des Waldes war vom Wind geglättet und bot nur anspruchslosem Stachelgras Nahrung. Die Männer, die in den vergangenen Jahren am Grenzzaun entlanggeritten waren, hatten einen deutlich sichtbaren Pfad hinterlassen, dem Bony folgte. Von der leichten Brise war hier nichts zu spüren. Aus dem rotbraunen Sand hoben sich die kurzen, dunkelgrünen Stämme der Mulgabäume, während der Himmel azurblau leuchtete. Um zwölf Uhr erreichte Bony die erste Ecke acht Meilen östlich vom Herrenhaus.

Hier machte er eine Stunde Mittagsrast, kochte sich Tee und aß das Mittagsbrot, das er sich in eine Serviette hatte einwickeln lassen. Bis jetzt war keine Spur von Anderson zu entdecken gewesen. Der weiche Sand hatte alles verschluckt.

Von dem Eckpfosten aus verlief der Zaun nunmehr in nördlicher Richtung. Nach einer Meile hörte der Mulgawald auf, und Bony gelangte in die Steppe, die die südliche Hälfte der Weide einnahm. Die Sonne strahlte nun mit ungebrochener Kraft auf Reiter und Pferd, und auch der Wind war deutlicher zu spüren. In der Hitze flimmerte die Luft, und aus der Fata Morgana ragten in der Ferne

Dünen und Baumgruppen. Bony hatte ungefähr fünf Meilen zurückgelegt, als er zu ausgedehnten Lehmflächen gelangte. Auch der Schwarze Kaiser mußte Jeffery Anderson damals über diesen harten Grund getragen haben.

Bony stieg ab und führte das Pferd am Zügel. Manchmal schlug er einen weiten Bogen, dann wieder ging er im Kreis oder beugte sich tief hinab, um dicht über dem Erdboden entlang zu blicken. Viermal legte er sich sogar flach auf den Bauch.

Als sich Bony am Morgen die Hufeindrücke des Schwarzen Kaisers angesehen hatte, war ihm aufgefallen, daß der Wallach mit dem rechten Vorderhuf kräftiger auftrat als mit dem linken. Um nun die Balance zu halten, mußte er mit dem linken Hinterhuf kräftiger auftreten als mit dem rechten. Am Abend zuvor hatte Bony die Hufe beschnitten, wobei er alles beseitigt hatte, was seit April nachgewachsen war. Es ließ sich ja leicht an der helleren Färbung erkennen.

Es wäre sinnlos gewesen, nach fünf Monaten auf sandigem Boden noch nach Spuren des Schwarzen Kaisers zu suchen. Auf einer harten Lehmfläche aber konnten sich Hufeindrücke jahrelang halten, man benötigte allerdings die Augen eines Napoleon Bonaparte, um sie zu entdecken. Bony hatte das Empfinden, in unregelmäßigen Abständen Hufspuren zu erkennen, aber sicher war er nicht.

Er ritt acht Meilen nach Norden, dann stieg er am Fuß der Dünen ab, die sich vom Grünen Sumpf bis hinüber in die Mount-Lester-Station zogen. Hier, wo der Zaun über die Dünen kletterte, hatte Anderson nach Bonys und Lacys Ansicht Mittagsrast gemacht. In einiger Entfernung vom Zaun wuchs ein einsamer Tigerholzbaum – der ideale Platz, um den Schwarzen Kaiser anzubinden.

Bony erinnerte plötzlich an einen Polizeihund, der die Spur eines Flüchtigen aufgenommen hat. Er band seine Stute an einen Mulgabaum, kehrte zum Tigerholzbaum zurück und untersuchte dessen Stamm.

Die Rinde des Tigerholzbaums ist weich, gefleckt und graugrün. Bony hoffte, an der Stelle, an der das Lasso befestigt gewesen war, eine Einkerbung zu finden, doch er konnte nichts entdecken. Der Boden bestand aus feinem Sand, und Bony untersuchte die Wurzeln. Ein ungeduldig stampfendes Pferd würde zweifellos mit seinen Hufen die Rinde der Wurzeln beschädigt haben. Er konnte aber keine Verletzungen entdecken. Mit einem dünnen Stöckchen stocherte er im Sand herum, hoffte etwas zu finden, was der Wind verweht hatte. Dabei stieß er auf weiße Asche. Durch den Regen war sie zusammengebacken, später hatte der Wind Sand darüber geweht. Hier also hatte Anderson ein Lagerfeuer entzündet.

Bonys blaue Augen leuchteten. Er stand auf und drehte sich lächelnd eine Zigarette. An den glatten Stamm des Tigerholzbaums gelehnt, blickte er nach Osten. Zu seiner Rechten begann die Steppe, zu seiner Linken erhoben sich die Dünen, und ungefähr zwanzig Meter vor ihm verlief der einfache Drahtzaun, der Karwir und die Mount-Lester-Station voneinander trennte.

Hier hatte Anderson sein Mittagsbrot verzehrt, hatte beobachtet, wie sich die Regenwolken immer näher schoben. Vielleicht war er auch bereits hier vom Regen überrascht worden. Bony kam zu dem Schluß, daß es unter diesen Umständen unnötig gewesen war, zum Sumpf und zur Hütte zu reiten. War Anderson nun einfach nach Norden weitergeritten? War er aus irgendeinem Grund über den Zaun auf das Gebiet der Mount-Lester-Station geklettert? Weit im Südosten erhob sich neben einer Wellblechhütte ein Windrad. Hatte Anderson etwa gar den Drahtzaun zerschnitten, hatte den Schwarzen Kaiser mit nach drüben genommen? Diese Möglichkeit mußte näher untersucht werden.

Am Fuße der Dünen dehnten sich die üblichen Lehmflächen. Bony hielt sich nicht damit auf, sie zu untersuchen, denn brauchbare Hinweise hätte er doch nicht gefunden. Außerdem war er überzeugt, daß die Asche von Andersons Feuerstelle stammte.

Bony holte sein Pferd und ritt am Zaun entlang weiter. Er gelangte in eine phantastische Welt aus gigantischen Sandwogen, über die der Wind einen Staubschleier zog. An manchen Stellen war der Sand mit Lehm vermischt, bildete Pfeiler und Pyramiden, seltsame, surrealistisch anmutende Gebilde.

Nach zwei Meilen hörte diese Traumwelt auf, und Bony gelangte zur nächsten Ecke des Zaunes. Hier wurde der einfache Drahtzaun, der die Grenze zwischen Karwir und der Mount-Lester-Station bildete, von einem mit Stacheldraht bewehrten Maschendrahtzaun abgelöst, der Karwir von Meena trennte.

Nun mußte Bony in westlicher Richtung weiterreiten, und nachdem er die Dünen hinter sich gelassen hatte, war es noch eine Meile bis zur dritten Ecke. Der Zaun verlief jetzt in südlicher Richtung, durchquerte die flachen, breiten Gräben, zwischen denen schmale Sandzungen verliefen, auf denen einzelne Flaschenbäume wuchsen. Bei den Gräben war der Zaun in äußerst schlechter Verfassung. Der vom Regenwasser verrostete Maschendraht hatte sich am

Boden gelöst und nach oben gerollt, bildete also für die Kaninchen kein Hindernis mehr.

Der nächste Eckpfosten – von hier aus verlief der Zaun wieder in westlicher Richtung – stand an der südlichsten Stelle der Gräben. Von dort aus konnte man den Buschpfad sehen, der von der Straße nach Opal Town aus zur Hütte am Grünen Sumpf führte.

Bony verließ den Zaun, ritt nach Osten, bis er den Buschpfad erreichte, und folgte ihm zu dem breiten Gürtel aus Buchsbäumen, der den Sumpf säumte. Die Hütte lag auf einer kleinen Anhöhe auf seiner Südseite, wo sie vor Überflutung sicher war. Daneben war das Windrad errichtet, das das Wasser aus dem tiefen Brunnen förderte. Beim Anblick des dichten Walles aus grünen Bäumen mußte man zugeben, daß der Name ›Grüner Sumpf‹ völlig zu Recht bestand.

Als am nächsten Morgen die Sonne über die Buchsbäume kletterte, ritt Bony zu der Ecke des Zaunes, die er am Abend zuvor verlassen hatte. Wieder mußte er feststellen, wie dringend der Maschendrahtzaun in diesem Abschnitt eine Reparatur nötig hatte.

Er mochte ungefähr ein Drittel der Entfernung bis zum Gartentor an der Straße nach Opal Town zurückgelegt haben, als er einige Männer entdeckte, die am Zaun arbeiteten. Ungefähr zwanzig Meter jenseits des Zaunes, auf dem Gebiet von Meena, brannte vor einem Zelt ein Lagerfeuer. Als sich Bony weit genug genähert hatte, sah er, daß es sich um drei Eingeborene handelte. Doch bevor er die Männer erreichte, passierte er das Zelt, vor dem eine Menge leere Konservendosen lagen. Das Zelt mußte sich also bereits seit einigen Tagen an dieser Stelle befinden. Er ritt weiter und begrüßte die Arbeiter.

Zwei der Eingeborenen erwiderten seinen Gruß, der dritte arbeitete schweigend weiter. Sie gruben den alten, verrosteten Maschendraht aus dem Boden und setzten den neuen ein, so daß der Zaun für die Kaninchen wieder ein unüberwindliches Hindernis bildete.

»Der Zaun ist in sehr schlechter Verfassung«, sagte Bony und drehte sich eine Zigarette.

»Ganz recht«, erwiderte der Schwarze, der Bonys Gruß nicht erwidert hatte.

Die klare Stimme, die für einen Eingeborenen gepflegte Aussprache, der kraftvolle Körperbau, dies alles paßte zu dem Bild, das Sergeant Blake von Jimmy Partner entworfen hatte. Er machte einen sympathischen Eindruck und schien offensichtlich der Führer des Arbeitstrupps zu sein. Die beiden anderen waren jünger. Der eine hatte einen verschlagenen Blick und dünne Beine, der zweite war kräftiger, auf seinem Gesicht stand ein dümmliches Grinsen.

»Arbeiten Sie schon lange hier?« fragte Bony.

»Seit drei Tagen«, antwortete Jimmy Partner. Er lehnte seine Schaufel an den Zaun und trat näher. »Ich habe Sie noch nie gesehen. Arbeiten Sie für Karwir?«

»Hm, nicht direkt für Karwir. Ich bin Kriminalinspektor Napoleon Bonaparte und will das mysteriöse Verschwinden von Jeffery Anderson aufklären. War eigentlich der Zaun damals auch bereits in so schlechter Verfassung?«

»Nein. Er war schon reparaturbedürftig, aber erst der Aprilregen gab ihm den Rest. Sie suchen also Anderson? Na, da werden Sie wenig Glück haben. Vor reichlich fünf Monaten haben wir ihn schon einmal gesucht, und inzwischen haben Wind und Regen auch die letzten Spuren verwischt.«

»Ach, ich glaube, meine Chancen stehen gar nicht so schlecht«, entgegnete Bony betont optimistisch. »Für solche Ermittlungen benötigt man lediglich Zeit. Und die habe ich massenhaft. Wie heißen Sie eigentlich?« fuhr er plötzlich den Eingeborenen mit den dürren Beinen an.

»Ich? Ich sein Abie.« Der Schwarze glotzte erschrocken.

»Und wie heißen Sie?«

»Das sein Inky Boy«, sagte er.

Bony zog die Brauen hoch. »Aha – Sie sind also Inky Boy! Sergeant Blake hat mir von Ihnen erzählt. Anderson hat Sie ausgepeitscht, weil Sie die Widder zugrunde gehen ließen.«

Das Grinsen von Inky Boys Gesicht wich einem Ausdruck von Haß.

»Es hätte auch genügt, wenn er ihn mit seinem Gürtel verdroschen hätte«, mischte sich Jimmy Partner rasch ein. »Aber es bestand kein Grund, Inky Boy bis zur Bewußtlosigkeit auszupeitschen.« Er lachte. »Inky Boy wird bestimmt keinen Widder mehr umkommen lassen.«

»Das glaube ich gern.« Bony war nicht entgangen, daß Jimmy Partners Augen trotz des Lachens gefährlich glitzerten. »So, und nun muß ich weiter. Vielleicht sehen wir uns bald wieder.«

Er schnalzte mit der Zunge. Kate wachte auf und trottete weiter. Jimmy Partner konnte sich eine letzte Bemerkung nicht verkneifen.

»Sie werden Jeff Anderson auf der Grünsumpf-Weide nicht finden«, rief er hinter dem Inspektor her. »Wenn Sie ihn dort finden sollten, fresse ich ein Karnickel mit Haut und Knochen.«

Bony zupfte am Zügel und ritt zurück.

»Und wie wäre es, wenn ich ihn im Umkreis von zehn Meilen auf einer Nachbarweide finde?«

»Dann fresse ich sogar drei Karnickel – mit Haut und Knochen. Aber Sie werden ihn nicht finden, weil er gar nicht hier ist. Wir haben uns alle davon überzeugt, als er damals verschwand. Nein, er hat sich ganz einfach aus dem Staub gemacht. Hatte den alten Lacy samt Karwir dick bis obenhin. Na ja, nach allem, was er sich hier geleistet hat, sind alle nur froh darüber.«

»Hm, es wird sich ja aufklären, Jimmy. Deshalb bin ich schließlich gekommen. Bis später!«

Bony ritt weiter in Richtung auf das Gattertor, wobei er den neu eingesetzten Maschendraht und die frisch aufgeschüttete Erde sorgfältig musterte. Kaum wahrnehmbare Farbunterschiede in dem umgegrabenen Erdreich verrieten ihm, daß die Eingeborenen nicht bereits vor drei Tagen mit ihrer Arbeit begonnen hatten, sondern erst am Morgen des Vortages – an dem Morgen also, an dem er vom Herrenhaus in Karwir aufgebrochen war. Nun sind Zeitangaben von Eingeborenen nie sehr genau, doch bei Jimmy Partner war es etwas anderes: Dieser Mann war viel zu intelligent, um sich geirrt zu haben.

Bony erreichte das Gattertor an der Straße nach Opal Town. Von Süden herauf zog sich der Westzaun der Grünsumpf-Weide, der dicht hinter dem Tor auf den Maschendrahtzaun stieß. In diesem Westzaun befand sich, dicht beim Gattertor, ein provisorischer Durchlaß. Jenseits dehnte sich Mulgawald. Man hatte eine breite Schneise geschlagen, in deren Mitte der Grenzzaun aus Maschendraht verlief. Bony konnte sich nun überzeugen, daß man von der Straße aus weder den Schimmel auf der Seite von Karwir noch den Fuchs auf der anderen Seite des Zaunes gesehen haben konnte.

Selbstverständlich interessierte es Bony, mit wem sich Diana Lacy hier getroffen haben mochte. Er öffnete den Durchgang im Weidezaun, führte das Pferd hindurch und ritt am Grenzzaun der Nordweide von Karwir entlang.

Vom Flugzeug aus hatte er den Eindruck gehabt, der Treffpunkt läge eine halbe Meile von der Straße entfernt. Nachdem er eine volle Meile zurückgelegt hatte, drehte er um und ritt zurück. Er mußte die Stelle, an der sich die beiden getroffen hatten, übersehen haben. Eine ganze Stunde lang suchte er nach Spuren, die Pferde und Menschen hinterlassen haben mußten. Er konnte nichts entdekken.

8

Eine steile Falte erschien auf Bonys Stirn, doch dann lächelte er. Nach einem kurzen Blick auf die Sonne betrachtete er seinen Schatten. Es war viertel nach zehn und Zeit, Tee zu kochen.

Er band die Stute an den Stamm einer Kohlpalme, zündete ein Feuer an und setzte das Kochgeschirr mit Wasser auf. Man will mich also zum Narren halten! dachte er und lächelte grimmig. Ganz in der Nähe stand ein Blutgummibaum, ragte hoch aus dem Busch und verbreitete kühlen Schatten: Der ideale, leicht wiederzufindende Treffpunkt!

Obwohl es weit und breit keinen Wasserlauf gab, hatte dieser Blutgummibaum ein dichtes Laubdach, unter dem der Stamm blutrot leuchtete. Nicht umsonst bezeichnete man den Blutgummibaum als den König unter den Gummibäumen.

Es gehörte keine große Geschicklichkeit dazu, auf diesen Baum zu klettern, und Bony stieg hinauf, bis es nicht mehr höher ging. Der Zaun wirkte nun spielzeughaft klein, zog sich in einer geraden Linie zum weißen Gattertor an der Straße und weiter durch den niedrigen Busch. Ungefähr zwei Meilen im Osten stieg eine mehrfach unterbrochene Rauchsäule auf, die in fünfzehnhundert Meter Höhe einen gewaltigen Pilz bildete. Bonys Augen funkelten, seine Nasenflügel bebten vor Erregung.

Der Tag war ideal für diese uralte Methode, ein Zeichen zu geben. Bony war überzeugt, daß es sich lediglich um ein Zeichen, nicht aber um eine Nachricht handelte.

Tiefe Stille herrschte, und Bony vernahm sogar in seinem luftigen Ausguck das Zischen des überkochenden Teewassers. Eine Krähe näherte sich aus Süden, umkreiste den Gummibaum, krächzte dreimal und ließ sich schließlich auf einem Mulgabaum, der dicht hinter dem Zaun stand, nieder. Sie legte den Kopf schief und beobachtete das seltsame Wesen im Blutgummibaum.

Bony verharrte noch eine Weile in seinem Ausguck, blickte nach Osten zum Zelt der drei Eingeborenen, nach Nordwesten zum Herrenhaus am Meenasee. Er hoffte, dort drüben ein Rauchsignal aufsteigen zu sehen, doch als dies nicht der Fall war, konnte er sich den Sinn des von Jimmy Partner gesandten Signals denken.

Erst will er ein Kaninchen samt Fell und Knochen verspeisen, falls ich Anderson finden sollte, und nun verkündet er, daß ich hier aufgetaucht bin. Das läßt wirklich tief blicken, dachte Bony.

Wieder unten angekommen, brühte sich Bony mit dem verbliebenen Wasser Tee auf, dann setzte er sich im Schatten eines blühenden Johannisbeerstrauchs auf die warme Erde, nippte an dem schwarzen Gebräu und rauchte eine Zigarette nach der anderen. Die Krähe stieß einen ärgerlichen, heiseren Schrei aus, weil der Blutgummibaum den Mann ihren Blicken entzog. Sie flog einen großen Kreis und hockte sich auf einen anderen Baum, von dem aus sie Bony beobachten konnte.

»Mein lieber Totengräber!« rief Bony ihr gutgelaunt zu. »Ich bin doch noch gar nicht tot. Ganz im Gegenteil, ich habe mich noch nie so lebendig gefühlt. Es ist nun das zweitemal, daß ich die Eingeborenen gegen mich habe. Und ein Eingeborener begeht nicht so einfältige Fehler wie der kluge und zivilisierte weiße Mann!«

Er hätte zu gern gewußt, ob das Rauchsignal verabredet gewesen war, oder ob es lediglich ankündigte, daß einer der Eingeborenen eine telepathische Nachricht geben würde. Und welcher der drei würde dann wohl am Boden hocken, die Arme auf die Knie, die Stirn auf die Arme gelegt, während er einem Eingeborenen am Meenasee die Gedankenbilder über das Zusammentreffen mit Bony übermittelte.

Doch die drei Schwarzen schienen Bony zu jung, um die Kunst der Gedankenübertragung zu beherrschen. Das Signal bedeutete also wohl lediglich, daß er hier draußen eingetroffen war.

Die Krähe stieß einen heiseren Schrei aus, dann gab sie einen gurgelnden Laut wie ein Mensch von sich, der gewürgt wurde.

»Sei doch still da oben!« murmelte Bony und schloß die Augen. Wieder sah er den langen Strich des Zauns vor sich, der den Busch zerschnitt. Und zu beiden Seiten dieses Zauns standen unter Bäumen zwei Pferde – ein braunes und ein weißes. Diese Stelle mußte ganz in der Nähe sein! Bony hörte wieder das Geräusch des Flugzeugmotors, sah das weiße Gattertor an der Straße – und wieder sah er die beiden Pferde, die reglos im Schatten der Bäume standen. Und plötzlich entdeckte er hinter dem weißen Pferd den riesigen Blutgummibaum mit dem leuchtend grünen Laubdach. Der Schimmel hatte also etwas näher zum Gattertor gestanden.

Bony seufzte zufrieden. Er war nun sicher, den heimlichen Treffpunkt zu kennen.

»Der menschliche Geist vermag Großes zu vollbringen, mein schwarzer Freund«, sagte Bony zu der Krähe. »Aber er kann uns auch so manchen Streich spielen. Und nun wollen wir einmal sehen, ob mir mein Geist einen Streich gespielt hat.«

Er ging hinüber zu dem Mulgabaum, der einige Meter weiter in Richtung zum Gattertor stand. Die Erde rings um diesen Baum war glatt, keinerlei Spuren zu erkennen. Dabei hätte sogar ein

Tausendfüßler eine Spur hinterlassen müssen. Bony schlenderte weiter zum nächsten Baum. Auch hier war das Erdreich glatt, aber überall lagen die langen, nadelspitzen, vertrockneten Mulgablätter. Ein kleiner Vogel und ein mittelgroßer Skorpion hatten ihre Spuren hinterlassen. Bony kehrte zu dem ersten Baum zurück und untersuchte noch einmal gründlich den Boden. Jemand hatte alle Spuren weggewischt – und zwar innerhalb der letzten achtundvierzig Stunden.

Eine Schmeißfliege brummte, Bony fuhr herum, suchte sie. Ungefähr drei Meter vom Stamm entfernt setzte sie sich auf den Boden. Bony trat hinzu, kniete nieder und schnupperte. Es roch deutlich nach Pferd. Dianas Schimmel hatte im Schatten dieses Baumes gestanden. Und doch war nicht die geringste Spur zu entdecken. Der Boden war glatt, viel zu glatt.

Bony sah sich um. Buschwerk und Bäume standen sehr dicht, lediglich am Zaun konnte man ungehindert entlangblicken. Es war also durchaus möglich, daß er von unsichtbaren Augen beobachtet wurde.

Als er sich jenseits des Zaunes umsah, fand er an einem Baumstamm eine bräunliche Strieme. Hier war ein Pferd angebunden gewesen. Doch auch rings um diesen Baum war der Boden völlig glatt, während bereits einige Meter weiter die Erde mit Laub und Zweigen bedeckt war. Pferdegeruch konnte er diesmal allerdings nicht feststellen. Eine volle Stunde suchte er – den Blutgummibaum als Mittelpunkt wählend – das Gelände ab, und obwohl mehrere verdächtig glatte Stellen verrieten, daß hier Spuren verwischt worden waren, konnte Bony keine Eindrücke von Hufen oder nackten Füßen finden.

Immerhin machte er einen interessanten Fund: Eine kleine, graue Feder mit einem dunkelroten Fleck.

Die Krähe hatte ihn die ganze Zeit nicht aus den Augen gelassen. Hin und wieder stieß sie ein ärgerliches Krächzen aus, und obwohl Bony sich nichts anmerken ließ, beobachtete er den schwarzen Vogel ständig. Kein noch so geschickter Späher hätte der Aufmerksamkeit dieser Krähe entgehen können.

Fröhlich vor sich hinsummend, kehrte der Mischling zu seinem Lagerplatz zurück. Das Feuer war ausgegangen, er mußte es wieder anzünden, um Tee zu kochen. Immer neue Schwierigkeiten, immer neue Fragen tauchten im Verlauf der Ermittlungen auf, doch dies hob nur Bonys Stimmung.

Warum war Diana Lacy zu dieser Stelle geritten und hatte ihren Schimmel an einen Mulgabaum gebunden, der dicht am Zaun wuchs? Warum war eine unbekannte Person von Meena herübergekommen, hatte ihr Pferd ebenfalls an einen Mulgabaum gebunden? Und war dieses Zusammentreffen zufällig zustande gekommen oder geplant gewesen? Und vor allem: Warum hatte man alle Spuren dieser Begegnung ausgelöscht?

Fest stand auf jeden Fall, daß derjenige, der die Spuren gelöscht hatte, seine Füße in Blut gebadet und mit Vogelfedern beklebt hatte. Auf diese Weise hatte er selbst nicht die geringste Spur hinterlassen. Logischerweise kam für dieses Verfahren nur ein Eingeborener in Frage.

Niemand hatte wissen können, wann Bony in Opal Town eintreffen würde, und als Sergeant Blake mit dem alten Lacy vereinbarte, den Inspektor mit dem Flugzeug abholen zu lassen, war Diana auf ihrem Schimmel unterwegs gewesen. Sie konnte also nichts von Bonys Ankunft wissen – es sei denn, der junge Lacy hatte eine Nachricht abgeworfen, als er nach Opal Town flog.

Diana hatte sich vermutlich mit einem Mann getroffen, der von Meena herübergekommen war, und auch der konnte unmöglich über Bonys Ankunft Bescheid gewußt haben. War aber Diana von ihrem Bruder informiert worden, konnte sie natürlich auch dem Unbekannten Bescheid gesagt haben. Dieser Punkt mußte unbedingt nachgeprüft werden.

Viel eher aber dürfte es so gewesen sein, daß der Unbekannte erst von Bonys Ankunft erfahren hatte, nachdem Sergeant Blake am Abend Wandin entlassen hatte.

Im Grunde waren alle diese Fragen bei weitem nicht so wichtig wie die Tatsache, daß man einem Kriminalbeamten die Begegnung der beiden verheimlichen wollte. Warum sollte Bony nichts davon erfahren? Weder das Mädchen noch der Unbekannte konnten wissen, daß Bony ihre Pferde vom Flugzeug aus entdeckt hatte. Hatte sich Diana aber mit diesem Mann heimlich getroffen, war man sich natürlich im klaren darüber, daß der Kriminalbeamte im Laufe seiner Ermittlungen ihre Spuren entdecken und deuten würde. Deshalb wurden alle Spuren ausgelöscht.

Fragen über Fragen! Noch war nicht geklärt, ob dieses Stelldichein mit dem Verschwinden von Jeffery Anderson zusammenhing. Wohl kaum, denn seit dem Verschwinden des Viehhirten waren bereits fünf Monate vergangen. Handelte es sich um eine rein zufällige Begegnung, bestand kein Grund, die Spuren auszulöschen. Zweifellos hatte sich Diana Lacy unter dem Blutgummibaum mit dem Mann getroffen, den sie liebte, und da dieser Mann von Meena herübergekommen war, dürfte es sich um John Gordon handeln. Nun war Gordon verhältnismäßig arm, der alte Lacy aber hatte mit seiner Tochter große Pläne, und außerdem war Diana noch nicht volljährig. Die jungen Leute mußten also fürchten, daß im Laufe von Bonys Ermittlungen ihr sorgsam gehütetes Geheimnis ans Tageslicht kam. Allein aus diesem Grund waren wohl die Spuren vernichtet worden.

Ein Lächeln glitt über Bonys Gesicht. Verliebte hatten von ihm nichts zu befürchten.

Doch zunächst galt es, für alle Vermutungen die Beweise zu erbringen. Noch war nicht bewiesen, daß sich unter dem Blutgummibaum ein Liebespaar getroffen hatte, die beiden konnten auch Komplicen sein.

Dann dieses Rauchsignal, das aufgestiegen war, gleich nachdem Bony im Grünen Sumpf angekommen war. Das Interesse, das man ihm entgegenbrachte, entsprang also nicht nur normaler Neugier. Und da die Reparatur des Zaunes erst am Morgen nach Bonys Ankunft auf Karwir in Angriff genommen worden war, wurde die Vermutung bestätigt, daß der Unbekannte, mit dem sich Diana getroffen hatte, die Eingeborenen angewiesen hatte, am Zaun zu arbeiten und über die Tätigkeit des Inspektors zu berichten.

»Wenn Bill der Wetter hier wäre, würde ich fünf Pfund wetten, daß es so ist«, sagte Bony zu der Stute, während er sie vom Baum losband und das zusammengerollte Lasso unter dem Hals befestigte. Er stieg in den Sattel, zog den Hut und verbeugte sich vor der Krähe, die ein spöttisches Krächzen ausstieß. Dann wendete er das Pferd und ritt in Richtung zur Straße davon.

»Das wird ein höchst interessanter Fall, Kate«, sagte er zu der Stute. »Er ist geradezu wie geschaffen für mich.«

9

Die Bewohner von Karwir bekamen Bony erst wieder am Nachmittag des 7. Oktober zu sehen. Es herrschte schönes, warmes Wetter, aber die erste Hitzewelle des Sommers ließ noch auf sich warten.

Der alte Lacy saß im Büro an seinem Schreibtisch. Als er kurz aufblickte, sah er, wie Bony die Stute absattelte und zur Nachtkoppel brachte. Gleich darauf verschwand der Inspektor hinter der Gartenpforte. Der Viehzüchter war nicht länger in der Lage, sich auf seine Arbeit zu konzentrieren, wartete ungeduldig auf das Erscheinen des Mischlings. Aber erst nach einer Stunde trat Bony durch die Gartenpforte und kam auf das Büro zu. Er hatte geduscht, war rasiert und trug einen hellgrauen Anzug.

»Schön, daß ich Sie treffe, Mr. Lacy«, sagte der Inspektor, als er durch die Tür trat. »Hoffentlich störe ich nicht.«

»Durchaus nicht, Bony«, versicherte der Viehzüchter. »Ich packe gerade zusammen, und den Rest kann der Junge erledigen. Ohne ihn wäre ich sowieso verloren. Er gerät ganz seiner Mutter nach.« Er lachte. »Er kann Kurzschrift. Ich diktiere ihm meine Briefe, und er tippt sie dann stilistisch verbessert in die Maschine. Ich diktiere zum Beispiel: Zum Teufel, warum haben Sie die vor einem Monat bestellten Pumpenteile noch nicht geschickt? Aber mein Junge schreibt: Leider müssen wir Ihnen mitteilen, daß die am 20. v. M. bestellten Pumpenteile bis zum heutigen Tage noch nicht hier eingetroffen sind.

Heute morgen sitze ich hier am Schreibtisch, und das Telefon klingelt. Mein Junge nimmt den Hörer ab. Phil Whiting, der Gemischtwarenhändler und Posthalter aus Opal Town, ist am Apparat. Wie ich aus dem Gespräch entnehmen kann, wurde unser Postsack aus Versehen dem Wagen nach Birdville mitgegeben. Mein Junge druckst herum, meint, der Irrtum sei höchst bedauerlich und sehr unangenehm für uns. Da nehme ich ihm den Hörer aus der Hand und sage: ›Sie sind es, Whiting? Gut! Was soll das ganze Drumherumgerede, und was nützt es mir, wenn es Ihnen leid tut. Wenn Sie noch einmal einen Postsack falsch verladen, zahle ich ein Jahr lang keine Gebühren mehr und damit basta!‹ Nun bitte, welche Methode ist Ihrer Meinung nach die bessere?«

»Natürlich Ihre Methode«, erwiderte Bony lächelnd. »Wissen Sie, man könnte eine Menge Zeit sparen, wenn jeder auf unnötige Höflichkeitsphrasen verzichten würde. Colonel Spendor, mein Chef, sagt immer: ›Fassen Sie sich kurz und stehlen Sie mir nicht die Zeit!‹«

»Das werde ich mir merken«, brummte der alte Herr gutgelaunt und nahm ein Bündel Briefe aus einem Kasten. »Die kamen gestern für Sie an. Hallo! Da ruft der Gong zum Nachmittagstee. Kommen Sie! Diana kann es nicht leiden, wenn man unpünktlich ist. Nun, wie steht es mit Ihren Ermittlungen?«

»Ich mache Fortschritte, wenn auch langsam.«

Der alte Herr ging einen halben Schritt vor Bony her.

»Sind Sie verheiratet?« fragte er.

»Ja. Seit über zwanzig Jahren«, erwiderte Bony. »Der älteste

Sohn besucht die Universität, der jüngste geht in Banyo zur Schule. Leider bin ich nur selten mit meiner Familie zusammen.«

»Hm.« Der alte Herr beschleunigte das Tempo. »Eine gute Schulbildung hat natürlich seine Vorteile, aber ob sie auch zufriedener macht, möchte ich bezweifeln.«

Diana stand auf der Südveranda neben dem gedeckten Teetisch. Sie lächelte ihrem Vater zu, hatte aber für Bony nur ein kühles Nicken übrig. Trotzdem spürte er, daß sie sich stark für ihn interessierte. Wie sie später ihrem Vater gestand, war Bonys eleganter Anzug eine große Überraschung für sie.

»Wenn man zum Herrenhaus einer großen Viehstation kommt, dann ist das fast so, als wenn man in der Wüste eine Oase erreicht«, wandte Bony sich an das Mädchen, obwohl er genau wußte, daß sie auf kühle Distanz bedacht war. »Vor dem Haus singen die Vögel, und im Haus findet man geradezu sündhaft bequeme Sessel.«

Diana wies mit einer Kopfbewegung auf einen Korbsessel.

»Dann darf ich Ihnen dieses ganz besonders sündhaft bequeme Sitzmöbel empfehlen«, erwiderte sie, ohne zu lächeln.

»Danke.« Bony seufzte und nahm Platz, nachdem sie sich gesetzt hatte und den Tee einschenkte. »Warum kann man nicht einen Sattel erfinden, der wenigstens den Komfort eines gewöhnlichen Stuhles bietet?«

»Würde es nicht etwas komisch aussehen, wenn man einen Korbsessel auf den Rücken eines Pferdes schnallte?« meinte der junge Lacy, der gerade hinzukam.

»In die Autos baut man doch auch bequeme Sitze ein«, beharrte Bony.

»Und in die Flugzeuge ebenfalls«, fügte Diana hinzu. »Die Sitze in deiner Maschine sind doch wirklich der Gipfel an Bequemlichkeit, Eric.«

»Ganz meine Meinung«, erklärte Bony. »Wenige Jahrzehnte haben genügt, um bei Autos und Flugzeugen bequeme Sitzmöglichkeiten zu schaffen. Unsere Sättel aber haben sich seit vielen hundert Jahren nicht geändert.«

»Komfort, Luxus, Bequemlichkeit!« polterte der alte Lacy los. Er saß in einem Ledersessel mit breiten Armlehnen und Nackenstütze. »In meiner Jugend gab es keine Bequemlichkeit und keinen Luxus.«

»Das war dein Pech, Vater«, entgegnete Diana. »Nimm ruhig diese Porzellantasse und behaupte bitte nicht, du würdest lieber aus einem Blechnapf trinken.«

»Au! Besten Dank, mein Mädchen. Ihr jungen Leute bildet euch immer ein, klüger als wir Alten zu sein. Aber das ist ein großer Irrtum. So, und nun wollen wir den Familienstreit begraben und Inspektor Bonaparte bitten, uns zu erzählen, was er fand.«

»Ein guter Polizist spricht nicht über seine Arbeit«, erwiderte Bony mit ernstem Gesicht, und die Lacys musterten ihn verwundert über diesen plötzlichen Stimmungsumschwung. »Gewiß, ich bin kein richtiger Polizist, wie ich Ihnen bereits gesagt habe, aber wenn Sie mich mit Inspektor anreden, muß ich mich als Polizeibeamter fühlen.«

»Sehr gut, Bony, ich habe nicht daran gedacht«, rief der alte Lacy mit dröhnender Stimme.

»Das ist schon besser. Nun fühle ich mich wieder mehr als Privatmann«, meinte Bony lächelnd. »Ich komme nur langsam voran, aber das hatte ich nicht anders erwartet. Immerhin bin ich zu der Überzeugung gelangt, daß es sich um einen höchst interessanten Fall handelt. Wenn Sie ein wenig Fachsimpelei nicht langweilt, Miss Lacy ...«

Diana neigte den Kopf. Sie tat zwar desinteressiert, aber Bony merkte deutlich, wie ungeduldig sie war.

»Nach den Spuren, die ich entdeckt habe, bin ich zu der Überzeugung gelangt, daß Jeffery Anderson sich in der nördlichen Hälfte der Grünsumpf-Weide von seinem Pferd getrennt hat. Ich habe festgestellt, daß er an dem Tag, an dem er hier losgeritten ist, am Fuß der Dünen Mittagsrast gemacht hat. Sie sehen, Mr. Lacy, wir hatten ganz richtig vermutet. Er lagerte am Fuß der Dünen, und bevor er aufbrach, begann es zu regnen. Da kam er zu dem Schluß, die Inspektion des Sumpfes und der Hütte unterlassen zu können. Von diesem Punkt an konnte ich Andersons Weg nicht mit absoluter Sicherheit weiterverfolgen, aber ich nehme an, daß er am Ostzaun nach Norden geritten ist, bis er auf den Grenzzaun aus Maschendraht stieß. Dann ritt er am Grenzzaun nach Westen, verließ also die Dünen und gelangte in die Niederungen der Channels. Wie gesagt, das ist lediglich erst eine Annahme. Genausogut kann Anderson in Anbetracht des Regens vom Rastplatz aus direkt nach Westen geritten sein. Er stieß dann bei den südlichen Gräben auf die Zaunecke und folgte dem Zaun zum Gattertor. Südlich des Eckpfostens fand ich Spuren, die vom Schwarzen Kaiser stammten. Diese Hufspuren entstanden während des Regens, und zwar, nachdem eine Niederschlagsmenge von ungefähr dreizehn Millimeter gefallen war. Sie sagten mir, Mr. Lacy, daß Sie an dem betreffenden Nachmittag den Regenmesser abgelesen und eine Niederschlagsmenge von vier Millimeter festgestellt haben. Wann dürfte nun Ihrer Meinung nach ein Niederschlag von dreizehn Millimeter erreicht worden sein?«

»Hm!« Der alte Herr runzelte die Stirn. »Was meinst du, mein Junge?«

»Nun, es dauerte ungefähr zwei Stunden, bis vier Millimeter gefallen waren«, erwiderte der junge Lacy bedächtig. »Ich arbeitete an diesem Tag sehr lange im Büro. Als ich gegen halb sechs Schluß machte, trat ich ans Fenster, und da hatte ich den Eindruck, daß es nun heftiger regnete. Ich möchte also annehmen, daß eine Niederschlagsmenge von dreizehn Millimeter zwischen sieben und halb acht erreicht worden sein dürfte.«

»Ja, mein Junge, das dürfte stimmen«, pflichtete der alte Lacy bei.

»Dann müßte der Schwarze Kaiser also gegen sieben Uhr an der betreffenden Stelle gewesen sein, zu einer Zeit also, zu der Anderson bereits hätte zu Hause sein sollen. Vielleicht können Sie morgen einmal herumhören, ob jemand in der fraglichen Stunde den Regenmesser abgelesen hat. Der springende Punkt ist nämlich der: Zu dieser Zeit hatte der Schwarze Kaiser keinen Reiter mehr auf dem Rücken!«

Die Wirkung dieser Worte war unterschiedlich.

Der junge Lacy saß stocksteif auf seinem Stuhl und riß die Augen auf. Diana kniff die Augen zusammen, die Pupillen verwandelten sich in winzige violette Punkte, und die Lippen bildeten einen schmalen Strich. Der alte Lacy setzte mit Schwung die Tasse ab.

»Wie haben Sie das herausgefunden!« rief er überrascht.

Bony ließ sich nicht anmerken, wie zufrieden er mit der Wirkung dieser wohlgezielten Bombe war. Lächelnd registrierte er, wie sich das Mädchen zusammenriß, wie ihr Gesicht einen kühlen, desinteressierten Ausdruck annahm.

»Wenn die Leute davon lesen, daß die Polizei einen Eingeborenen als Spurensucher beschäftigt, glauben sie immer, daß die Schwarzen besonders scharfe Augen besäßen«, fuhr Bony fort. »Aber jeder gute Tracker macht eine lange Lehrzeit durch, genau wie jeder Handwerker. Diese Lehrzeit beginnt für ihn schon als kleiner Junge, wenn die Lubras ihn mit auf die Jagd nehmen. Bei der Jagd hängt der Erfolg vor allem von der Fähigkeit ab, Spuren lesen zu können. Ohne diese Lehrzeit wäre kein Schwarzer einem Weißen überlegen, der sein Leben im Busch zugebracht hat.

Ich begann meine Lehre sofort nach Verlassen der Universität.

Meine schwarzen Lehrmeister waren sehr zufrieden mit mir, denn ich hatte ja von meinem Vater die Fähigkeit des weißen Mannes geerbt, schnell und logisch zu denken. Auf den Lehmflächen hatten sich die Hufspuren des Schwarzen Kaisers erhalten. Ich hatte ja das Pferd selbst geritten und mir seine Hufspuren gut eingeprägt. Aus verschiedenen Fakten konnte ich auf die ungefähre Regenmenge schließen, die zu diesem Zeitpunkt gefallen war. Die Art, wie das Tier gelaufen war, verriet mir, daß es keinen Reiter getragen hatte. Es dauert viele Jahre, bis man Universitätsprofessor wird. Wie viele Jahre würde wohl ein Professor benötigen, um ein Tracker werden zu können?«

»Loveacre hatte ganz recht, als er mir erzählte, Sie seien ein ganz schlauer Fuchs«, bemerkte der junge Lacy. »Je mehr man über die Schwarzen weiß, um so weniger fühlt man sich ihnen überlegen. Gordon, der drüben am Meenasee wohnt, könnte Bücher darüber schreiben.«

»Ich habe gehört, daß er und seine Mutter sehr engen Kontakt zu den Eingeborenen halten«, meinte Bony. »Übrigens, morgen ist Sonntag, könnten Sie mich da einmal nach Meena hinüberfliegen? Ich hätte verschiedenes mit Mr. Gordon zu besprechen.«

»Gern«, versicherte Eric Lacy. »Das macht weiter keine Umstände.«

»Vielleicht sollten wir Gordon vorher anrufen«, schlug der alte Herr vor.

»Ja. Fragen Sie doch bitte, ob es ihm im Laufe des Nachmittags paßt«, fügte Bony hinzu. »Aber da wäre noch ein Punkt: was ist eigentlich aus Andersons Sachen geworden?«

»Die befinden sich noch in seinem Zimmer«, antwortete der alte Herr. »Am Morgen, als er weggeritten war, wurde das Zimmer wie üblich aufgeräumt und das Bett gemacht, seither blieb alles unverändert.«

Bony strahlte. »Ich möchte mir das Zimmer bald einmal ansehen. Man erzählt allgemein, daß er ein wahrer Künstler mit der Stockpeitsche war. Die Peitsche, die er an dem Unglückstag bei sich hatte, wurde nie gefunden. War es die einzige, die er besaß?«

»Aber nein!« erwiderte der junge Lacy. »Er besaß mehrere.«

»Und wo sind die jetzt? Auf seinem Zimmer?«

»Sicher bei seinen Sachen.«

»Würden Sie die einmal holen?«

Der junge Lacy stand sofort auf, und auch Diana wollte sich erheben, doch Bony hielt sie mit einer Handbewegung zurück.

»Eric kann sie auch allein holen, Miss Lacy. Ich nehme an, Sie haben etwas Stickgarn im Hause?«

»Ja, warum?« fragte sie verwundert.

Bony lächelte sie an. Der alte Lacy beobachtete den Inspektor und nicht seine Tochter, deshalb entging ihm ihr kühl ablehnendes Verhalten.

»Würden Sie wohl so freundlich sein und mir etwas davon bringen?«

»Ja. Ich habe einige Stränge in meinem Nähkörbchen.«

»Jeder glaubt immer, daß seine eigene Tätigkeit wichtiger ist als die der anderen, Mr. Lacy«, sagte Bony, nachdem sich das Mädchen entfernt hatte. »Ich zum Beispiel halte die Aufklärung von Verbrechen für die wichtigste Tätigkeit, während es für Sie wahrscheinlich nichts anderes gibt als Viehzucht und Wollproduktion. Dabei sollten wir uns doch im klaren sein, daß jeder Beruf seine Daseinsberechtigung hat, ob man nun Parlamentarier oder Bergmann, Sekretärin oder Ministerpräsident ist. – Ah, da sind ja die Stockpeitschen. Danke, Eric.«

Der junge Mann reichte Bony vier Peitschen von unterschiedlicher Länge, von unterschiedlichem Gewicht und Alter. Die beiden Lacys sahen schweigend zu, wie der Inspektor die Peitschen vom Griff bis zu den spitzzulaufenden Riemen, an deren Ende Schnalzer aus grünem Stickgarn angebracht waren, untersuchte. Er war noch damit beschäftigt, als das Mädchen mit ihrem Handarbeitskörbchen zurückkehrte. Bony blickte den jungen Mann an.

»Tut mir leid, daß ich Ihnen so viele Scherereien bereite«, sagte er. »Haben Sie vielleicht ein Vergrößerungsglas?«

»Ja. Wir besitzen auch ein Mikroskop, wenn Ihnen das mehr nützen sollte.«

»Nein, nicht das Mikroskop. Die Lupe ist besser.«

Nachdem der junge Mann verschwunden war, blickte Bony Diana an.

»Ah! Da ist ja das Nähkörbchen, Miss Lacy. Nun, was haben wir denn für Stickgarn?«

Wortlos zog Diana mehrere Stränge aus dem Körbchen – Weiß und Schwarz, dann noch Blau und Rot in mehreren Zwischentönen. Bony untersuchte das Garn eine volle Minute, dann sah er das Mädchen traurig lächelnd an.

»Haben Sie denn kein grünes Garn?«

»Nein. Grün und Gelb verwende ich bei meinen Handarbeiten nie.«

»Hm! Ich frage deshalb, weil die Schnalzer an den vier Peitschen aus grünem Garn angefertigt worden sind. Anderson hat sich das Garn also nicht von Ihnen geholt.«

»Nein.«

»Auf dem Etikett eines ungeöffneten Strangs las ich das Wort Kreuzstichgarn. Dieses Garn scheint rauher zu sein als das andere.«

»Ja, es wird nur für Kreuzstickerei verwendet.«

»Da fällt mir etwas ein«, warf der junge Lacy dazwischen, der gerade mit der Lupe zurückkehrte. »Ich habe bei Phil Whiting für Jeff Anderson grünes Kreuzstickgarn bestellt. Er machte sich seine Schnalzer immer aus grünem Garn.«

»Hatte Anderson vielleicht eine Vorliebe für Grün?« fragte Bony bedächtig.

»Zwei von seinen Anzügen sind dunkelgrün«, antwortete Eric.

»Er muß irisches Blut in sich haben«, murmelte Bony.

»Was!« Der alte Lacy richtete sich steil auf.

Bony wiederholte seine Behauptung, nahm die Lupe und examinierte einen der Schnalzer. Einige Minuten vergingen, dann hatte er alle vier Peitschen untersucht.

»Zweifellos machte Anderson seine Schnalzer aus Stickgarn«, brach er schließlich das tiefe Schweigen. »Nun will ich einmal das Garn an den Peitschen mit einem Stück Garn vergleichen, das ich gefunden habe.«

Bony entnahm seinem Notizbuch einen Umschlag und zog aus dem Umschlag ein Stück Zigarettenpapier. Die anderen schienen den Atem anzuhalten, als er einen kleinen Faden zum Vorschein brachte und auf den Umschlag legte. Dann löste er einen Faden von einer der Peitschen, legte ihn daneben und verglich die beiden mit der Lupe. Als er aufblickte, strahlte sein Gesicht zufrieden.

»Würden Sie sich einmal diese beiden Fäden mit der Lupe ansehen«, sagte er mit Genugtuung in der Stimme. »Die Farbe ist zwar etwas verblichen, wir dürfen aber trotzdem voraussetzen, daß beide Proben von ein und demselben Material stammen.«

Einer nach dem anderen nahm die Lupe in die Hand, und sie mußten zugeben, daß beide Fäden von gleicher Farbe waren.

»Was hat das zu bedeuten, Bony?« wollte der alte Herr wissen.

»Einen Augenblick, Mr. Lacy«, antwortete Bony. Er legte den gefundenen Faden zwischen das Zigarettenpapier und schob es in den Umschlag, auf den er ›Beweisstück 1‹ schrieb. Dann steckte er die von der Peitsche gelöste Fadenprobe in einen zweiten Umschlag, den er mit ›Beweisstück 2‹ beschriftete. »Leider kann ich Ihre Neugierde nicht befriedigen. Ich bin nämlich selbst noch nicht ganz sicher, was es mit diesem Stück Faden auf sich hat. Ich fand es an einer sehr bezeichnenden Stelle – fünf Monate, nachdem es sich von Andersons Peitsche gelöst haben muß. Immerhin kann ich mir jetzt denken, wo sich das Drama abspielte, bei dem Anderson den Tod fand.«

»Glauben Sie tatsächlich, daß er getötet wurde?« fragte Diana, und ihr Gesicht war eine ausdruckslose Maske.

»Selbstverständlich hat man ihn umgebracht«, brummte der alte Lacy. »Die Schwarzen haben sich für das gerächt, was er Inky Boy angetan hat. Ich habe Jeff wiederholt gesagt, die Augen offenzuhalten und vorsichtig zu sein.«

Bony nickte, aber niemand konnte sagen, ob es die Antwort auf Dianas Frage oder eine Bestätigung der Ansicht des alten Lacy sein sollte.

10

Als ihm das Mädchen den Morgentee brachte, rauchte Bony bereits die zweite Zigarette. Er machte sich Notizen auf einem Blatt Papier, und die steile Falte auf seiner Stirn verriet deutlich, daß er mit dem Fortgang seiner Ermittlungen unzufrieden war.

Nachdem er mit den Lacys gefrühstückt hatte – über den Fall wurde dabei nicht gesprochen –, rief er Sergeant Blake an. Der Sergeant hatte mit dem Gemischtwarenhändler von Opal Town über das grüne Garn gesprochen, doch das Ergebnis war sehr mager, da grünes Garn sehr häufig verlangt wurde. Trotzdem brachte das Telefongespräch einen Fortschritt, denn Blake hatte von den Mackays – ihnen gehörte die Mount-Lester-Station – erfahren, daß am 18. April gegen sieben Uhr abends eine Niederschlagsmenge von 13 Millimetern erreicht worden war.

Bony machte sich auf den Weg zum jungen Lacy, der den Sonntagvormittag dazu benützte, das Flugzeug startklar zu machen, weil er am Nachmittag mit dem Inspektor zum Meenasee fliegen wollte. Bony hatte erst den halben Weg zurückgelegt, als ihm Bill der Wetter begegnete, der mit zwei Eimern Milch von der Kuhweide kam.

»Guten Morgen!« begrüßte Bony das schmächtige Männchen mit den wäßrigen Augen und dem blonden Bärtchen.

»Morgen, Inspektor! Es wird trocken bleiben, wie?«

Über Bonys dunkles Gesicht huschte ein Lächeln. »Ich bin zwar kein Freund von Wetten am Sonntag, aber ich setze fünf Shilling, daß es noch vor dem Weihnachtsfest regnet.«

Der Knecht setzte die Milcheimer ab. »Moment. Heute ist der achte Oktober – abgemacht! Aber es muß mindestens ein Millimeter Regen fallen.«

Bony zog sein Notizbuch aus der Tasche und notierte sich die Wette auf der Rückseite des Umschlags mit der Aufschrift ›Beweisstück 1‹.

Bill der Wetter beobachtete ihn aufmerksam. »Na, haben Sie Hoffnung, die Leiche zu finden?«

»Leiche? Welche Leiche?«

»Na, Andersons Leiche natürlich. Ich wüßte nicht, was sonst noch für Leichen herumliegen sollten.«

»Warum sind Sie so sehr daran interessiert, daß Andersons Leiche gefunden wird?«

»Sehen Sie – an dem Abend, an dem Anderson nicht zurückkam, wettete ich mit Charlie, daß Jeff tot aufgefunden wird. Das ist nun schon über fünf Monate her. Es besteht die Gefahr, daß Charlie nicht mehr hier ist, wenn die Leiche gefunden wird, und dann kann ich meinen zwei Pfund nachweinen.«

»Hm, verstehe.« Bony nickte. »Nun, ich werde mir alle Mühe geben. Aber wie wär's mit einer anderen kleinen Wette?«

»Geht in Ordnung, Inspektor.«

»Gut! Ich wette ein Pfund, daß Sie mir nicht auf Anhieb sagen können, was Sie am achtzehnten April, also an dem Tag, an dem Anderson verschwand, getan haben.«

Die wäßrigen Augen strahlten. »Schon gewonnen! Das kann ich Ihnen hersagen wie ein Gedicht! Um halb acht habe ich die Pferde von der Weide hereingeholt. Dann habe ich gefrühstückt und anschließend Holz gehackt. Anderson kam mit dem Schwarzen Kaiser vom Sattelplatz. Er führte ihn hinüber zum Grünsumpf-Tor. Als er das Tor passiert hatte, keilte das Pferd aus, und da schlug Anderson mit seiner Stockpeitsche zu. Daraufhin ist er am Südzaun entlang nach Osten geritten.«

»Anderson hatte also eine Stockpeitsche dabei?«

»Ganz recht. Er ging keinen Schritt ohne seine vermaledeite Peitsche.«

»Haben Sie zufällig gesehen, was für einen Schnalzer er an diesem Morgen an der Peitsche hatte?«

»Ja. Es war seine neueste Peitsche, und auch der Schnalzer war nagelneu. Er verwendete immer dickes grünes Garn dazu. Inky Boy vergißt diese Farbe bestimmt sein ganzes Leben nicht mehr.

Also, nachdem ich das Holz gehackt hatte, mußte ich hinter dem Rationsschaf herlaufen. Es rennt immer auf die Nachtkoppel hinüber.«

»Die liegt östlich von hier, südlich von der Grünsumpf-Weide?«

»Genau. Bis ich dann –«

»Sie haben Anderson nicht gesehen, als Sie das Rationsschaf holten?«

»Nein! Da war er doch schon zwei Stunden unterwegs.«

Nachdem Bill der Wetter so lückenlose Auskunft gegeben hatte, reichte ihm Bony die versprochene Pfundnote.

»Sie mochten Anderson nicht, wie?«

Die wäßrigen Augen nahmen einen haßerfüllten Ausdruck an. »Nein, bestimmt nicht. Und ich wette fünf Pfund gegen einen Shilling, daß Sie niemanden finden werden, der sich mit diesem Ekel verstanden hätte. Wenn Sie seine Leiche finden, woran ich nicht zweifle, dann werde ich die zwei Pfund, die ich von Charlie bekomme, dem Krankenhaus in St. Albans stiften.«

»Wenn es soweit ist, werde ich Sie daran erinnern«, meinte Bony. »Sie glauben also nicht, daß sich Anderson aus irgendeinem Grund aus dem Staub gemacht hat?«

»Der bestimmt nicht! Er wollte doch Miss Lacy heiraten. Sobald ihm dann die Station gehörte, hätte er mich rausgefeuert.«

»Tatsächlich?«

»Und ob! Aber der alte Lacy machte nicht mit. So, und nun muß ich mich um meine Milch kümmern, Inspektor. Bis später!«

Dieser Mann ist aufrichtig, aber kein Mörder, dachte Bony, als er das ausgetrocknete Bachbett etwas oberhalb des Wasserlochs, von dem das Herrenhaus versorgt wurde, durchquerte. Anderson hingegen war gewalttätig gewesen, und gewalttätige Menschen sterben meist eines gewaltsamen Todes – wenn sie nicht am Galgen enden.

Kurz nach drei Uhr kletterten Eric Lacy und Bony aus dem Flugzeug. Sie waren dicht unterhalb der Anhöhe, auf der das Herrenhaus von Meena lag, auf dem breiten Streifen weißen Lehms gelandet, der den See einsäumte. Die beiden Männer folgten dem Pfad, der durch die Dünen hinauf zum Haus führte, wo John Gordon und seine Mutter die Gäste bereits erwarteten.

Bony fand die beiden Gordons auf den ersten Blick sympathisch. Der junge Lacy übernahm die Vorstellung.

»Willkommen auf Meena, Mr. Bonaparte.« Marys Stimme klang

leicht erregt. »Wir haben so selten Besuch, daß der Empfang um so herzlicher ist.«

»Wir haben Sie schon früher erwartet.« Gordon reichte Bony die Hand. »Schade, daß der See ausgetrocknet ist.«

»Ja, schade«, pflichtete Mrs. Gordon bei. »Das leise Plätschern der Wellen ist ein so angenehmes Geräusch, und selbst im Sommer verbreitet das Wasser Kühle.«

»Leider habe ich erst heute Zeit gefunden herüberzukommen«, meinte Bony. »Ich habe gehört, was Sie alles für die Eingeborenen getan haben, und Sie können sich denken, daß auch ich ein Herz für die Schwarzen habe. Deshalb bereitet mir dieser Besuch besonderes Vergnügen.«

»Das ist ein Thema, über das wir uns stundenlang unterhalten könnten«, erklärte Mary. »Aber wir wollen zum Haus gehen. Auf der Veranda ist es bedeutend kühler.«

Während sie die Gäste führte, unterhielt sie sich angeregt mit dem Inspektor. Von der Veranda aus konnte man das ganze ausgetrocknete Seebecken überblicken. Nachdem die Männer Platz genommen hatten, trippelte Mary Gordon aufgeregt davon, um Tee aufzubrühen.

»Wenn ich recht unterrichtet bin, Mr. Gordon, sitzen Sie seit drei Generationen auf Meena«, bemerkte Bony.

»Ja, das stimmt. Mein Großvater kam als erster hierher. Trotz manch böser Trockenperiode hat uns das Land bisher immer ernährt. Mein Großvater war Schotte, und man sagt ja, daß Australien den Schotten viel zu verdanken hat.«

»Durchaus richtig«, pflichtete der junge Lacy bei. »Aber ich habe den Eindruck, daß die australischen Schotten ihre Maschendrahtzäune arg vernachlässigen.«

Gordon mußte über die anzügliche Bemerkung lachen.

»Keine Angst, Eric«, erwiderte er. »Bei den Channels ist bereits alles in Ordnung gebracht worden. Jimmy Partner erzählte mir, daß Mr. Bonaparte zweimal bei meinen Leuten vorbeigekommen ist, während sie am Zaun gearbeitet haben. Ich habe mir die Reparatur noch nicht angesehen, aber ich kann mich auf Jimmy Partner verlassen.«

»Gehört dieser Zaun nicht zu Karwir?« fragte Bony.

»Nein, er ist gemeinschaftliches Eigentum«, antwortete Gordon. »Karwir ließ ihn errichten, und Meena hat sich verpflichtet, ihn zu unterhalten – mit Material, das von Karwir geliefert wird. Bei dem Zaun zwischen Meena und Mount Lester wurde es andersherum vereinbart.«

»Ach so. Vielleicht könnten wir rasch ein paar Dinge durchsprechen, Mr. Gordon, dann haben wir es hinter uns. Blake schrieb in seinem Bericht über Andersons Verschwinden, daß Sie und Jimmy Partner an dem fraglichen Tag Schafe aus den Channels weggetrieben haben. Waren Sie den ganzen Nachmittag mit Jimmy Partner zusammen?«

»Nein. Ungefähr gegen drei Uhr trennten wir uns. Ich trieb eine Schafherde in Richtung Meena. Dann ritt ich zurück, um zu sehen, ob noch mehr Schafe wegzutreiben waren. Sie müssen wissen, daß die Channels sich bei Regen in Morast verwandeln, und bekanntlich regnete es ziemlich stark.«

Auch jetzt hatte Bony noch einen guten Eindruck von dem jungen Mann, der keinerlei schlechtes Gewissen zu haben schien.

»Haben Sie noch weitere Schafe in der Nähe der Channels gefunden?«

»Ja. Eine Herde entdeckte ich zwischen dem südlichen Eckpfeiler und dem Gattertor an der Straße. Es muß gegen halb fünf gewesen sein.«

»Wer kam zuerst nach Hause?«

»Jimmy Partner kam kurz vor neun nach Hause, und nicht lange danach war ich ebenfalls da.«

»Und keiner von Ihnen hat an diesem Tag Anderson gesehen?«

»Nein.«

»Oder sein Pferd?«

»Nein. Aber wir waren einige Male in der Nähe des Grenzzaunes, da hätten wir ihn sehen müssen, wenn er gerade auf der anderen Seite entlanggeritten wäre.«

»Danke, Mr. Gordon. Nur noch eine Frage. Nachdem Sie sich von Jimmy Partner getrennt hatten – könnte er dann zum Zaun zurückgeritten sein und dort zufällig Anderson getroffen haben?«

Gordon errötete unmerklich, aber seine Stimme blieb fest. »Das hätte er gekonnt, aber er ist nicht zurückgeritten. Er hat die Schafherde, die ich ihm anvertraut hatte, fünf Meilen näher zum Meenasee getrieben. Ich weiß es, weil ich die Schafe am nächsten Morgen nach hier auf die Weide geholt habe. Ich fand sie fast genau an der Stelle, an der er sie verlassen haben wollte. Er hatte sich mit seinem Stamm auf Wanderschaft zum Deep Well begeben.«

»Danke.«

»Da wäre noch etwas. Als wir um drei Uhr zum erstenmal den Grenzzaun sahen, hätte Anderson das Gattertor erreicht haben und sich auf dem Weg nach Karwir befinden müssen. Ich habe mir oft überlegt, welchen Weg er genommen haben mag, aber um drei Uhr müßte er die Channels bereits hinter sich gelassen haben.«

»Wann haben Sie mit Ihrer Schafherde die Straße passiert?«

»Das kann ich leider nicht sagen, aber es wurde bereits dunkel.«

»Sie haben auf der Straße nicht zufällig frische Spuren gesehen, Pferd oder Auto?«

Zum erstenmal zögerte Gordon mit der Antwort.

»Da können natürlich Spuren gewesen sein«, erwiderte er schließlich. »Es wurde aber bereits dunkel, und ich habe nicht weiter darauf geachtet. Trotzdem glaube ich, daß es mir aufgefallen wäre, denn an der Stelle, an der ich die Straße überquerte, ist sie sandig, und da wären mir frische Spuren bestimmt aufgefallen.«

Bony seufzte, denn in diesem Augenblick erschien Mary Gordon mit einem großen Tablett.

»Ich bin froh, daß wir den offiziellen Teil meines Besuches so rasch hinter uns gebracht haben. Und anstatt mich zum Teufel zu wünschen, Mrs. Gordon, sind Sie so liebenswürdig und bereiten Tee.«

»Ich glaube, ich würde sogar meinem größten Feind eine Tasse Tee anbieten«, erwiderte sie lächelnd. »Das ist schließlich alte, gute Buschsitte.«

»Da haben Sie allerdings recht, Mrs. Gordon. Wie sind Sie und Ihr Sohn eigentlich mit Jeffery Anderson ausgekommen?«

Ihre Stirn umwölkte sich, und die Augen ihres Sohnes funkelten hart.

»Wir haben nie etwas mit ihm zu tun gehabt, wenn man von zwei Gelegenheiten absieht, bei denen er unsere Leute verletzte«, antwortete John. »Ich meine unsere Schwarzen. Wir haben sie immer nur unsere Leute genannt, seit Großvater sich hier niederließ.«

»Erzählen Sie mir doch mal von Ihren Eingeborenen«, sagte Bony, nachdem ihm Tee und Kuchen serviert worden waren. »Und auch von Gordon I. und Gordon II.«

Die Frau blickte ihren Sohn an, und ihre Augen leuchteten.

»Erzähle du, John. Du kannst das besser in Worte fassen als ich.«

»In diesem Punkt bin ich zwar nicht deiner Meinung, aber ich werde mein Bestes tun.« Gordon lächelte. »Allerdings haben weder meine Mutter noch ich Großvater Gordon gekannt. Aber Vater hat uns oft von ihm erzählt, so daß wir das Gefühl haben, ihn tatsächlich gekannt zu haben. Er war ein großer, vierschrötiger Schotte, der genau wußte, was er wollte. Lange, bevor er hierherkam, er war noch ein kleiner Junge, wurde er Augenzeuge, wie am Zusammenfluß von Darling River und Murray unter Eingeborenen ein Blutbad angerichtet wurde. Männer, Frauen und Kinder wurden niedergeschossen. Dabei bestand das ganze Verbrechen der Schwarzen darin, sich gegen die Wegnahme ihres Landes zu wehren. Gewiß, damals ging Gewalt vor Recht.

Großvater wuchs heran, entwickelte sich zu einem zähen, aber gerechten Mann. Als er hierherkam und den See entdeckte, an dem die Schwarzen lebten, sah er sofort, daß dieses Land für alle Raum und Nahrung bot. Er schloß Freundschaft mit ihnen, und das war nicht weiter schwer, denn sie hatten zuvor noch nie mit einem Weißen zu tun gehabt.

Natürlich gab es besonders am Anfang immer wieder einmal Unstimmigkeiten, aber Großvater griff nicht zum Gewehr, sondern sorgte mit seinen Fäusten für Ordnung. Glücklicherweise wurden die Kalchut von Häuptling Yama-Yama regiert. Er ist der Vater des jetzigen Häuptlings. Yama-Yama war ein intelligenter Mann, und er schloß mit Großvater Gordon eine Art Vertrag ab, worin sich Großvater verpflichtete, keine Känguruhs oder andere einheimische Tiere zu jagen, die Vögel auf dem See nicht abzuschießen und sich nicht in die Angelegenheiten der Eingeborenen zu mischen. Dafür verpflichteten sich die Schwarzen, kein Vieh zu töten, keinen Weißen anzugreifen und sich nicht in Großvater Gordons Angelegenheiten einzumischen.

Alles ging gut, bis sich einer der Schafhirten mit einer Lubra einließ. Yama-Yama erklärte, daß das Leben des Schäfers verwirkt sei, und Großvater war einverstanden. Er meldete den Tod dieses Mannes als Unfall weiter, stellte aber niemals mehr Weiße ein. Mein Großvater war sehr weise und vorausschauend. Er gab den Schwarzen nur dann Nahrungsmittel, wenn sie sich während einer Trockenperiode selbst keine mehr beschaffen konnten. Er zwang sie auch nie, unsere Kleidung zu tragen – im Gegenteil, er versuchte ihren eigenen Lebensstil in jeder Weise zu erhalten. Mein Vater setzte diese Politik fort, aber inzwischen haben wir doch eingewilligt, daß die Schwarzen Hemd und Hose tragen, wenn sie es selbst wollen. Gewiß, wir haben Fehler begangen. Wir besitzen nicht die Weisheit von Großvater Gordon und auch nicht seine Autorität. Glücklicherweise finden wir in Nero, dem Häuptling, jede gewünschte Unterstützung. Die jungen Leute wollten natürlich auch auf benachbarten Stationen arbeiten, und wir haben dafür gesorgt, daß ihre Löhne auf ein Bankkonto eingezahlt wurden. Dieses Konto des Stammes wird von mir und Mutter gemeinsam verwaltet.

Davon bezahlen wir die nötigen Nahrungsmittel, die Bekleidung für den Winter und die Tabakrationen. Da die Schwarzen auch Füchse jagen und Kaninchen fangen, ist das Konto im Laufe der letzten Jahre ganz schön angewachsen. Sie sehen, alles, was die Eingeborenen benötigen, haben sie sich selbst verdient. Sie haben es also nicht nötig, betteln zu gehen.

Großvater Gordon sah klar voraus, daß die Zivilisation für diese Menschen ein Fluch und kein Segen sein mußte, und auch wir kämpfen dagegen, daß unsere Schwarzen von der Zivilisation aufgefressen werden. Hoffentlich langweile ich Sie nicht, Inspektor, aber Sie kamen ja selbst auf mein Lieblingsthema zu sprechen.«

»Langweilen!« rief Bony, und seine Augen leuchteten. »Im Gegenteil, bitte fahren Sie fort.«

Der junge Lacy regte sich nicht, und Mary Gordon blickte über den ausgetrockneten See zu den Bergen, die in der Ferne bläulich schimmerten.

»Wir kämpfen eine verlorene Schlacht«, fuhr John Gordon fort und seufzte. »Diese Eingeborenen, die wir unsere Leute nennen, wissen nichts von dem Sündenfall. Sie kennen keine Folter, und sie kennen keine Armut. Sie verstehen auch nicht, warum sie arbeiten sollen, wenn das Land sie doch mit dem Notwendigen versorgt. Die Starken helfen den Schwachen. Keiner kommt auf die Idee, einen anderen zu unterdrücken. Wie gesagt, unsere geographische Lage ist für die Kalchut sehr günstig.

Ernsthafte Schwierigkeiten gab es nur wegen Anderson. Mein Großvater würde den Schwarzen gestattet haben, Gerechtigkeit auf ihre Art zu üben, als er sich an einer jungen Lubra verging, die auf Karwir arbeitete, und als er später Inky Boy fast zu Tode peitschte. Aber das konnten wir nicht zulassen. Wir kamen mit dem alten Lacy überein, die Geschichten zu vertuschen, damit sich nicht offizielle Stellen einmischten.

Ich glaube nicht, daß Sie Andersons Leiche finden werden, Inspektor. Und sollte er tot sein, dann bin ich überzeugt, daß unsere Leute nichts damit zu tun haben. Wir wissen ziemlich genau, wo sich an diesem Tag jeder aufgehalten hat. Und da sie uns genauso vertrauen wie wir ihnen, hätten sie uns bestimmt erzählt, wenn sie Anderson aufgelauert und getötet hätten.«

»Dann sind wir uns also einig, Mr. Gordon, daß der einzige Eingeborene, der Gelegenheit hatte, Anderson zu töten, Jimmy Partner war?« meinte Bony.

Mary Gordon fuhr in die Höhe. »Aber Inspektor, Jimmy Partner würde ihn niemals umgebracht haben! Jimmy Partner war für mich ein Sohn, er wuchs zusammen mit John auf. Er gehört zu uns.«

»Es war ja nur eine Routinefrage«, beruhigte Bony die Frau.

»Schon gut.« John Gordon nickte. »Aber wie gesagt, Jimmy Partner kann ihn nicht umgebracht haben, denn er war die ganze Zeit bei mir. Erst um drei haben wir uns getrennt, und zu diesem Zeitpunkt hätte sich Anderson bereits jenseits der Channels auf dem Heimweg befinden müssen.«

Bony suchte in seinen Taschen nach Tabak und Zigarettenpapier, doch er hatte seine Rauchutensilien vergessen.

»Ich bin froh, daß ich Sie besucht habe«, sagte er leise. »Für einige Minuten hatte auch ich das Gefühl, wieder außerhalb der Zivilisation zu leben. Wie glücklich wäre dann unser Dasein. Aber wenn ich es recht bedenke, ziehe ich die Zivilisation mit ihren Verbrechen doch vor.«

Es gab allgemeines Gelächter, doch plötzlich blickte der junge Lacy auf.

»Donnerwetter, John, ihr habt aber eine Menge Karnickel hier«, rief er überrascht aus.

»Eine Menge? Das sind Millionen! Ich habe am Meenasee noch nie so viele gesehen. Die Kalchut verdienen gut an ihnen, und wenn es in diesem Sommer nicht regnet, setzt das große Sterben ein.«

Schließlich gingen sie gemeinsam zum Flugzeug hinunter, um das neugierige Eingeborene herumstanden. Bony lernte Nero kennen, doch er war von dem Häuptling nicht beeindruckt. Er sah sich nach Wandin, nach Inky Boy und Abie um, konnte sie aber nicht entdecken. Mary Gordon lud Bony herzlich ein, recht bald wiederzukommen, und ihr Sohn bot ihm jede gewünschte Hilfe an.

11

Während der ganzen folgenden Woche kam Bony nicht einen Schritt weiter. Er brachte einen ganzen Tag auf der Nordweide zu, einen weiteren am Westzaun der Mount-Lester-Station. Außerdem suchte er das zu Meena gehörende Gebiet nördlich der Grünsumpf-Weide ab. Er fand nicht die geringste Spur, aber am Ende der Woche fühlte er deutlicher als zuvor, daß er auf Widerstand stieß.

An diesem Montag ritt er gegen elf Uhr zu dem Mulgawald, durch den sich der Maschendrahtzaun zog. Er befand sich noch auf der Ebene, als er hinter sich Flugzeuggeräusch vernahm. Gleich darauf flog die Maschine in niedriger Höhe über ihn hinweg. Der junge Lacy winkte herunter, und Bony erwiderte den Gruß. Diana, die ihren Bruder begleitete, saß reglos. Die Maschine folgte der Straße nach Opal Town, und Bony wunderte sich, warum sie nicht den direkten Weg über den Grünen Sumpf nahm.

Diana Lacy bot viel Stoff zu Spekulationen. Mit tiefer Befriedigung war Bony zu der Überzeugung gelangt, daß sich ihre ablehnende Haltung nicht auf seine Abstammung bezog. In diesem Teil von Australien gab es keine Rassenvorurteile. Diana begegnete Bony mit einer Art Feindschaft. Sie fürchtete ihn, und das schien mit dem Stelldichein zusammenzuhängen, das sie mit einem Unbekannten am Grenzzaun gehabt hatte.

Wenn Bony zunächst der Ansicht gewesen war, die heftige Aktivität der Eingeborenen – das Auswischen aller Spuren, die Rauchsignale – sollte dazu dienen, das Geheimnis zweier Liebenden zu wahren, so war er nun zu dem Schluß gelangt, daß dafür ein anderer Grund bestehen mußte.

Am Morgen hatte er mit Sergeant Blake vereinbart, sich zur Mittagszeit am Gattertor zu treffen. Als er jetzt durch den Mulgawald ritt, hatte er wieder das Gefühl, ständig beobachtet zu werden. Da er noch etwas Zeit hatte, beschloß er, der Sache auf den Grund zu gehen. Wie von ungefähr wendete er sein Pferd und verfolgte die eigene Spur zurück. In dem weichen Sand war sie deutlich zu erkennen. Bony befand sich jetzt eine Meile vom Grenzzaun und zwei Meilen vom Gattertor entfernt. Zwischen den dicken Stämmen der Mulgabäume wuchsen Johannisbeerbüsche und Brombeersträucher, und überall lagen die dicken Klumpen von abgestorbenem Stachelgras und warteten darauf, vom nächsten Sturm weitergetrieben zu werden. Laub und Zweige, die von den Bäumen abgebrochen waren, bedeckten den Boden und zwangen das Pferd zu einer Schlangenlinie – es war genau der Weg, den es kurz zuvor zurückgelegt hatte.

Eine Viertelmeile folgte Bony der eigenen Spur, dann ritt er einen weiten Kreis. Seine Augen bildeten schmale Schlitze, während sie den rötlichen Sandboden absuchten.

Doch von Eingeborenen war nichts zu entdecken, kein schwarzes Gesicht lugte hinter einem Baum hervor. Der Busch schien leer zu sein. Nur ein paar Rotkehlchen und zwei Bachstelzen machten Jagd auf Fliegen, und mehrere Leguane dösten in der Sonne. Hin und wieder stieß Bony auf Spuren von Kaninchen oder Tauben, von Reptilien und Insekten, aber nicht die kleinste Spur ließ auf Spione schließen.

Trotzdem war Bony noch nicht beruhigt. Von der Stelle aus, an der er umgekehrt war, ritt er weiter zum Grenzzaun. Es war ein warmer Tag, und der wolkenlose Himmel schien unmittelbar auf den Baumwipfeln zu ruhen. Hinter ihm stieß in einiger Entfernung eine Krähe ihre heiseren Schreie aus, und eine steile Falte bildete sich auf Bonys Stirn. Als der Zaun in Sicht kam, riß er das Pferd herum und schlug mehrere weite Kreise.

Auf die Baumstämme achtete er diesmal überhaupt nicht, konzentrierte sich ganz auf den Boden unterhalb des nickenden Kopfes seines Pferdes. Sollten ihm tatsächlich Eingeborene nachspionieren, bestand keine Hoffnung, sie zu Gesicht zu bekommen. Da entdeckte er neben einem Blatt eine kleine, schwarze Feder.

Ganz langsam stieg er vom Pferd, reckte sich, dann hockte er sich auf den Boden und drehte sich eine Zigarette. Die Feder lag direkt vor ihm. Während er die Zigarette anfertigte, konnte er die Brustfeder genau betrachten. Sie war nicht schwarz, sondern grau – die Brustfeder eines Vogels. Nachdem er die Zigarette angezündet hatte, nahm er einen Zweig und begann – offensichtlich gelangweilt – Bilder in den Sand zu ritzen. Als er mit seinem Stöckchen dicht an der Feder vorbeikam, ergriff er sie unauffällig. Bony hatte immer noch keine Ahnung, ob nicht vielleicht hinter dem nächsten Baum ein Späher stand.

Am Stiel der Feder entdeckte er einen dunkelroten Fleck.

Blut an einer Feder!

Die Stelle, an der Bony am Boden hockte, war drei Meilen von dem Blutgummibaum entfernt, unter dem sich Diana mit dem Unbekannten getroffen hatte. Dort waren von Eingeborenen, die sich mit Blut Federn an die Füße geklebt hatten, alle Spuren des Stelldicheins ausgelöscht worden. Es war unwahrscheinlich, daß eine dieser Federn vom Wind über eine derart große Strecke getragen worden war.

Die gefundene Feder ließ also den Schluß zu, daß der Schwarze, der sie verloren hatte, entweder sehr leichtsinnig war oder Bony gewaltig unterschätzte. Normalerweise achteten die Eingeborenen streng darauf; daß keine Federn zurückblieben, die einem aufmerksamen Beobachter ihre Anwesenheit verraten hätten.

Trotzdem genügte Bony diese eine Feder noch nicht als Beweis, daß ihn die Schwarzen nicht aus den Augen ließen. Er war zwar überzeugt davon, doch er wollte noch eine Bestätigung dafür haben.

Er saß wieder auf und ritt zum Gattertor an der Straße nach Opal Town. Zum erstenmal in seiner Laufbahn war er das Wild und nicht der Jäger. Mit größter Rücksichtslosigkeit hatte er die Verbrecher zur Strecke gebracht. Jetzt verfolgte man ihn mit der gleichen Rücksichtslosigkeit. Er hätte einen scharfen Galopp einschlagen und auf diese Weise den Verfolger abschütteln können. Aber der Eingeborene wäre ganz einfach den Spuren des Pferdes gefolgt und hätte aus ihnen ersehen, was Bony getan hatte. Außerdem bestand die Möglichkeit, daß er von mehreren Spionen beobachtet wurde, die sich über die ganze Gegend verteilten.

Wie jeder erfahrene Buschmann besaß Bony die Fähigkeit, alles zu registrieren, was seine Augen sahen, während sein Geist anderweitig beschäftigt war. So registrierte er auch, daß der weggeworfene Zigarettenstummel im Schatten eines dicken Büschels Stachelgras liegenblieb.

Warum ließen ihn die Schwarzen nicht aus den Augen? Geschah es im eigenen Interesse oder auf Weisung Dritter? Es gab doch kaum noch einen Zweifel, daß zwischen dem Verschwinden von Jeffery Anderson und der Spähertätigkeit der Schwarzen ein Zusammenhang bestand.

Nach seinem Besuch bei den Gordons war Bony überzeugt, daß weder Mutter noch Sohn dazu beitragen konnten, das Geheimnis um Anderson zu lüften. Gewiß, sie waren Idealisten, wollten den Stamm der Kalchut im ursprünglichen Zustand erhalten. Da war es natürlich möglich, daß sie gewisse Dinge nicht sahen, die einen anderen mißtrauisch machten. Die Frau kannte nur ihre begrenzte Welt hier im Busch, und der junge Mann hatte während seiner Schulzeit nicht viel Gelegenheit gehabt, seinen Horizont zu erweitern. Wie bei allen Idealisten würde ein durchtriebener Mensch leichtes Spiel mit ihnen haben, und niemand war wohl durchtriebener als ein Eingeborener, der mit der Zivilisation in Berührung gekommen war. Je länger Bony über alles nachdachte, um so mehr kam er zu der Überzeugung, daß es nicht John Gordon gewesen war, mit dem sich Diana Lacy am Grenzzaun getroffen hatte. Genauso gut konnte es ein Eingeborener von den Kalchut gewesen sein oder einer der Mackays von der Mount-Leser-Station. Und schließlich bestand auch noch die Möglichkeit, daß der Unbekannte aus Opal Town gekommen war. Fest stand lediglich, daß Bony nichts von dieser Begegnung erfahren sollte, deshalb hatte man alle Spuren vernichtet.

»Tja, meine liebe Kate«, sagte Bony zu der Stute, »dieser Fall scheint mehr schwarz zu sein als weiß. Vielleicht ist er überhaupt nur schwarz. Nero kann allein mit seinen Leuten für die Tat verantwortlich sein. Ein Eingeborener brachte am Schwarzen Tor die

Nachricht an, daß die alte Sarah im Sterben läge. Auf diese Weise hatten sie den Gordons gegenüber eine Ausrede für ihren plötzlichen Aufbruch, und der Polizei standen keine Tracker zur Verfügung. Das Stückchen grünes Garn, das ich gefunden habe, bestätigt meine Theorie, daß man Anderson an einen Baum gebunden und ausgepeitscht hat, so wie er seinerzeit Inky Boy ausgepeitscht hat.«

Plötzlich zügelte Bony das Pferd und starrte in den leuchtenden Himmel. Wenn ihn die Eingeborenen seit seiner Ankunft nicht aus den Augen gelassen hatten, wußten sie auch, daß er den grünen Faden entdeckt hatte, zumindest aber waren sie sich klar darüber, daß er sich für einen gewissen Baum interessierte, also auf der richtigen Spur war.

Bony hatte mütterlicherseits Eingeborenenblut in den Adern, und er wußte nur zu gut, daß auch heute noch die uralten Zauberriten praktiziert wurden. Er glaubte an die Wirkung derartiger Beschwörungen, und mit ihren magischen Waffen würden ihn die Schwarzen treffen.

Bony riß das Pferd herum, ritt in der eigenen Spur zurück. Ganz deutlich sah er die Stelle vor sich, an der er den Zigarettenstummel weggeworfen hatte. Als er das Stachelgrasbüschel erreichte, stieg er ab. Mit angstvoll geweiteten Augen suchte er den Zigarettenstummel. Er war nicht mehr da. Menschliche Spuren waren nicht zu entdecken, und doch war der Zigarettenstummel verschwunden, den er vor fünfzehn Minuten an dieser Stelle weggeworfen hatte.

12

Trotz der Hitze saß Sergeant Blake in voller Uniform am Steuer seines Wagens, mit dem er zum Gartentor von Karwir fuhr, um sich mit Bony zu treffen. Mit seinem geröteten Gesicht, dem grauen Haar und dem gestutzten Bärtchen schien er eher auf den Rücken eines Pferdes als ans Steuer eines Autos zu gehören.

Pünktlich um zwölf Uhr hielt er vor dem weißgestrichenen Gattertor. Ganz in der Nähe, unter einem Baum, entdeckte er Bonys Pferd. Bony stand im Schatten von zwei kräftigen Kohlpalmen vor einem Feuer. Der Sergeant bog von der Straße ab und parkte den Wagen im Schatten eines Mulgabaums.

Als er auf den Inspektor zuging und dessen Gesicht erkennen konnte, zuckte er unwillkürlich zusammen.

»Der alte Lacy hat Ihnen also meine Nachricht weitergegeben«, begann Bony ohne lange Einleitung. »Auf ihn ist eben Verlaß. Füllen Sie Ihr Kochgeschirr und machen Sie Tee. Während wir essen, können wir uns unterhalten.«

»Eine gute Idee«, erwiderte Blake. »Was ist eigentlich passiert? Sie sehen ja schrecklich mitgenommen aus.«

Bony lächelte schief. »Ach, ich habe nur etwas zuviel Sonne erwischt. Ich werde gleich zwei Aspirintabletten schlucken. Haben Sie das Flugzeug vom jungen Lacy gesehen?«

»Ja. Er hatte Schwierigkeiten mit dem Motor und mußte bei der Kiefernhütte landen, um den Vergaser nachzustellen, so sagte er mir. Südlich der Hütte ist eine flache Stelle, auf der man gut landen kann.«

»Tatsächlich! Wann kamen Sie dort an?«

»Vor einer halben Stunde, um halb zwölf. Ich unterhielt mich zehn Minuten mit ihm.«

Bony warf eine halbe Handvoll Tee in sein Kochgeschirr, ließ das Wasser zehn Sekunden weiterkochen, dann nahm er das Aluminiumgefäß vom Feuer. Blake saß auf dem Boden und betrachtete das Wasser in seinem Kochgeschirr, das langsam zu sieden begann.

»Das Flugzeug flog kurz nach zehn über mir hin«, meinte Bony nachdenklich. »Da müßte der junge Lacy also gegen zehn Uhr fünfzehn gelandet sein. Sie kamen um halb zwölf vorbei. Er hatte also ein und eine Viertelstunde am Vergaser gearbeitet. War er auch noch damit beschäftigt, als Sie weiterfuhren?«

»Nein. Sie flogen nach Opal Town ab, bevor ich weiterfuhr.« Blake wunderte sich über Bonys ungewöhnliches Interesse. Er fühlte sich in der knappsitzenden Uniform sehr unwohl, und als Bony ihn dazu aufforderte, zog er mit einem Seufzer der Erleichterung die Jacke aus.

»Ich habe mich gefragt, warum der junge Lacy der Straße gefolgt ist, anstatt den direkten Weg über den Grünen Sumpf zu wählen.«

Blake zuckte die Achseln und schwieg. Er verstand nicht, welche Schlußfolgerung sich daraus ergeben konnte.

»Ist in der Kiefernhütte ein Telefon?« wollte Bony wissen.

»Ja. Die Kiefernhütte gehört zu Meena und wird oft von schwarzen Viehhirten bewohnt. Seit der Trockenperiode steht sie allerdings leer.«

»Dann besteht also von dort eine Verbindung zum Herrenhaus am Meenasee. Könnte man von der Kiefernhütte aus auch mit Opal Town sprechen?«

»Nein, es ist ein reiner Privatanschluß von Meena zur Hütte.«

»Hm! Was haben die Lacys eigentlich getan, als Sie bei der Kiefernhütte ankamen?«

»Der junge Lacy packte sein Werkzeug weg, und das Mädchen saß im Schatten der Veranda auf einer Kiste.«

»Soweit ich mich auf Opal Town entsinne, würde der junge Lacy – vorausgesetzt, er wählt den direkten Weg von Karwir – zunächst die Polizeistation passieren, bevor er zur Landung ansetzen kann«, meinte Bony bedächtig.

»Ganz recht«, bestätigte Blake. »Er fliegt oft diese direkte Route und benützt sie auch auf dem Rückflug.«

»Ich möchte zu gern wissen, warum er diesen Weg gewählt hat. Jetzt möchte ich Sie um einen Gefallen bitten. Leihen Sie mir Ihren Wagen, damit ich einmal rasch zur Kiefernhütte fahren kann. Sie bleiben hier, essen in Ruhe fertig und passen auf mein Pferd auf. Ich werde nicht lange bleiben.«

Bevor der Sergeant etwas erwidern konnte, ging Bony bereits zum Wagen. Er war noch neu, und mit einem erleichterten Aufatmen beobachtete Blake, wie der Inspektor vorsichtig zur Straße fuhr und geschickt die Gänge schaltete.

»Ein seltsamer Mensch!« brummte Blake und lauschte auf das leiser werdende Motorgeräusch, bis wieder tiefe Stille herrschte. Eine Stunde später vernahm er es wieder, zunächst leise wie das Brummen einer Biene.

»Na, glauben Sie mir nun, daß ein Telefon vorhanden ist?« knurrte der Sergeant gereizt.

»Aber mein lieber Mann, das habe ich doch nie bezweifelt. Ich wollte vielmehr feststellen, ob Miss Lacy in Meena angerufen hat.«

»Und hatte sie?«

»Jawohl. Der Boden besteht nur aus festgestampfter Erde, und die Spuren vor dem Telefon haben mir verraten, daß sie ziemlich lange mit Meena gesprochen hat.«

»Für mich ist das nicht weiter ungewöhnlich«, entgegnete Blake. »Schließlich war es eine Notlandung, und um sich die Zeit zu verkürzen, hat Miss Lacy natürlich mit Mrs. Gordon oder ihrem Sohn gesprochen.«

Bony seufzte auf seine leicht spöttische Art.

»Zweifellos haben Sie recht, Sergeant. Ich bin eben ein ewig mißtrauischer Kriminalbeamter, der selbst dort noch nach Bösem sucht, wo gar nichts Böses exisitiert.« Doch dann umwölkte sich sein Gesicht wieder. »Haben Sie schon mal von einem gewissen Horaz gehört?«

»Horaz? Sie meinen Horaz Maginnis, dem das Gasthaus in Opal Town gehört?«

»Nein, ich meine den römischen Philosophen und Dichter.«

»Ach richtig, von dem habe ich gehört.«

»Horaz sagte einmal, du magst hoch geboren sein oder niedrig, am Ende deines Lebens wartet ein Sarg auf dich.«

»He!« entfuhr es dem überraschten Blake.

»Horaz irrte, Sergeant, denn nicht jedem Menschen ist es bestimmt, in einem Sarg begraben zu werden. Haben Sie eigentlich schon einen neuen Tracker?«

»Ja.«

»Wie heißt er?«

»Malluc.«

»Jung?«

»Nein. Malluc ist schon älter.«

»Dann werfen Sie ihn raus!«

»Weshalb?«

»In diesem Augenblick ist es für uns gefährlich, wenn sich ein älterer Eingeborener in der Polizeistation herumtreibt. Wenn Sie keinen jungen Mann bekommen können, dann behelfen Sie sich ohne Tracker, bis ich mit meinen Ermittlungen fertig bin.«

Blake riß die Augen auf. »Wie Sie wollen. Aber weshalb? Warum wollen Sie mich nicht ins Vertrauen ziehen?«

Unauffällig musterte Bony das scharfgeschnittene Gesicht und die kalten Augen. Blake war der typische Verwaltungsbeamte eines riesigen Buschdistrikts, streng und bürokratisch.

»Ich möchte Sie gern ins Vertrauen ziehen«, sagte Bony mit einem gewinnenden Lächeln. »Aber ich weiß noch nicht, wohin mich meine Ermittlungen führen. Selbstverständlich habe ich mir vorgenommen, Andersons Schicksal zu klären. Sie kannten ihn, und Sie kennen seinen Bekanntenkreis. Aber wie gesagt, noch weiß ich nicht, wohin mich meine Ermittlungen führen.«

Blake blickte irritiert auf. »Aber –«

»Ich wäre deshalb sehr dankbar für Ihre Mithilfe, Sergeant«, fuhr Bony rasch fort. »Wir gehören zwar verschiedenen Zweigen unserer Polizei an, aber wir sind beide bestrebt, für Recht und Ordnung zu sorgen. Ich möchte Sie deshalb bis zu einem gewissen Grad ins Vertrauen ziehen, aber doch nicht völlig, weil ich noch nicht weiß, wohin mich meine Ermittlungen führen. Und ich werde vor allem Ihre Hilfe als Mensch benötigen, weniger als Amtsperson. Haben Sie mir Briefe mitgebracht?«

»Ja. Entschuldigung, ich hatte sie ganz vergessen.«

Blake langte sich seine Uniformjacke und zog zwei Briefe aus der Tasche. Bony riß zuerst den Umschlag auf, dessen Anschrift mit der Hand geschrieben war.

»Von meiner Frau«, erklärte er. Nachdem er den Brief gelesen hatte, blickte er auf. »Zu Hause ist alles in Ordnung. Mein Vorgesetzter hat meine Frau besucht. Colonel Spendor sei wütend, weil ich mich nicht gemeldet habe. Er hat deshalb meine Frau gebeten, mir ins Gewissen zu reden, damit ich zurückkehre. Ich mag Chefinspektor Browne sehr gern, aber er scheint nicht einzusehen, daß ich kein gewöhnlicher Polizist bin – Entschuldigung, Sergeant. So, und nun wollen wir uns mal dieses dienstliche Schreiben ansehen. Ich werde es ihnen vorlesen, damit Sie sehen, womit ich mich herumärgern muß.«

Blake unterdrückte ein Lächeln. In seinem tiefsten Innern rebellierte er gegen eine Behörde, die ihn in einem Kaff wie Opal Town versauern ließ. Bony zog den Briefbogen aus dem langen schmalen Umschlag.

»Neunter Oktober«, las er vor. »Bei Ihrer Abkommandierung habe ich eindeutig klargestellt, daß Sie sich in Anbetracht unserer Arbeitsüberlastung bis spätestens siebenten Oktober zurückzumelden haben. Da Sie es versäumt haben, sich bis zu dem genannten Tag einzufinden, wird Ihnen hiermit unbezahlter Urlaub bis zum einundzwanzigsten Oktober gewährt. Sollten Sie es unterlassen, sich bis zu diesem Datum zurückzumelden, würden wir leider gezwungen sein, Ihr Dienstverhältnis zu lösen.«

Blake machte ein ernstes Gesicht. »Besser, Sie melden sich pünktlich zurück. Ihnen stehen nur noch sechs Tage Ihres Urlaubs zur Verfügung.«

»Aber mein lieber Blake«, meinte Bony, und es klang etwas herablassend. »Wie viele Fälle hätte ich wohl aufklären können, wenn ich mich stets an die Befehle meines Chefs gehalten hätte? Kaum drei Prozent! Mein hoher Chef hat mich mindestens bereits fünfmal entlassen, weil ich mich weigerte, meine Ermittlungen einzustellen, bevor ich sie abgeschlossen hatte. Und doch bin ich jedesmal ohne die geringste Gehaltskürzung wieder eingestellt worden. Da ich mit meinen gegenwärtigen Ermittlungen nicht bis zum Einundzwanzigsten fertig sein werde, geht nun das ganze Theater wieder von vorn los. Man kann sich nur wundern, daß man einem erfolgreichen Kriminalisten immer wieder solche Schwierigkeiten bereitet. Aber vergessen wir das alles. Haben Sie noch etwas wegen des grünen Garns in Erfahrung bringen können?«

»Nicht viel«, antwortete Blake. »Whiting behauptet, daß er den

Gordons schon seit langem kein grünes Kreuzstichgarn mehr verkauft hat, und er kann sich nicht entsinnen, überhaupt jemals an die Mackays solches Garn abgegeben zu haben. Wie stark ist dieses Garn eigentlich?«

»Meinen Sie die Zugfestigkeit?«

»Nein, Sie wissen schon, was ich meine.«

»Ich will Sie jetzt in einige Dinge einweihen. Ich fand ein Stückchen grünes Garn an einem Baumstamm, ungefähr in Kopfhöhe. Es muß sich von Andersons Stockpeitsche gelöst haben, als er jemanden auspeitschen wollte, so wie seinerzeit Inky Boy. Kurz darauf wurde er getötet. Der Baum verrät uns die Stelle, wo Anderson umgebracht wurde, vorausgesetzt, daß er überhaupt getötet wurde. Man kann ihn auch selbst an den Baum gebunden und mit seiner eigenen Peitsche zu Tode geprügelt haben. Ich konnte mir den Baum und die Örtlichkeit nicht genau ansehen, weil mich die Eingeborenen keinen Moment aus den Augen lassen. Könnten Sie mir wohl zwei Hunde besorgen?«

»An was für Hunde dachten Sie?«

»Am liebsten hätte ich Schäferbastarde. Ich muß mich in einen Jäger verwandeln. Könnten Sie mir zwei bringen?«

»Ja, ich glaube schon. Ich könnte sie vom Fleischer ausleihen. Wann benötigen Sie sie denn?«

»Ich sage Ihnen noch Bescheid. Morgen oder übermorgen. Übrigens – wie lange sind Sie nun schon in Opal Town?«

»Elf Jahre. Genau zehn Jahre zu lange.«

»Ich habe schon zwei von Ihren Kollegen, die ebenfalls im Busch stationiert waren, dazu verholfen, in einen östlichen Bezirk versetzt zu werden. Wenn Sie etwas erreichen wollen, dann wenden Sie sich stets an die Frau des maßgeblichen Mannes. Wer war vor Ihnen in Opal Town?«

»Inspektor Dowling, er ist jetzt in Cairns. Er war acht Jahre hier.«

»Hm, das ist nicht der richtige Mann. Versuchen Sie einmal herauszubekommen, wer vor ungefähr sechsunddreißig Jahren hier stationiert war. Der betreffende Beamte müßte inzwischen pensioniert sein, aber er ist sicher noch am Leben. Wenn er also noch nicht gestorben ist, dann erkundigen Sie sich bei ihm, ob er sich an eine Irin erinnert, die vermutlich als Köchin auf Karwir gearbeitet hat. Ist das klar?«

»Ja.«

»Das wäre für heute alles. Sorgen Sie bitte dafür, daß Sie mir die beiden Hunde sofort bringen können, wenn ich sie anfordere. Und bewahren Sie absolutes Stillschweigen.«

Nachdem Blake abgefahren war, hockte Bony noch eine ganze Weile an dem Lagerfeuer und rauchte seine selbstgedrehten Zigaretten. Wenn ihm die Beine einzuschlafen drohten, bewegte er sich kurz, doch nicht ein einziges Mal blickte er vom Feuer auf oder sah sich gar um. Das hatte er auch gar nicht nötig, denn er spürte mit jeder Faser seiner Nerven, daß er beobachtet wurde. Er glaubte sogar zu wissen, wo der Späher steckte, denn drei unaufhörlich schwatzende Galahs auf einem Baum in der Nähe seines Pferdes verrieten es ihm.

Er war sich im klaren, daß es sinnlos war, in dem dichten Mulgawald zu versuchen, den Späher zu stellen. Tief in Gedanken versunken hockte Bony im Schatten der Kohlpalmen. Möglicherweise war sein Leben in Gefahr. Niemand würde an seinen kriminalistischen Fähigkeiten zweifeln, wenn er die Ermittlungen einstellte und weisungsgemäß nach Brisbane zurückkehrte. Führte er seine Ermittlungen aber weiter, konnte es durchaus passieren, daß man diesmal mit seiner Entlassung Ernst machte. Bisher hatte sein Chef die Drohung, den Inspektor fristlos zu entlassen, stets handschriftlich hinzugefügt. Diesmal aber war der ganze Brief mit Maschine geschrieben.

Die Versuchung war also groß, aber er würde ihr doch nicht erliegen. Er konnte nicht aufgeben, selbst wenn es ihn die Stellung, ja das Leben kosten sollte! Das schuldete er seiner Selbstachtung.

Bony hatte zwei Seelen in seiner Brust, die eine hatte ihm sein weißer Vater, die andere seine schwarze Mutter mitgegeben. Colonel Spendor und seine Kollegen hatten keine Ahnung, wie eng Inspektor Bonaparte der schwarzen Rasse verbunden war. Auch die Lacys und die Gordons hatte er täuschen können, nicht aber die Kalchut. Sie erkannten ihn, ihr Blut floß in seinen Adern. Ihr Glaube war auch sein Glaube, und ihr Aberglaube war auch sein Aberglaube. Daran hatte auch der Universitätsbesuch nichts ändern können.

Er spürte deutlich den Schatten der Kalchut, der sich über ihn gesenkt hatte, während ein Weißer überhaupt nichts davon merkte. Ein Weißer hätte auch nicht den Verdacht gehabt, beobachtet zu werden, denn er hätte ja keine Spuren entdecken können, während selbst ein Skorpion seine Spur im Sand hinterläßt.

Ja, die Kalchut konnten ihn töten, und es sah ganz so aus, als würden sie es auch tun. Er konnte ihnen nicht entgehen. Aber ja – er konnte ihnen entkommen, bevor sie zuschlagen konnten. Er konnte ja nach Brisbane zurückkehren und ein Klagelied anstimmen, daß man ihn daran gehindert hatte, diesen Fall aufzuklären. Aber vor sich selbst konnte er diese Ausrede nicht gelten lassen.

Seine unsichtbaren Verfolger hatten den weggeworfenen Zigarettenstummel aufgehoben. Nun kam die Zeit, wo man gegen ihn aktiv wurde. Jemand hatte beschlossen, ihn zu beseitigen, weil er gefährlich war. Und er war ihrem Zauber ausgeliefert, mit dem sie ihn töten würden.

Sie waren dabei, das Deutebein auf ihn zu richten!

Das Ganze war im Grunde nichts als Theater, doch die psychologische Wirkung wurde sowohl von den Zauberern als auch von dem Opfer verspürt. Die Macht, zu töten, hing vor allem von der Willenskraft der Zauberer ab. Bony wußte, daß praktisch jedes männliche Mitglied aller australischen Stämme mit dem Deutebein umgehen konnte, aber der Erfolg hing von der Willenskraft dessen ab, der sein Opfer töten wollte. War aber die Willenskraft des Opfers stärker als die der Zauberer, dann konnte es ihm gelingen, den Tod hinauszuzögern, bis seine Verwandten herausgefunden hatten, wer das Deutebein auf ihn richtete, und entsprechende Gegenmaßnahmen ergreifen.

Für Bony kam es nun darauf an, mit all seiner Willenskraft dem Todeszauber zu widerstehen, bis er die Ermittlungen abgeschlossen hatte und nach Brisbane zurückkehren konnte. Dort befand er sich nicht länger in der Einflußsphäre der Eingeborenen, und mit Hilfe eines erfahrenen Hypnotiseurs konnte er sich dann von dem Zauber lösen.

Ein kalter Finger fuhr an Bonys Rückgrat entlang, strich über die Nackenhärchen. Das Deutebein hatte damals diesen Mann am Fromesee getötet. Bony sah noch deutlich die schreckgeweiteten Augen vor sich, in denen das Wissen um den unentrinnbaren Tod zu lesen war. Fünf Tage hatte es gedauert, dann war der Mann unter Krämpfen gestorben. Die Adlerklauen hatten sich in die Nieren verkrallt, das aus Knochen bestehende Deutebein Leber und Herz durchbohrt.

Dann dieser Mischling an der Südgrenze von Queensland, der die Lieblingsfrau des Häuptlings entführt hatte. Einen spitzen Stab hatte man auf ihn gerichtet, und er hatte zwei Monate auf den Tod gelegen, obwohl sich ein weißer Arzt, ein Farmerehepaar und Bony um ihn gekümmert hatten. Rückfallfieber hatte der Arzt diagnostiziert.

Bony schloß die Augen. Zweifellos war es die Hitze, oder es lag am Rauch des Lagerfeuers. Oder? Bony verspürte plötzlich den unwiderstehlichen Drang, auf sein Pferd zu springen, im Galopp nach Opal Town zu reiten und dort einen Wagen zu mieten, der ihn auf der Stelle zur nächsten Bahnstation brachte. Wenn ich mich nur nicht so müde fühlen würde, dachte Bony.

Versuchte man vielleicht, ihm Müdigkeit zu suggerieren?

Fünf Minuten bekämpfte Bony den Dämon der Furcht, während er reglos auf den Fersen hockte. Schweißperlen glitzerten auf seiner Stirn, in den Mundwinkeln. Endlich gelang es ihm, seine Furcht niederzukämpfen. Nun konnte er sich auch den Anschein geben zu schlafen, er mochte die Ungewißheit nicht länger ertragen.

Bony erhob sich also, streckte die Arme und gähnte. Er machte sich eine flache Kuhle in den weichen Sand, legte sich auf die linke Seite und blickte hinüber zu seinem Pferd. Der Kopf ruhte auf dem linken Unterarm, die rechte Hand steckte unter seinem Körper, die Finger umschlossen fest die Dienstpistole. Er schloß die Augen bis auf einen schmalen Spalt und bot seine ganze Willenskraft auf, um nicht einzuschlafen. So lauschte er auf die schwatzenden Galahs und beobachtete die vor sich hindösende Stute.

Die Minuten schlichen dahin. Die Galahs wurden laut, flogen zu einem anderen Baum, wo sie ärgerlich schnatterten. Das Pferd hob den Kopf, spielte mit den Ohren und blickte zu einer Stelle, die Bony nicht einsehen konnte.

Langsam bewegte die Stute den Kopf, und es bestand nicht der geringste Zweifel, daß sie jemanden beobachtete, der sich Bony vorsichtig näherte. Und dann entdeckte der Inspektor auch schon die große, schwarze Gestalt, die sich aus dem Schatten eines Baumes löste. Abgesehen von den Federn an seinen Füßen war der Mann nackt.

Es war Wandin. Sein Haar war lehmverschmiert und mit Bambusgras bekränzt. Er hatte keine Waffe bei sich, weder Keule noch Speer. Aber er trug vorsichtig wie eine gefüllte Tasse Tee ein gebogenes Rindenstück. Als er in das helle Sonnenlicht trat, konnte Bony deutlich das von Haß verzerrte Gesicht erkennen, in dem die schwarzen Augen wie Opale funkelten.

Wie vorsichtig er das Rindenstück in der rechten Hand trug! Es war nicht mit Flüssigkeit gefüllt, sondern – wie Bony wußte – mit Pulver. Lautlos schob sich der Eingeborene immer näher an den scheinbar Schlafenden, der gegen die Versuchung ankämpfte, die Pistole zu heben und abzudrücken. Gewiß, Bony konnte Wandin daran hindern, sein Vorhaben auszuführen, doch dann würde ein anderer die Aufgabe übernehmen, und am Ende entging der Mischling seinem Schicksal doch nicht.

Schließlich stand Wandin dicht vor Bony. Er neigte die Rinde, so daß sich das Pulver wie ein dichter Nebel über Bony senkte. Daß Bony sich weiter schlafend stellte und nicht einfach aufsprang und den schwarzen Zauberer niederschoß, zeugte von seinem Mut und seiner starken Willenskraft. Als Wandin sich zurückzog, begann Bony zu zittern, gab aber weiterhin vor, zu schlafen.

Sein Gefühl hatte ihn also nicht getrogen: die Schwarzen hatten ihm seit Wochen nachgespürt. Das bewies, daß die Kalchut etwas mit Andersons Verschwinden zu tun hatten; und nachdem sie erkannt hatten, daß Bony ihnen gefährlich werden konnte, gingen sie daran, ihn zu beseitigen.

Nach einigen Minuten gab er sich den Anschein aufzuwachen. Er setzte sich, blickte sich um, dann stand er auf und sammelte trockene Zweige, mit denen er das niedergebrannte Feuer anfachte. Er wußte nun, was ihm bevorstand, und fühlte sich wieder stark.

13

Der wirksamste Zauber stammt aus weiter Ferne.

Als die Welt noch jung war und die weißen Menschen vermutlich noch wie die Affen auf Bäumen lebten, verließ ein alter Pittongumann das Gebiet des Murchison und wanderte weit nach Norden. Er war bewaffnet mit Steinäxten, Steinmessern, spitzen Speeren und einem tödlichen Zauber, dem Maringilitha.

Eines Tages, er war auf seiner Wanderung schon weit gekommen, ließ er etwas von dem Maringilitha-Zauber fallen, und es ereignete sich eine gewaltige Explosion. Der alte Pittongumann löste sich in eine riesige Staubwolke auf, ebenso seine Waffen. Doch als sich die Staubwolke verzogen hatte, lagen an dieser Stelle ein Felsbrocken und viele kleine Steine. Alle diese Steine hatten nun den Maringilitha-Zauber angenommen, und schon bald trieben die beiden Stämme, die über dieses Land herrschten, die Worgia und die Gnanji, einen eifrigen Handel mit Zaubersteinen.

Allerdings waren es nur mutige Männer, die diese Steine aufsammelten und mit Zauberformeln besangen. Daraufhin wickelten sie die Steine in die Rinde des Papierrindenbaums und verschnürten sie mit Menschenhaar. Die Stämme im Süden und Osten hielten diesen neuen Zauber, man nannte ihn jetzt Mauia, für die wirksamste Waffe gegen ihre Feinde.

Im Laufe der Zeit waren auch mehrere dieser Steine in den Besitz der Kalchut gelangt. Sie wurden zusammen mit den heiligen Gegenständen, die bei den Reiferiten benötigt wurden, im geheimen Schatzhaus des Stammes aufbewahrt, das östlich des Meenasees zwischen den Hügeln lag.

Noch bevor Bony den Gordons einen Besuch abgestattet hatte, war Nero mit einigen älteren Männern zum Schatzhaus gewandert. Von dort holten sie einen der Mauiasteine und die Garnitur Deutebeine. In der folgenden Zeit hatte Wandin, den Mauiastein in dem aus Känguruhleder gefertigten Brustbeutel, eine Gelegenheit abgepaßt, Bonys Körper zu ›öffnen‹, damit die spitzen Knochen der Deutebeine besser eindringen konnten.

Nur die Galahs waren Zeugen, wie er Bony und Sergeant Blake beobachtete. Nachdem der Sergeant weggefahren war, legte Wandin die Unterarme auf die angewinkelten Knie, preßte die Stirn auf die Arme und suggerierte Bony Schlaf. Als er glaubte, sein Ziel erreicht zu haben, schabte er von dem Mauiastein feinen Staub auf ein Stück Rinde. Vorsichtig trug er die Rinde zu dem schlafenden Mischling und bestreute ihn mit dem Staub des magischen Steins.

Dies vollbracht, zog er sich zu einem geheimen Lager zurück. Dort zündete er ein Feuer an, legte die Rinde in die Flammen und sah zu, wie sie verbrannte. Sie verbrannte sehr langsam. Nun wußte Wandin, daß sein Opfer sehr langsam sterben würde.

Von den übrigen Angehörigen des Stammes unbemerkt, hielt er noch in der gleichen Nacht mit dem Häuptling eine Besprechung ab. Die beiden Männer entschlossen sich, in der nächsten Vollmondnacht das Deutebein auf Bony zu richten, denn Mindye, der gefürchtete Buschgeist, verabscheute Helligkeit und würde in dieser Nacht in seiner Hütte bleiben.

So kam es, daß sich Nero und Wandin heimlich aus dem Camp stahlen, als sich der kupferfarbene Mond dick und rund über den östlich des Sees gelegenen Hügeln erhob. Die beiden Eingeborenen schlichen an der Veranda von Meena vorüber, auf der die Gordons saßen. Der Sohn las, die Mutter strickte. Außer ihren Hosen hatten Nero und Wandin nichts an, die nackten Füße verursachten keinerlei Geräusch. Vor einem Baum, der von einem Blitzschlag gespalten worden war und seitdem von den Vögeln zum Nistplatz gewählt wurde, hielten sie.

Nero kniete nieder, Wandin kletterte auf den breiten Rücken des Häuptlings, langte in ein Loch im Stamm und holte einen Satz Deutebeine heraus. Er steckte die zugespitzten Knochen in seinen Brustbeutel und stieg wieder herab.

Alles geschah in tiefem Schweigen, und schweigend marschierten die beiden Männer nun zu dem geheimen Lager. Nero ging voran, setzte behutsam Fuß vor Fuß, vermied es, auf Zweige oder Laub zu treten. Soweit es möglich war, benützte er harte Lehmflächen, Wandin folgte dichtauf, in der Dunkelheit wirkten die beiden Männer wie eine einzige Gestalt.

Der Mond stand im Zenit, als sie zwischen Grenzzaun und Kiefernhütte die Straße erreichten. Die Eingeborenen überquerten sie an einer Stelle, die aus hartem Lehm bestand. Dort waren selbst bei Tageslicht die Reifenspuren von Wagen kaum zu erkennen. Um zwei Uhr langten sie im geheimen Lager an und weckten die beiden Schwarzen, die neben dem eingedämmten Feuer schliefen. Nero erteilte einige kurze Befehle. Der eine legte Zweige auf das Feuer und stellte ein altes, verrostetes Kochgeschirr darauf. Der zweite brachte ein Känguruh, dessen Hinterbeine zusammengebunden waren.

»Schneide die Kehle durch und laß das Blut auf die Rinde fließen«, ordnete der Häuptling an.

Das Blut ergoß sich in eine Schale aus Baumrinde, die bereits von eingetrocknetem Blut verklebt war. Die beiden Gehilfen waren völlig nackt, nur ihre Füße waren dicht mit Federn bedeckt. Nero erteilte einen weiteren Befehl, und ein gestreifter, prall mit Federn gefüllter Matratzenbezug wurde gebracht.

Wandin und Nero hatten inzwischen ihre Hosen ausgezogen und sich im Staub gewälzt. Sie setzten sich auf den Boden, und als die Rindenschale vor sie hingesetzt wurde, badeten sie ihre Füße in dem frischen Blut und tauchten sie anschließend in den mit Federn gefüllten Matratzenbezug. Die beiden Gehilfen hatten unterdessen Tee gekocht, den sie Wandin und Nero in Marmeladenbüchsen kredenzten. Dazu reichten sie Streifen von blutigem rohem Känguruhfleisch, um einen kräftigen Zauber zu bewirken.

»Wo hat dieser Bony heute nacht sein Lager aufgeschlagen?« fragte Nero.

»Er schläft auf der Veranda der Grünsumpf-Hütte. Er schläft immer auf der Veranda und nicht im Innern.«

»Hast du noch Zigarettenstummel aufgesammelt?«

»Seit Tagen nicht mehr. Bony hat gemerkt, daß wir sie aufgesammelt haben. Nun bewahrt er sie auf und verbrennt sie in seinem Lagerfeuer.«

»Was hat Bony den ganzen Tag getrieben?« wollte Nero wissen.

»Er hat in den Dünen und bei den Channels zu beiden Seiten des Grenzzauns nach Spuren gesucht.«

Die Unterhaltung wurde im Dialekt der Kalchut geführt, und Wandin lachte.

»Bony wird nicht mehr lange nach Spuren suchen. Bevor der Mond sich wieder rundet, ist er tot. Die Mauiarinde verriet es mir, als ich sie verbrannte.«

Die Augen der beiden Gehilfen leuchteten weiß im Schein des Lagerfeuers.

»Was habt ihr vor, wollt ihr das Deutebein auf ihn richten?« fragte der eine mit furchtsamer Stimme.

Nero nickte. »Dieser Bony hat zuviel herausgefunden. Das ist nicht gut für die Kalchut. Sobald ich mit Wandin gegangen bin, legt ihr beide euch hin und schlaft. Und ihr vergeßt alles, was ihr gesehen und gehört habt, verstanden?«

Die beiden Schwarzen nickten gehorsam. Nero und Wandin zogen ihre Füße aus dem Kissenbezug und entfernten sorgfältig alle Federn, die nicht fest genug hafteten. Dann erhoben sie sich und marschierten in die Mondnacht hinaus.

Nach einiger Zeit gelangten sie zu den Channels, die bar jeglichen Pflanzenwuchses waren. Sie gingen auf der Sohle des Grabens entlang, bis sie zum Grenzzaun kamen. Vorsichtig stiegen sie darüber hinweg, achteten darauf, daß keine Federn am Stacheldraht hängenblieben. Kurz danach hatten sie den westlichen Ausläufer der Anhöhe erreicht, auf der neben dem Brunnen die Grünsumpf-Hütte stand.

Das Mondlicht fiel voll auf die Vorderfront der Hütte, ließ das Wellblechdach silbern erglänzen und beleuchtete die Gestalt, die in Decken gehüllt auf dem Boden der Veranda lag. Keine zweihundert Meter von dem Schläfer entfernt legten sich Nero und Wandin auf die warme Erde. Mit den Händen errichtete Nero einen Sandwall, der ihm und seinem Gefährten Deckung bot.

Wandin vergrub inzwischen die sechs Knochen um die Adlerklaue, aus denen das Deutebein bestand, im Sand. Nero entnahm seinem Brustbeutel eine Kugel aus dem gummiartigen Saft des Spartgrases, die er zu einem flachen Kuchen knetete. Dann holte er die zwanzig Zigarettenstummel aus dem Beutel, die Bony weggeworfen hatte, legte sie auf den flachen Kuchen, bog den Rand in die Höhe und formte wieder eine Kugel. Diese Kugel legte er zwischen sich und Wandin auf die Erde, die beiden Männer beugten sich darüber, und nun begann die Beschwörung.

»Bony soll sterben«, murmelte Nero.

»Bony soll langsam aber sicher sterben, wie die Rinde prophezeit hat«, fügte Wandin hinzu.

»Möge die Adlerklaue dein Innerstes zerreißen.«
»Möge deine Leber verbluten.«
»Mögen deine Knochen zu Sand werden.«
»Möge dir übel werden, wenn du ißt.«
»Mögest du Hunger haben und doch vor Übelkeit nicht essen können.«
»Mögest du heulen wie ein Dingo.«
»Mögest du quaken wie ein Frosch.«
»Mögest du dich auf dem Boden wälzen.«
»Mögest du verdursten.«
»Mögest du sterben, mit blutigem Schaum vor dem Mund.«

Der Reihe nach spien sie auf den Gummiball, dann grub Nero das Deutebein aus – fünf spitze kleine Knochen, die an dem einen Ende einer aus Menschenhaaren geflochtenen Schnur befestigt waren, während an dem anderen Ende ein kleiner, spitzer Knochen und zwei Adlerklauen hingen. Während Wandin die Beschwörung noch einmal wiederholte, preßte Nero die Spitzen der Knochen und der Adlerklauen in die Gummikugel, so daß der Fluch auf das Opfer übertragen wurde.

Nero reichte die Adlerklauen und den kleinen Knochen Wandin, während er selbst die fünf Knochen in die Hand nahm. Mit dem Gesicht zu dem schlafenden Bony kniete er nieder, Wandin nahm hinter ihm die gleiche Stellung ein. Beide Männer waren jetzt durch die Schnur aus Menschenhaar verbunden, sie richteten Knochen und Klauen auf Bony und wiederholten feierlich den Fluch.

Eine volle Viertelstunde währte die Beschwörung, dann schob Nero das Deutebein in den Brustbeutel und reichte Wandin würdevoll den Ball aus Gummisaft, in den die Zigarettenstummel eingebettet waren.

Wandin erhob sich und schlich in einem weiten Bogen zur Rückseite der Hütte. Ein lautloser, schwarzer Schatten huschte an der Wand entlang, erreichte die Veranda, glitt dicht zu dem schlafenden Bony und legte die Gummikugel wenige Zentimeter neben dessen Kopf.

Völlig lautlos, wie bei seiner Ankunft, huschte der Schatten wieder davon.

14

Es war der dritte Freitag im Monat, und der alte Lacy saß wie üblich in dem kleinen Amtshaus von Opal Town und hielt Gericht. Es war ein heißer Frühsommertag, kein Lüftchen regte sich. Die Vögel dösten in den Blutgummibäumen, die den Bach von Karwir säumten, und rissen ihre Schnäbel auf. Den ganzen Vormittag hatte von der Schmiede herüber der Amboß geklungen, doch nun verstummte das Geräusch, denn der Koch schlug auf den eisernen Triangel und rief die Leute zum Mittagessen. Diana Lacy saß auf der Veranda und gab sich den Anschein zu lesen. Tiefe Stille herrschte, nur gelegentlich brummte eine Schmeißfliege vorbei.

Der Mittagstisch war ebenfalls auf der Veranda gedeckt, für zwei Personen. Im Haus war der Gong bereits vor einigen Minuten ertönt, und die schlanken Finger des Mädchens trommelten ungeduldig auf der Armlehne des Sessels. Äußerlich schien sie ruhig und beherrscht wie immer, und doch spürte sie eine leichte Erregung, während sie auf den Tischgast wartete.

Als sich die Tür am Ende der Veranda öffnete, hörte das nervöse Trommeln ihrer Finger sofort auf. Ihre blauen Augen mit der violett schimmernden Iris starrten auf das Buch und blickten erst auf, als Bony dicht vor ihr stand.

»Ich hoffe, ich habe mich nicht zu sehr verspätet, Miss Lacy«, sagte der Inspektor. »Es war so herrlich unter der Dusche, daß ich kaum aufhören konnte.«

Desinteressiert musterte sie ihn: den Anzug aus Tussahseide, die weißen Tennisschuhe, die gepflegte Erscheinung. Offensichtlich waren ihre Gedanken noch ganz mit dem beschäftigt, was sie gerade gelesen hatte.

»Ach, das macht doch nichts, Mr. Bonaparte«, erwiderte sie. »Bei dieser Hitze nehmen wir sowieso nur einen kalten Lunch. Mein Vater und mein Bruder sind in Opal Town, Sie müssen sich also mit meiner Gesellschaft begnügen. Wollen wir Platz nehmen?«

»Gern.«

Bony rückte dem Mädchen einen Stuhl zurecht, dann nahm er ihr gegenüber am Tisch Platz. Dabei schob er die Blumenvase etwas zur Seite.

»Ich traf heute morgen Ihren Vater und Ihren Bruder, als sie nach Opal Town fuhren«, meinte er. »Anscheinend zieht Ihr Vater das Auto dem Flugzeug vor. Wenn ich mich nicht täusche, bereitet ihm die Richtertätigkeit große Freude?«

»Ja. Er fühlt sich gern als Diktator. Ich habe ihn oft im Gerichtssaal beobachtet. Prinzipiell wird jeder zur Zahlung von zwei Pfund plus Kosten verurteilt, und wenn jemand Einwände erheben will, wird er niedergebrüllt. Aber ich nehme an, daß Sie selbst am besten wissen, wie sich ein Diktator aufführt.«

»Ich, ein Diktator? Aber Miss Lacy, ich bin selbst ein Opfer mehrerer Diktatoren. Da ist Colonel Spendor, dann meine Frau und die Kinder –«

»Und was ist mit Ihren Opfern? Betrachten die Sie nicht als einen Diktator?«

Bony lächelte. »Vielleicht als rächende Nemesis, aber nicht als Diktator. Aber auch erst, nachdem ich sie festgenommen habe. Zuvor halten sie sich für die Diktatoren, die mich nach ihrer Pfeife tanzen lassen. Zum Schluß sind sie baß erstaunt, wenn sie merken, daß sie doch den kürzeren gezogen haben.«

Einige Minuten wurde schweigend gegessen, dann legte Diana ihr Besteck ab und runzelte die Stirn.

»Wissen Sie, Sie sind ein Rätsel für mich«, sagte sie. »Sie haben behauptet, bisher jeden Fall gelöst zu haben. Entspricht das den Tatsachen, oder haben Sie nur ein wenig geprahlt?«

»In meiner bisherigen Laufbahn habe ich mindestens hundert Ermittlungen geführt«, erwiderte Bony. »Ein Teil waren unwichtige Fälle, dafür waren andere mehr als kompliziert. Und ich habe bisher noch jeden Fall aufgeklärt, mit dem ich mich beschäftigt habe.«

»Glauben Sie wirklich, daß Sie auch diesmal Erfolg haben werden?«

»Ich wüßte nicht, warum es diesmal nicht der Fall sein sollte.«

Diana aß weiter und blickte auch nicht von ihrem Teller auf, als sie die nächste Frage stellte.

»Darf ich aus Ihren Worten schließen, daß Sie mit Ihren Ermittlungen bereits gut vorangekommen sind?«

»Leider nein. Ich muß gestehen, daß ich bisher nur sehr wenig herausgefunden habe. Nun sind Ermittlungen, die erst Monate nach dem Verschwinden einer Person einsetzen, zwangsläufig höchst schwierig. Trotzdem wüßte ich nicht, warum ich nicht herausfinden sollte, was Jeffery Anderson zugestoßen ist. Das Ganze ist eigentlich nur eine Zeitfrage.«

»Und etwas Glück braucht man auch?«

Bony überlegte, während Diana, die ihren Kopf nach wie vor gesenkt hielt, den Inspektor unter ihren langen Wimpern hervor musterte.

»Ja, auch Glück«, bestätigte Bony. »Schließlich kann man auch den Zufall als Glücksumstand bezeichnen. Aber diese Glücksfälle spielen eine viel geringere Rolle als die Fehler, die von den Verbrechern selbst begangen werden. Sogar bei meinen jetzigen Ermittlungen wurde mir ein großer Gefallen getan, weil jemand einen bösen Fehler beging.«

»Einen bösen Fehler!« wiederholte das Mädchen mit tonloser Stimme. »Was war es denn für ein Fehler?«

»Wie ich bereits sagte, Miss Lacy, benötige ich zur Aufklärung des Falles nichts als Zeit«, fuhr Bony fort, ohne auf ihre Frage einzugehen. »Kein Kriminalist kann versagen, wenn ihm genügend Zeit zur Verfügung steht.«

Vielleicht fürchtete Diana eine Falle, vielleicht auch eine Ablehnung, auf jeden Fall wiederholte sie ihre Frage nicht.

»Mein Ruf der Unfehlbarkeit beruht lediglich darauf, daß ich meine Ermittlungen nicht beende, solange ich einen Fall nicht geklärt habe«, erläuterte Bony nach kurzem Schweigen. »Meist bin ich nach acht, spätestens vierzehn Tagen damit fertig. Aber es hat auch Fälle gegeben, die mich monatelang beschäftigt haben, einmal sogar elf Monate. Ich hoffe nur, Ihnen nicht so lange zur Last zu fallen, falls ich elf Monate brauchen sollte, um Andersons Schicksal zu klären.«

Sie hob den Kopf und lächelte. Fast schien es, als sei ein seelischer Druck von ihr genommen.

»Elf Monate – das ist eine lange Zeit, Mr. Bonaparte. Würden Ihre Frau und die Kinder Sie nicht vermissen?«

»Meine bedauernswerte Frau und meine nicht weniger bedauernswerten Kinder haben sich langsam an diesen Zustand gewöhnt. Aber wenn ich Seemann wäre, müßte ich meine Familie ja noch länger allein lassen. Nach so langer Trennung ist die Wiedersehensfreude dann um so größer.«

»Jetzt werden Sie sarkastisch.«

»Man behauptet, daß ein sarkastischer Mensch bei anderen immer nur die schlechten Eigenschaften bemerkt, während er die guten geflissentlich übersieht«, entgegnete Bony lächelnd. »Allein aus diesem Grund kann ich gar nicht sarkastisch sein.«

»Nach allem, was Sie mir erzählt haben, scheinen Sie hinsichtlich der Zeit völlig freie Hand zu haben«, sagte Diana rasch, denn sie hatte den Eindruck, daß Bony vom Thema abkam.

»Ach ja«, meinte Bony. »Pünktlich am Ende der zweiten Woche erhalte ich von meiner Frau einen Brandbrief, ich möge doch nach Hause zurückkehren, und mein Vorgesetzter möchte wissen, was ich treibe. Nach vier Wochen werde ich dann von Colonel Spendor fristlos entlassen. Natürlich werde ich dann ohne die geringste Gehaltseinbuße wieder eingestellt. Auf diese Weise kann der Colonel mir seine Großzügigkeit zeigen.«

»Wie Sie den Colonel schildern, scheint er große Ähnlichkeit mit meinem Vater zu haben.«

»Sehr viel, Miss Lacy. Verzeihen Sie meine Vertraulichkeit, aber wir beide haben etwas gemeinsam: wir wissen, wie man menschliche Löwen zähmt.«

Bonys Versuch, das Mädchen für sich zu gewinnen, schlug fehl. Die Barriere, die sie errichtet hatte, gab nicht nach. Sekundenlang beschäftigte er sich mit Messer und Gabel, während er überlegte, auf welche Weise sich die unsichtbare Barriere einreißen ließe.

An einem Rassenvorurteil konnte es nicht liegen, dann würde dieses Mädchen nicht mit ihm an einem Tisch sitzen. Nein, es war etwas anderes: sie hielt treu zu jemandem, für den Bonys Nachforschungen Folgen haben könnten.

»Ich liebe Löwen, menschliche Löwen«, sagte Bony. »Wenn man das Löwenfell entfernt, kommt ein frischgeschorenes Lamm zum Vorschein. Sehen Sie, mein Chef schreit mich an, behauptet, ich sei überhaupt kein richtiger Polizeibeamter, aber er hat mir noch nie vorgeworfen, daß ich ein Narr sei. Und nun sagen Sie mir bitte, mit wem Sie sich an dem Tag, an dem ich hier eintraf, bei dem Blutgummibaum am Grenzzaun getroffen haben?«

»Mit wem – wie bitte?«

Bonys Stimme blieb ganz ruhig, als er seine Frage wiederholte. Er hatte absichtlich bis gegen Ende der Mahlzeit gewartet, bevor er die Bombe hochgehen ließ. Nun beugte er sich über den Tisch und bot Diana das geöffnete Zigarettenetui an. Wie gebannt starrte das Mädchen in Bonys blaue Augen, tastete nach einer Zigarette, und im nächsten Augenblick flammte ein Streichholz vor ihr auf. Sie zündete die Zigarette an, dann sprang sie empört auf und blickte Bony, der sich ebenfalls erhob, aus zornfunkelnden Augen an.

»Sie sind impertinent!« rief sie erregt. »Ihre Frage ist eine gehässige Unterstellung.«

»Aber nein, Miss Lacy. Ich habe eine offene und ehrliche Frage gestellt und muß Sie um eine offene und ehrliche Antwort bitten.«

»Ich weigere mich, darauf einzugehen, Mr. Bonaparte.«

»Nachdem Sie sich mit diesem Unbekannten, der von Meena herüberkam, getroffen hatten, haben die Schwarzen alle Spuren ausgelöscht.« Bony war zufrieden mit der Wirkung seiner Worte. »Das Vorgehen der Schwarzen beweist eindeutig, daß entweder Sie oder die Person, mit der Sie sich getroffen haben, nicht möchten, daß ich von der Zusammenkunft erfahre. Offensichtlich handelt es sich um ein Geheimnis, das unter allen Umständen gewahrt bleiben soll. Wäre ich überzeugt, daß es sich lediglich um ein Stelldichein zweier Verliebter gehandelt hat, würde ich meine Frage nicht gestellt haben. Da ich aber nicht davon überzeugt bin, muß ich auf einer Antwort bestehen.«

Die blauen Augen des Mädchens funkelten ärgerlich. »Ich weigere mich nach wie vor, Ihre Frage zu beantworten. Das Ganze geht Sie überhaupt nichts an.«

Diana hatte den Kopf zurückgeworfen, ihre Brust hob und senkte sich heftig, und die Augen sprühten Blitze. Bony stand auf der anderen Seite des Tisches, und seine Augen leuchteten wie blaues Eis.

»Ist es vielleicht so, daß die Person, deren Namen Sie mir nicht nennen wollen, mit am Verschwinden von Jeffery Anderson beteiligt war?« bohrte Bony weiter. »Die Ereignisse zeigen deutlich, daß die Eingeborenen, die die Spuren des Stelldicheins verwischt haben, äußerst besorgt sind, ich könnte Andersons Schicksal aufklären.«

»Da irren Sie gewaltig. Aber ich weigere mich nach wie vor, eine Frage zu beantworten, die nur mein Privatleben betrifft.«

Bony seufzte, zuckte betont resigniert die Achseln, verbeugte sich steif und ging zur Tür. Er hatte bereits die Hand auf den Türknopf gelegt, als er sich umdrehte und zu dem Mädchen zurückkam. Er baute sich vor ihr auf und blickte auf sie herab. Sie hielt unwillkürlich den Atem an, öffnete die Lippen, und seine Stimme schien wie aus weiter Ferne zu kommen.

»Sollten Sie wieder einmal von der Kiefernhütte aus telefonieren, würde ich nicht noch mal in den Staub auf dem Schreibpult kleine Kreuze machen.«

»Kleine Kreuze?«

»Ganz recht, Miss Lacy: kleine Kreuze. Als ich noch jung war, zeichnete ich auch kleine Kreuze ans Ende der Briefe, die ich einem gewissen jungen Mädchen schrieb.«

Im nächsten Moment hatte er sich umgedreht und verschwand durch die Verandatür. Diana aber starrte ihm aus weitaufgerissenen Augen nach.

Eine halbe Stunde später konnte sie beobachten, wie er – wieder in seiner alten Buschkleidung – das Haus verließ und zur Gartentür ging. Sie lief hinaus und lugte durch die Bambusgrashecke. Der Inspektor verschwand im Büro, kam gleich darauf mit einem Schlüssel zurück und schloß die Tür von Andersons Zimmer auf. Eine Minute hielt er sich in dem Raum auf, dann kehrte er zum Büro zurück. Zehn Minuten später führte er sein Pferd zum Gattertor. Dort saß er auf und ritt Richtung Opal Town davon.

15

Bonys Augen waren umwölkt, um seinen Mund spielte ein grimmiges Lächeln. Er hatte dem Herrenhaus nur deshalb einen Besuch abgestattet, weil er mehr über die Reiter des braunen und des weißen Pferdes hatte in Erfahrung bringen wollen. Als er am Morgen beobachtete, daß der alte Lacy mit seinem Sohn nach Opal Town fuhr, schien ihm der Zeitpunkt günstig.

Wie die meisten Menschen, die in der Einsamkeit leben, liebte es auch Bony, sich mit seinem Pferd zu unterhalten.

»Als ob ich jemals ans Ende eines Briefes Kreuze gemacht hätte!« sagte er. »Sehe ich vielleicht so aus?«

Die Stute schnaubte, warf den Kopf zurück und schlug eine schnellere Gangart ein.

»Meine liebe Kate, was bin ich doch für ein schrecklicher Lügner«, fuhr Bony fort. »Dieses nette junge Mädchen, das sich für schrecklich klug hält, hätte meine Frage gar nicht besser beantworten können als mit ihrem Schweigen. Damit gab sie nämlich zu, sich mit John Gordon getroffen zu haben. Die beiden jungen Leute lieben sich, und nun glaubt das Mädchen tatsächlich, während des Telefongesprächs in der Kiefernhütte unbewußt kleine Kreuze in den Staub gemalt zu haben. Mithin könnte es sich bei dem Treffen am Grenzzaun tatsächlich um das harmlose Stelldichein zweier Liebender gehandelt haben. Dabei ist der alte Lacy fest davon überzeugt, seine Tochter habe noch keinen Freund. Nun, er hat in dieser Hinsicht seine Pläne, möchte seine Tochter mit einem vermögenden und einflußreichen Mann verheiraten. Zweifellos weiß dies Diana. Unglücklicherweise liebt sie einen Mann, der weder vermögend noch einflußreich ist. Dabei ist John Gordon durchaus eine gute Partie. Aber Diana ist noch nicht mündig. Vielleicht liebt sie auch ihren Vater so sehr, daß sie ihn jetzt noch nicht verlassen möchte. Es wäre also durchaus denkbar, daß die Schwarzen die Spuren des Stelldicheins nur deshalb vernichtet haben, damit überhaupt niemand, vor allem aber der alte Lacy nicht, davon erfährt.

Das aber würde bedeuten, daß ganz allein die Schwarzen etwas mit Andersons Verschwinden zu tun haben.«

Bony war so in Gedanken versunken, daß er nicht spürte, wie die Sonne auf die linke Gesichtshälfte, auf Nacken und Hände brannte. Die Stute trug ihn durch die leicht gewellte Steppe. In der Ferne dehnte sich der Mulgawald, der vom Grenzzaun durchschnitten wurde. Über den Niederungen lagen Luftspiegelungen. Sie gaukelten einen riesigen See vor. Die Gummibäume vom Bach in Karwir ragten hoch über die flimmernde Fata Morgana, verwandelten sich in schlanke Kokos- und Dattelpalmen, die mit zunehmender Entfernung rasch zusammenschrumpften. Plötzlich tauchte aus der Fata Morgana ein Ungeheuer auf, ein riesiger Käfer auf Stelzen. Mit einem dumpfen Brummen versank der Käfer wieder in der Luftspiegelung, um kurz darauf dicht vor Bony wieder hervorzuquellen. Der Inspektor riß das Pferd zur Seite, da hielt auch schon das Auto neben ihm, und er vernahm die dröhnende Stimme des alten Lacy.

»Ich hatte gehofft, Sie bleiben über Nacht, Bony«, rief der alte Herr und kletterte umständlich, mit dem Rücken voran, aus dem Wagen. Mit seiner großen Hand tätschelte er den Hals des Pferdes. »Hatte mich auf ein kleines Spielchen mit Ihnen gefreut. Warum mußten Sie so schnell wieder weg?«

»Die Pflicht, Mr. Lacy. Ich wollte mir nur mal Andersons Stockpeitschen ansehen. Ihre Tochter hat mir einen prachtvollen Lunch geboten. Aber nun muß ich zurück, ohne das Vergnügen gehabt zu haben, den Abend mit Ihnen zu verbringen. Mein Chef hat mir geschrieben, daß ich fristlos entlassen werde, wenn ich mich bis morgen nicht bei ihm zurückgemeldet habe.«

»Fristlos entlassen?«

Bony lächelte und nickte. »Er hat mir zwei Wochen Zeit gelassen, diesen Fall zu klären – als ob das in dieser kurzen Zeit möglich wäre. Und weil ich meine Ermittlungen nicht abgebrochen und mich rechtzeitig zurückgemeldet habe, ist mein Chef wütend. Aber keine Angst, Mr. Lacy, ich denke nicht daran, diesen Fall aufzugeben.«

»Natürlich nicht!« Die Augen des alten Herrn funkelten. »Und machen Sie sich keine Sorgen um Ihre Stellung. Da habe ich auch noch ein Wörtchen mitzureden. Ist noch genügend Verpflegung für Sie und Futter fürs Pferd in der Hütte?«

»Reichlich, besten Dank. Aber vielleicht könnten Sie mir etwas Fleisch schicken.«

»In Ordnung. Ich schicke es Ihnen morgen. Genügt das?«

»Durchaus. Aber noch etwas: könnten Sie mir wohl Ihr Mikroskop leihen? Ich werde sehr vorsichtig damit umgehen.«

»Selbstverständlich. Der Junge kann Ihnen die Sachen morgen mit dem Flugzeug bringen. Sonst noch was?«

»Nein, danke. Das wäre alles.«

Der alte Herr lächelte auf seine grimmige Art und trat vom Pferd zurück.

»Lassen Sie sich von Ihrem Chef ja nicht kopfscheu machen«, sagte er energisch. »Ich will wissen, was aus Jeff Anderson geworden ist. Außerdem habe ich auch meine Beziehungen in Brisbane.«

Er kletterte in den Wagen, knallte die Tür zu und winkte.

Bony wurde noch einmal eine volle halbe Stunde aufgehalten – wegen einer Ameisenschlacht. Als er schließlich beim Gattertor eintraf, war Sergeant Blake bereits mit dem Wagen angekommen. Blake saß an einem Lagerfeuer und bereitete Tee. Zwei Hunde, die an Bäumen festgebunden waren, meldeten lautstark Bonys Erscheinen.

»Mit den Hunden hat es also geklappt, Sergeant?«

»Zwei ziemliche Stromer, die praktisch zu nichts zu gebrauchen sind als zur Karnickeljagd«, erwiderte Blake skeptisch.

»Für meinen Zweck sind sie gerade richtig.«

»Sie werden Mühe haben, daß sie Ihnen nicht davonlaufen.«

»Ich werde Ihnen gleich zeigen, wie ich diese Hunde an mich gewöhne. Übrigens, Blake – ich werde Sie in meinem Bericht lobend erwähnen. Ein guter Kollege ist zwar ganz schön, aber mir gefällt vor allem ein Mann, der weiß, worauf es im Augenblick ankommt. Und Sie machen gerade in dem Augenblick Tee, in dem er dringend benötigt wird.«

Das Lächeln, das bei Bonys Worten auf dem Gesicht Blakes erschienen war, verschwand wieder. Der Mischling füllte sich seinen Becher und bediente sich aus der Zuckerdose des Sergeanten. Blake stopfte seine Pfeife. Bony drehte sich einige Zigaretten.

»Der Fall wird immer interessanter«, sagte Bony bedächtig. »Alle großen Kriminalisten würden bei diesem Fall hilflos im Sand steckenbleiben, sowohl im übertragenen wie auch im wortwörtlichen Sinn. Dieser Fall kann praktisch nur von mir gelöst werden. Ich kenne mich zwar in der Großstadt aus, aber hier im Busch befinde ich mich in meinem natürlichen Element. Wie ein offenes Buch liegt der Busch vor mir. Dieses Buch ist allerdings sehr umfangreich, und es dauert manchmal eine Weile, bis ich die Seite gefunden habe, die mich im Augenblick gerade interessiert. Deshalb ist die Zeit mein stärkster Verbündeter.«

»Morgen geht Ihr Urlaub zu Ende, oder?«

»Deshalb mache ich mir keine Sorgen, Sergeant. Was in Brisbane vorgeht, ist unwichtig. Für mich ist nur wichtig, was hier in Karwir passiert. Und wissen Sie, was das ist?«

Bony legte vor Sergeant Blake die Gummikugel mit den Zigarettenenden auf den Boden, die er am Morgen neben seinem Schlafplatz gefunden hatte. Blake starrte auf die Gummikugel, nahm sie schließlich mit spitzen Fingern auf.

»Nein, keine Ahnung«, gab Blake offen zu.

»Durch diese Kugel bin ich meines besten Verbündeten beraubt worden, der Zeit. Geduld ist des Menschen größte Gabe, Blake. Leider besitzen weder Colonel Spendor noch mein Vorgesetzter, Chefinspektor Browne, diese Gabe. Der Colonel will immer Resultate sehen. Nun, die liefere ich auch, aber zu meiner Zeit. Wie der Säugling nach der Milchflasche schreien sie nach Berichten. Soll ich mich nun vielleicht jeden Tag hinsetzen und schreiben, daß ich hier eine Spur, dort ein Stück Garn gefunden habe? Daß eine Krähe gegurgelt hat wie ein Mensch, der erwürgt wird, oder daß heute nacht jemand neben meiner Schlafstelle diese Gummikugel zurückgelassen hat, die Zigarettenenden enthält? Oder soll ich schreiben, daß ich um die und die Zeit mit der Arbeit begonnen und um die Zeit die Arbeit beendet habe?«

Blake war über diesen heftigen Ausbruch erstaunt, denn der Inspektor war sonst immer die Ruhe selbst.

»Ich kenne keinen Achtstundentag, ich bin immer im Dienst«, fuhr Bony fort. »Der Colonel verlangt, daß ich mich morgen in Brisbane zurückmelde. Nun wissen Sie selbst, daß dies gar nicht möglich ist, selbst wenn ich wollte. Ich könnte gar nicht rechtzeitig hinkommen. Aber ich lasse mich nicht wie einen Laufburschen 'rausschmeißen! Jetzt werden Sie sehen, wie ich mich selbst entlasse. Ich habe Jahre treu gedient, aber jetzt ist Schluß. Hier habe ich einen alten Umschlag. Auf die Rückseite schreibe ich meine Kündigung. Und Sie schicken sie an den Polizeipräsidenten.«

Er drückte Blake den Briefumschlag in die Hand, auf den er einige Zeilen geschrieben hatte. Der Sergeant hatte ein unbehagliches Gefühl, und nun zog der Mischling auch noch die Beine an und preßte den Kopf zwischen die Knie. Blake benützte den Augenblick und warf den Umschlag ins Feuer. Sekunden später hob Bony den Kopf und starrte auf sein Pferd, das im Schatten döste.

»Sehen Sie sich um, Sergeant. Sie können nur einen kleinen Teil des Gebiets überblicken, in dem vor acht Monaten ein Mann verschwunden ist. Ich kenne schon annähernd die Stelle, wo er getötet wurde, aber ich weiß noch nicht, wo er begraben wurde, und wer der Täter ist. Ich muß also noch herausfinden, wer ihn getötet hat, wer ihn begraben hat, und wo er begraben wurde – und das spätestens in drei Wochen, allerhöchstens in einem Monat. Vielleicht benötige ich gar nicht so viel Zeit, aber der Termin sitzt mir im Nakken. Und deshalb wäre es durchaus möglich, daß ich zum ersten Mal in meinem Leben einen Fall nicht lösen kann. Was halten Sie von dieser Gummikugel, in der eine Anzahl Zigarettenstummel eingebettet sind, die ich weggeworfen habe?«

»Keine Ahnung. Was hat das Ding zu bedeuten?«

»Es verkündet mir, daß die Eingeborenen das Deutebein auf mich gerichtet haben.«

»Was!« Blake fuhr in die Höhe.

Bony blickte den Sergeant an, der die Angst in den Augen des Mischlings sah.

»So ist das also!« meinte Blake und pfiff durch die Zähne.

»Wie ich sehe, ist Ihnen der Ernst der Lage bewußt«, murmelte Bony.

»Und ob!« erwiderte Blake. »Ich habe zwar noch niemanden gesehen, auf den das Deutebein gerichtet wurde, aber ich habe davon gehört. Ich weiß auch, daß der alte Lacy Anderson wiederholt gewarnt hat, er möge sich in acht nehmen, daß die Schwarzen nicht eines Tages das Deutebein auf ihn richten. Der alte Lacy glaubt an diesen Zauber. Angeblich hat er schon einmal einen Weißen gesehen, der daran gestorben ist. Warum geben Sie hier nicht auf und fahren nach Brisbane zurück?«

»Aufgeben!« Bony sprang auf. »Was wird aus meinem Ruf, aus meiner Selbstachtung?«

»Es würde Ihnen doch niemand einen Vorwurf machen, wenn Sie aufgeben. Schließlich würden Sie nur einem Befehl nachkommen. Anderson war bereits sechs Monate verschwunden, als sie hierherkamen. Etwas ganz anderes wäre es gewesen, wenn Sie gleich einen Tag nach seinem Verschwinden gekommen wären und seine Leiche gefunden hätten. Dann hätten Sie bestimmt eine Menge Spuren entdeckt. Aber wer weiß überhaupt, daß der Mann tot ist?«

Bony hockte sich auf die Fersen, verharrte reglos.

»Ich weiß es. Ich wurde hierher geschickt, um herauszufinden, was ihm zugestoßen ist. Gewiß, es wäre weiter kein Problem, wenn ich einfach abreisen würde. Wenn ich erst den Busch weit hinter mir gelassen habe, könnte ich auch dem Zauber entgehen. Aber am

Ende des Weges stünde für mich in großen Lettern ›Du hast versagt!‹«

Sergeant Blake betrachtete Bony nachdenklich. Es war ihm klar, daß der Mischling kein Theater spielte, sondern daß es ihm bitter ernst war. Blake hatte bereits davon gehört, es sei den Eingeborenen möglich, durch ihre übergroße Willenskraft den Tod zu suggerieren. Und doch konnte ein solcher Zauber nur wirken, wenn das Opfer daran glaubte.

»Sie haben mir bisher kaum Gelegenheit gegeben, Ihnen zu helfen«, sagte der Sergeant. »Zu zweit erreicht man mehr. Ich werde unter den Eingeborenen herumhören, wer das Deutebein auf Sie gerichtet hat. So etwas läßt sich ja rückgängig machen. Die Gordons werden bestimmt dafür sorgen.«

»Danke, Sergeant«, murmelte Bony.

»Gut! Also, was soll ich zuerst unternehmen?«

»Sie werden bei den Eingeborenen keine Nachforschungen anstellen und Sie werden auch den Gordons gegenüber nichts erwähnen. Ich will Ihnen den Grund verraten. Ich habe einen ausgezeichneten Eindruck von den Gordons. Es ist einmalig, was sie für die Kalchut tun. Ich glaube auch nicht, daß John Gordon irgend etwas mit dem Verschwinden Andersons zu tun hat oder etwas davon weiß. Ich halte ihn für unschuldig, aber mir fehlt noch der Beweis dafür. Und solange mir der Beweis fehlt, kann ich ihn nicht um einen Gefallen bitten. Angenommen, er interveniert bei den Schwarzen, so daß ich ihm praktisch mein Leben verdanke, und später stellt sich dann heraus, daß er Anderson getötet hat. Stellen Sie sich einmal vor, in welcher Situation wir uns dann befinden würden! Und wir könnten noch so intensive Nachforschungen anstellen, wir würden von den Schwarzen nicht erfahren, wer das Deutebein auf mich gerichtet hat. Aber ich brauche trotzdem Ihre Hilfe, Blake. Können Sie von jetzt an jeden Abend um sechs hierherkommen?«

»Selbstverständlich.«

»Dann werde ich Sie hier erwarten. Sollte ich einmal nicht dasein, brauchen Sie nicht auf mich zu warten, denn dann bin ich durch meine Arbeit verhindert. Wenn Sie heute abend zurückfahren, dann halten Sie bitte bei der Kiefernhütte kurz an und zerstören die Batterien des Telefons.«

Blake runzelte die Stirn, dann nickte er. »In Ordnung, wird erledigt.«

16

Bony machte sich die Hunde mit einer Methode untertan, die er von den Eingeborenen gelernt hatte. Es waren zwei gutmütige Tiere. Das eine ähnelte einem Schweißhund, das andere erinnerte an einen Bullterrier. Bony holte sich die Hunde, und nach einigem Hin und Her zwängte er ihre Schnauzen mit sanftem Druck in seine Achselhöhlen. Als er sie wieder losließ, sprangen die Hunde mit freudigem Bellen um ihn herum.

»Die beiden sind in Ordnung«, wandte sich Bony an den Sergeanten, der interessiert zuschaute. »Genau die richtige Mischung aus Jagdleidenschaft und Ausdauer. Seit Wochen wurde ich gejagt, von nun an bin ich der Jäger! Au revoir, Sergeant. Ich erwarte Sie also morgen abend um sechs. Und vergessen Sie nicht, die Batterien in der Kiefernhütte zu zerstören. Sollte sich jemand darüber beschweren, schimpfen Sie kräftig mit über eine derart unverständliche Zerstörungswut. Sprechen Sie aber mit niemandem darüber, daß das Deutebein auf mich gerichtet wurde. Versuchen Sie statt dessen herauszufinden, wer der Medizinmann der Kalchut ist, ja?«

»Wird alles erledigt. Sie können sich auf mich verlassen.«

Bony holte sein Pferd und führte es zum Gattertor. Die beiden Hunde rannten aufgeregt im Kreis. Die Stute aber schien offensichtlich hocherfreut über ihre neuen Gefährten. Blake blickte ihnen nach, bis sie zwischen den Bäumen auf der anderen Seite des Grenzzauns verschwunden waren.

Bony ritt in gemächlichem Schrittempo zum Grünen Sumpf. Nach zwei Meilen riß er das Pferd herum und galoppierte zurück. Die Stute schnaubte, und die Hunde kläfften erfreut über die wilde Jagd.

»Such!« feuerte der Mischling die Hunde immer wieder an.

Dem galoppierenden Pferd voraus hetzten die Hunde durch den Busch. Sie fanden dieses neue Spiel mit ihrem neuen Herrn wundervoll. Eine Meile weit ritt Bony auf der eigenen Spur zurück, dann in weiten Halbkreisen durch den Mulgawald. Und immer wieder feuerte er die Hunde an.

Ein ahnungsloser Beobachter hätte zweifellos geglaubt, Bony habe den Verstand verloren. Mehrere Male kreuzte er die Straße nach Karwir, ritt bis dicht an den Grenzzaun. Dann ging die Jagd wieder nach Süden, nach Osten und Westen. Die Hunde scheuchten ein Känguruh und ein Dutzend Kaninchen auf, jagten Leguane auf die Bäume. Auf diese Weise verfolgte Bony die schwarzen Späher, die keine Spuren hinterließen. Ihm konnten sie entgehen, nicht aber den Hunden.

»Entweder haben sich die Schwarzen sofort aus dem Staub gemacht, als sie sahen, wie Blake die Hunde mitbrachte, oder sie spionieren mir nicht mehr nach, seit sie das Deutebein auf mich gerichtet haben«, sagte er zu dem Pferd und stieg aus dem Sattel. Die hechelnden Hunde lagen lang ausgestreckt auf dem Boden. »Und nun, meine Freunde, auf zur Hütte. Dann gibt es Futter, und anschließend wird geschlafen.«

Bony führte die Stute den Buschpfad zum Grünen Sumpf entlang, die Hunde trotteten müde neben ihm her. Die Galahs flogen zu den Wassertrögen am Brunnen, manche kreischten ärgerlich. Als Bony die Buchsbäume erreichte, die den Sumpf einsäumten, stand die Sonne tief im Westen über dem Busch, und ein sanfter Wind verhieß eine kühle Nacht.

Die Buchsbäume lichteten sich, Bony gelangte zum Südhang des Plateaus, auf dem die Hütte, der Brunnen und das Windrad lagen. Interessiert betrachtete er die blaue Rauchsäule, die sich dicht über dem Boden in östlicher Richtung dahinwälzte. Plötzlich entdeckte er den rauchenden Trümmerhaufen – dort hatte die Hütte gestanden!

Die Hunde witterten das Wasser in den Trögen und stürmten davon. Das Pferd wieherte, stieß Bony mit seinem weichen Maul in den Rücken. Er verstand diesen Wink und führte die Stute zum ersten der beiden Wassertröge. Und während die Tiere gierig schlappten, betrachtete Bony ein wenig verdutzt die rauchenden Trümmer. Zwischen den Buchsbäumen senkten sich Schatten herab, und der Himmel überzog sich mit roten, grünen und indigofarbenen Streifen.

Es war sinnlos, nach Spuren zu suchen. Diejenigen, die die Hütte angezündet hatten, würden bestimmt keine hinterlassen haben, denn nur den Schwarzen war diese Brandstiftung zuzutrauen.

Bony erinnerte sich genau, am Morgen kalte Asche über die Glut auf dem Herd gestreut zu haben, bevor er losgeritten war. Bis zum späten Abend war es völlig windstill gewesen, allerdings hatte Bony einige Windhosen beobachtet, und da bestand immerhin die Möglichkeit, daß Glut auf den hölzernen Fußboden der Hütte geweht worden war.

Trotzdem sprach alles für eine vorsätzliche Brandstiftung. Die Hütte gehörte einem Weißen, und sie diente Bony gegenwärtig als Unterkunft. Die Zerstörung der Hütte mußte für Bony Unbequemlichkeiten mit sich bringen, und im Busch war er dem Zauber der

Eingeborenen schutzlos preisgegeben. Wollte er aber jeden Tag zu dem zwölf Meilen entfernten Herrenhaus reiten, würden seine Ermittlungen gewaltig verzögert. Rein gewohnheitsmäßig suchte Bony nach Spuren, doch konnte er keine finden.

Die Nacht sank herab, der scheidende Tag verschwand hinter einem farbenprächtigen Vorhang. Bony brachte die Stute zu einer mit trockenem Tussockgras bewachsenen Stelle und pflockte sie an. Dann zündete er sich unter einem der Buchsbäume ein Lagerfeuer an und brachte Wasser zum Kochen. Die Hunde beobachteten ihn aufmerksam, und ihre Augen verrieten deutlich, wie hungrig sie waren. Doch als sie begriffen, daß nichts Eßbares vorhanden war, legten sie sich neben ihren neuen Herrn, dessen Abendessen selbst nur aus heißem Wasser und Zigaretten bestand.

Mehrere Stunden hockte Bony vor dem Feuer und dachte über die neue Entwicklung nach. Er war müde. Er fühlte sich auch von Spähern unbehelligt, doch ahnte er den nahenden Tod.

Es war bereits zehn Uhr vorbei, als er endlich die Reitstiefel auszog und noch einmal Holz auf das Feuer legte. Dann wühlte er sich eine Kuhle und legte sich nieder. Die Hunde ringelten sich zu seinen Füßen zusammen. Doch konnte er nicht schlafen. Tausend Quälgeister stachen ihn mit Nadeln, und sank er dann endlich in einen Dämmerschlaf, überfielen ihn furchterregende Gestalten und jagten ihn schweißgebadet in die Höhe. Jedesmal, wenn das Feuer niedergebrannt war, wurde er von Angst gepeinigt. Um ein Uhr stellten sich fürchterliche Magenschmerzen ein, und er konnte nicht mehr einschlafen bis der Morgen graute. Dann erst fiel er in einen unruhigen Schlummer, aus den ihn schließlich Hundegebell und näherkommendes Flugzeuggeräusch weckten.

Mit verquollenen Augen und schmerzenden Gliedern erhob sich Bony. Eric Lacy kam viel früher als erwartet. Die Maschine zog eine Schleife, landete hinter den Bäumen am Rande des Sumpfes. Bony blickte zu der Stelle, an der er die Stute angehobbelt hatte – er konnte sie nicht sehen, hörte aber das Glöckchen, das an ihrem Hals befestigt war. Dann ging er dem jungen Lacy entgegen, der einen Sack mit einem Hammelviertel und das Kästchen mit dem Mikroskop brachte.

»Guten Tag, Bony«, rief der junge Mann. »Sie haben ja die Hütte niedergebrannt!«

»Die war bereits niedergebrannt, als ich gestern abend hier eintraf«, erwiderte Bony. »Ich weiß nicht, wie es geschehen konnte. Die Glut auf dem Herd hatte ich sicher zugedeckt. Wirklich ein Unglück.«

»Für Sie bestimmt«, meinte Eric unbekümmert. »Für Karwir ist es weiter kein Verlust. Ich wollte diese alte Bude schon immer niederreißen und ein anständiges Haus bauen. Aber womit haben Sie sich verpflegt?«

»Mit heißem Wasser und Zigaretten. Ich bin froh, daß Sie schon heute morgen kommen. Bis zum Nachmittag hätten wir ganz schön Kohldampf schieben müssen. Haben Sie vielleicht auch etwas Tee mitgebracht?«

»Darauf können Sie sich verlassen. Ich habe stets Tee, ein Kochgeschirr und einen Kanister Wasser an Bord. Ach ja – und auch noch eine Büchse Biskuits. Hier, nehmen Sie erst mal das Fleisch und braten Sie ein paar Koteletts. Wie ich sehe, ist das Beil beim Holzstoß nicht mit verbrannt. Ich hole jetzt den Tee und die übrigen Sachen.«

Fünf Minuten später waren die Hunde gefüttert, die Koteletts grillten über der Glut, und das Wasser in dem neuen Kochgeschirr begann zu sieden.

»Es tut mir leid, daß die Hütte niedergebrannt ist«, sagte Bony. »Schließlich bin ich dafür verantwortlich zu machen.«

»Quatsch! Gut, daß die alte Bude endlich abgebrannt ist. Aber haben Sie viel dabei verloren?«

»Meine Toilettenartikel und Wäsche.«

»Pech. Was wollen Sie jetzt tun? Sie sehen verkatert aus, als hätten Sie eine Sauftour gemacht.«

Bony seufzte. »Genau so fühle ich mich auch. Ob Ihr Vater wohl so großzügig ist und eine Campingausrüstung und Pferdefutter schickt? Sehen Sie, ich bin zu dem Schluß gekommen, daß gerade dieser Teil des Grünen Sumpfes für meine Ermittlungen von größter Wichtigkeit ist. Würde ich nun jeden Tag zum Herrenhaus reiten, ginge mir zuviel Zeit verloren.«

»Aber sicher wird Ihnen mein Vater helfen«, versicherte der junge Lacy. »Ich bin deshalb schon heute morgen gekommen, weil ich heute nachmittag mit dem Lastwagen in die Stadt fahren muß, um Farbe und andere Dinge zu besorgen. Auf der Hinfahrt kann ich Ihnen gleich alles mitbringen, was Sie benötigen. Haben Sie nicht auch einige persönliche Wünsche?«

»Blake kommt heute abend heraus, er kann mir ja die Sachen mitbringen, die ich brauche. Ich schreibe alles auf, und Sie nehmen ihm die Liste mit. Könnten Sie vielleicht einen kleinen Wasserbehälter mitbringen? Sehen Sie, wenn ich nun sowieso ein Lager aufschlagen muß, dann werde ich mich da unten am Fuß der Dünen einrichten, wo der Nordzaun die Channels erreicht. Wenn Sie –«

»Natürlich! Ich bringe Ihnen die Campingausrüstung zu der Stelle, an der Sie es haben möchten. Den Tank fülle ich hier mit Wasser und stelle ihn dann bei Ihrem Lager ab.«

Zum ersten Male glitt an diesem Tag ein Lächeln über Bonys Gesicht.

»Ich bin Ihnen sehr dankbar für Ihre Hilfsbereitschaft«, sagte er. »Jetzt fühle ich mich schon bedeutend besser. Ich habe eine fürchterliche Nacht hinter mir. Eine kleine Attacke von Rückfallfieber. Vielleicht können Sie mir Aspirintabletten und eine Flasche Chlorodyne mitbringen. Ich kann mir jetzt nicht erlauben, krank zu werden. Übrigens, wie lange geht Ihre Schwester nun schon mit John Gordon?«

»Ein Jahr ungefähr. John ist ein anständiger Kerl – aber wieso wissen Sie darüber Bescheid?«

»Ich habe es erraten«, erwiderte Bony ausweichend.

»Hm. Aber erwähnen Sie bitte nichts dem alten Herrn gegenüber, ja? Er träumt von einer guten Partie für Diana, und John ist im Verhältnis zu uns relativ arm. Vater möchte Diana mit einem Herzog verheiraten, wobei mir allerdings schleierhaft ist, wie sie hier auf Karwir einen Herzog kennenlernen soll. Und nachdem Mutter tot ist, wäre der alte Herr ohne Diana ziemlich hilflos. Aus all diesen Gründen möchten Diana und John die Angelegenheit noch ein paar Jahre geheimhalten.«

»Verstehe«, murmelte Bony. »Genau so habe ich es mir gedacht. Wenn aber nun Ihr Vater mit dieser Verbindung einverstanden wäre, würden die beiden dann heiraten?«

Der junge Mann fuhr sich mit seinen braunen Fingern durch das zerzauste Haar und blickte Bony offen an.

»Ich weiß nicht recht, was ich darauf antworten soll. Wenn sie heiraten, würde das natürlich bedeuten, daß Diana drüben auf Mena lebt. Sie würde aber Vater bestimmt nicht im Stich lassen wollen. Ich werde Karwir einmal erben, John kann also nicht gut hier auf Karwir leben. Außerdem wäre auch noch seine Mutter da.«

»Hm, ich verstehe die Situation durchaus. Aber es wird schon alles gut werden. Die ganze Angelegenheit geht mich ja eigentlich nichts an – vergessen Sie also, daß ich überhaupt davon gesprochen habe.«

»Ach, schon gut. Aber nun muß ich mich auf den Heimweg machen. Ihre Campingausrüstung werde ich gleich zusammenpakken. Gegen drei Uhr bin ich dann hier.«

Bony begleitete den jungen Mann zum Flugzeug, das sich wenige

Minuten später vom Boden hob und Kurs auf das Herrenhaus nahm. Als er zum Lagerfeuer zurückkehrte, fühlte er sich wieder deprimiert. Mindestens fünf Stunden würden vergehen, bevor der Lastwagen kam. Er hockte sich an das Feuer, schob Äste nach und versank in tiefes Grübeln. Seine Krankheit konnte keine Medizin heilen. Ein Hypnotiseur vielleicht, aber dazu müßte er seinen Posten verlassen, müßte in die Großstadt zurückfahren.

Man hat das Deutebein auf mich gerichtet! Dieser Gedanke ging ihm nicht mehr aus dem Kopf. Ich bin zum Tode verurteilt! Immer tiefer bohrte sich diese Idee in sein Unterbewußtsein, und es war kein Wunder, daß seine Nerven und Muskeln zu rebellieren begannen. Bony fühlte sich zerschlagen, elend – wie ein Mensch, dem eine Grippe in den Gliedern steckt. Aber der Wille zum Leben, der Wille, seine Pflicht zu erfüllen, war stark, und alles in ihm lehnte sich auf gegen die unausweichlichen Folgen, die der tödliche Zauber mit sich brachte.

Bony sprang auf, als habe er plötzlich eine Todesotter entdeckt. Sein Gesicht war verzerrt, und er hob drohend die Fäuste in Richtung Meena.

»Tötet mich doch!« schrie er. »Aber ihr werdet es heute nicht schaffen und auch morgen nicht, nicht in einer Woche und nicht in einem Monat. Ich werde so lange am Leben bleiben, bis ich diesen Fall aufgeklärt habe. Ihr könnt mich ja gar nicht töten, ihr schwarzes Pack. Ich habe weißes Blut in mir! Ich bin ein aufgeklärter Mensch, ihr könnt mir mit eurem Mumpitz nicht imponieren! Ich werde Jeffery Anderson finden, ob es euch paßt oder nicht. Und dann wird er mit seinen fleischlosen Fingern auf euch zeigen. Und nun lauft und sagt es dem alten Nero und Wandin und den anderen. Ihr Narren! Lauft –«

Wie von einem Speer getroffen, sank Bony plötzlich zusammen. Er krümmte sich unter Stöhnen, und nichts konnte ihn trösten, konnte ihm Mut machen. Niemand beobachtete ihn, nicht einmal schwarze Männer mit Federn an den Füßen. Die Hunde standen steifbeinig neben ihm, blickten in die Richtung, in die ihr Herr geschrien hatte, und hofften auf eine neue wilde Jagd. Doch dann schmiegten sie sich winselnd an Bony, der eine leckte seinen Hals, der andere preßte die kalte Schnauze in seine fiebrig heiße Hand.

Diese kreatürliche Berührung brachte Bony in die Wirklichkeit zurück. Er wurde ruhig, seufzte tief auf. Er setzte sich auf, zog die beiden Hunde dicht an sich, die ihm unter Winseln das Gesicht zu lecken versuchten.

»Wir dürfen uns nicht wieder so gehenlassen«, murmelte er.

»Genau das wollen ja die Schwarzen mit ihrem Zauber erreichen. Ich soll mich hinlegen und widerstandslos sterben. Aber wir werden Widerstand leisten! Wir werden Anderson finden, der hier irgendwo ganz in der Nähe vergraben wurde. Und wir werden herausbekommen, wer ihn getötet hat. Wir denken jetzt nur noch an die Ermittlungen, an Mary und die Jungen, und an Colonel Spendor, der mich zwar immer wieder entlassen will, aber trotzdem mein Freund ist. Also, meine beiden Freunde, jetzt sucht mir Anderson! Mit eurem Spürsinn dürfte das nicht schwer sein. Dann wird er uns erzählen, wer ihn umgebracht hat, und warum es geschah. Tag und Nacht werden wir suchen, und das Deutebein kann uns nichts anhaben. Wir wollen das verdammte Deutebein vergessen! Und nun kommt, an die Arbeit!«

17

Bony errichtete sein Lager wenige Meter südlich des Grenzzauns. An dieser Stelle gingen die Dünen in die Ebene über, und nach einer Dreiviertelmeile bog der Zaun nach Süden ab. Zwei Kohlpalmen spendeten reichlich Schatten. Fünfzig Meter hinter dem Maschendrahtzaun ragte aus dem breiten Band der Lehmflächen, die Dünen und Ebene voneinander trennten, ein prächtiger Mulgabaum auf.

Am Stamm dieses Mulgabaums hatte Bony den grünen Faden gefunden.

Zwei Tage waren nun seit Errichtung des Lagers vergangen. Am Vortag hatte Bony Jagd auf Späher gemacht, aber keine entdecken können. Er hatte die Lehmflächen am Fuße der Dünen untersucht in der Hoffnung, alte Spuren des Schwarzen Kaisers zu finden. Am zweiten Tag war er mit den Hunden durch das angrenzende Gebiet von Meena gestreift, hatte Dünen und Ebene abgesucht. Und obwohl er überzeugt war, daß in diesem Gebiet noch weitere Mosaiksteinchen versteckt waren, hatte er keine einzige Spur mehr gefunden.

Nach dem Frühstück hatte er sich sehr elend gefühlt, und zu Mittag hatte er lediglich einige Biskuits gegessen und zwei Becher Tee getrunken.

Als er den stacheldrahtbewehrten Zaun überkletterte, liefen ihm die Hunde hinterher. Sie wollten trotz der Hitze nicht im schattigen Lager zurückbleiben. Die Stute stand in einer provisorischen

Koppel. Sie hob kurz den Kopf, doch dann döste sie weiter – froh, bei der Hitze ausruhen zu können.

Vor dem Mulgabaum blieb Bony stehen. Da war die unauffällige Kerbe, die er mit dem Daumennagel in die Rinde geschnitzt hatte, um die Stelle zu markieren, an der er das grüne Garn gefunden hatte.

Bei seinem früheren Besuch war er viele Male um den Baum gekreist, ohne etwas zu entdecken, was sein Interesse erregt hätte. Nun begann Bony noch einmal, in einem Abstand von einem halben Meter um den Baum herumzugehen, aber er konnte an dem glatten Stamm nichts Ungewöhnliches finden.

Er untersuchte den Stamm dicht am Boden, und nach einigen Minuten glaubte er, eine schwache Verfärbung entdeckt zu haben. Jeder, der nicht Bonys Buscherfahrung besessen hätte, würde diese winzige Stelle glatt übersehen haben, und vor allem würde er nicht gewußt haben, was sie zu bedeuten hatte. Die Verfärbung lag genau senkrecht unter der Stelle, an der er den grünen Faden gefunden hatte: der Abdruck eines Stiefelabsatzes.

Zwanzig Minuten später hatte er eine weitere Einkerbung entdeckt. Sie befand sich einen Meter sechzig über dem Boden an der Rückseite des Stammes. Bony seufzte zufrieden, dann wandte er sich an die beiden Hunde.

»Wir machen Fortschritte, meine zwei vierbeinigen Freunde. Ich habe nun einen weiteren Beweis für meine Theorie, daß Anderson umgebracht worden ist. Vermutlich befand sich hier auf dem Gebiet von Meena ein Trupp Eingeborener. Die Schwarzen sahen, wie Anderson jenseits des Zaunes von den Dünen herabgeritten kam, und stießen wohl Schmähungen gegen den Verhaßten aus. Anderson geriet in Wut, sprang aus dem Sattel und band sein Pferd drüben an einen Zaunpfahl. Dann setzte er über den Zaun und ging auf die Schwarzen los, um sie auszupeitschen. Es gab eine wüste Prügelei, in deren Verlauf Anderson bewußtlos geschlagen wurde. Man zerrte ihn zu diesem Baum. Einer der Eingeborenen ging zum Pferd und holte einen Steigbügelriemen. Diesen Riemen legte man dem Mann um den Hals, schnallte ihn auf der Rückseite des Stammes zusammen. Auf diese Weise war Anderson völlig hilflos, konnte auch mit seinen Händen den Riemen nicht lösen. Die Einkerbung befindet sich in einer Höhe von einem Meter sechzig. Anderson war einsachtzig groß, war aber mit den Knien leicht durchgesackt. Als er wieder zu sich kam, sah er sich von Schwarzen umringt. Einer von ihnen hielt seine Peitsche in der Hand, führte zunächst einen Probeschlag aus, um die Länge der Lederschnur festzustellen. Knapp über Andersons Kopf traf der grüne Schnalzer den Stamm. Nun begann die Auspeitschung, die erst wieder aufhörte, als der Mann erneut die Besinnung verlor. Er sackte zusammen und strangulierte sich an dem Riemen. Ja, so dürfte es gewesen sein, meine Freunde. Eine böse Geschichte! Und nun wollen wir uns den Baumstamm noch einmal ansehen. Es könnte ja sein, daß sich an der rauhen Rinde noch etwas verfangen hat.«

Eine volle Stunde lang suchte Bony, am Boden beginnend, noch einmal den Stamm ab. Eine steile Falte erschien auf seiner Stirn, und als er vor der Markierung stand, die er mit dem Daumennagel angebracht hatte, beugte er sich bis dicht an den Stamm. Nur wenn es von dem sanften Wind bewegt wurde, war das Haar zu erkennen.

»Damit wären wir also noch einen Schritt weiter!« rief Bony erregt, und die beiden Hunde sprangen kläffend an ihm hoch. »Nun besitzen wir ein Haar des Mannes, der an diesen Baum gefesselt war. Ein hellbraunes Haar, ungefähr fünf Zentimeter lang. Anderson hatte hellbraunes Haar. Ein Glück, daß die Mulgabäume eine harte und rauhe Rinde haben. So, ihr schwarzen Teufel – jetzt hütet euch!«

Bony verstaute das Haar sorgfältig zwischen Zigarettenpapier, das er in einen Umschlag schob, den er mit ›Beweisstück 3‹ beschriftete.

»Nun wissen wir, daß Anderson an diesem Baum geschnallt und ausgepeitscht wurde – genau, wie er es seinerzeit mit Inky Boy gemacht hatte«, murmelte Bony. »Er hing also leblos am Steigbügelriemen. Und was geschah dann? Die Schwarzen mußten die Leiche beseitigen. Sie hatten wohl beobachtet, daß John Gordon eine Schafherde von den Channels wegtrieb. Trotzdem mußten sie damit rechnen, daß er zurückkehrte, um nach weiteren Schafen zu suchen. Aus diesem Grunde werden sie den Toten nicht wegtransportiert haben. Es bleiben also zwei Möglichkeiten. Entweder haben sie hier in dem weichen Boden mit Stöcken eine Grube ausgehoben, oder sie haben die Leiche bis zum Fuß der Dünen gebracht und am Osthang begraben, weil sie genau wissen, daß die Westwinde die Dünen in östlicher Richtung wandern lassen. Da wartet also eine Menge Arbeit auf mich.«

Zwei Stunden lang hatte Bony völlig vergessen, daß man das Deutebein auf ihn gerichtet hatte. Nun pfiff er die Hunde heran, kletterte über den Zaun zurück und brühte den Tee auf. Er befand sich in gehobener Stimmung, denn nun bestand begründete Aussicht, daß er seine Ermittlungen abgeschlossen hatte, bevor er ernstlich krank werden konnte. Er besaß nun schon so viele Mosaiksteinchen, daß er das Bild einigermaßen klar erkennen konnte.

Als Sergeant Blake um sechs Uhr den Treffpunkt am Grenzzaun erreichte, hatte Bony gerade Tee aufgebrüht. Die Stute und die Hunde hatte er angebunden. Bonys Augen leuchteten, doch seine Wangen waren ein wenig eingefallen, und die Lippen bildeten dünne Striche.

»Wie geht's?« fragte der Sergeant.

»Heute morgen hatte ich wieder einen Anfall«, antwortete Bony. »Immerhin konnte ich zu Mittag einige Kekse essen. Ich fühle mich auch nicht mehr so deprimiert, weil ich wieder einen wichtigen Schritt vorangekommen bin.«

»Gut! Dann wollen wir zu Abend essen. Ich habe kalten Braten, Salat und Apfelkuchen mit Sahne. Meine Frau hat mir alles eingepackt.«

»Das reinste Festessen!« meinte Bony. »Mein Brot ist knochenhart, und am Fleisch waren die Fliegen.«

Blake breitete eine Wachstuchdecke aus und servierte das Abendessen. Bony konnte nicht widerstehen, und während er über seine letzten Fortschritte berichtete, aß er.

»Anderson hatte doch hellbraunes Haar, oder?« fragte er schließlich.

Blake nickte. »Ja. Und er trug es ziemlich lang.«

»Trotzdem fehlt mir noch der Beweis, daß dieses Haar auch tatsächlich von dem Vermißten stammt«, gab Bony zu bedenken. »Oh – entschuldigen Sie mich!«

Er sprang auf und verschwand zwischen den Bäumen. Blake hörte, wie Bony stöhnte und würgte. Das war das Rückfallfieber, oder? Als sie am Abend zuvor gemeinsam gegessen hatten, mußte Bony ebenfalls erbrechen. Nun wußte Blake, daß das Rückfallfieber plötzlich und ohne Warnung auftreten kann. Es wäre allerdings ein sehr seltsamer Zufall, wenn Bony ausgerechnet in dem Augenblick erkrankte, in dem die Schwarzen das Deutebein auf ihn gerichtet hatten.

»Wirklich Pech!« meinte Blake, als Bony zurückkam.

»Sie sagen es, Blake. Das Essen war wirklich ausgezeichnet.«

Bony schenkte sich Tee ein, fügte Milch hinzu, nahm aber keinen Zucker.

»Wie gesagt, nun muß ich erst noch beweisen, daß dieses Haar, das ich an dem Baum gefunden habe, auch tatsächlich von Anderson stammt. Glücklicherweise gibt es eine Möglichkeit, die Identität festzustellen. Man hat in Andersons Zimmer alles unberührt gelassen, und als ich neulich dort war, habe ich bemerkt, daß an Kamm und Bürste Haare hafteten. Würden Sie mich gleich einmal zum Herrenhaus hinüberfahren? Das Mikroskop habe ich hier.«

»Gewiß.«

»Dann wollen wir uns auf den Weg machen. Ich werde heute abend einmal sehr mitteilsam sein und die Lacys einladen, bei der mikroskopischen Untersuchung der Haare anwesend zu sein. Sie achten dann sorgfältig auf die Reaktion jedes einzelnen. Sprechen Sie kein Wort. Sie schauen lediglich zu, und hinterher berichten Sie mir dann Ihre Beobachtungen. Und nun wollen wir aufbrechen. Die Tiere sind hier sicher untergebracht.«

Eine halbe Stunde später hielt der Wagen am Bambusgraszaun, und Blake folgte Bony durch die Gartentür. Auf der Südveranda wurden sie vom alten Lacy persönlich begrüßt.

»Guten Abend, Mr. Lacy«, sagte Bony. »Sergeant Blake hat mich heute nachmittag besucht, und da habe ich ihn gebeten, mich zu Ihnen zu fahren. Nun kann ich Ihnen persönlich mein Bedauern aussprechen, daß die Hütte am Grünen Sumpf niedergebrannt ist. Ich muß wohl doch das Feuer nicht sicher verwahrt haben.«

Der alte Lacy trat von der Tür zurück. »Kommen Sie herein! Machen Sie sich doch wegen der alten Hütte keine Sorgen. Es war längst Zeit, daß eine neue gebaut wird. Sie enthielt ja auch nichts weiter als ein paar Lebensmittel, eine Brechstange und zwei Schaufeln. Hallo, Diana! Ist noch etwas vom Abendessen übrig? Wir haben zwei Gäste.«

Diana kam sofort aus dem Speisezimmer, und Bony versicherte rasch, daß er und der Sergeant bereits gegessen hätten. Er wollte gerade den Grund für den Besuch erklären, als der Viehzüchter eine Flasche Alkohol und Gläser brachte. Bony machte sich sonst nichts aus Alkohol, doch heute nahm er dankbar einen Whisky-Soda.

»Sie sehen gar nicht gut aus, Bony«, bemerkte der alte Herr.

»Mir geht es auch nicht gut. Ich habe einen Anfall von Rekurrensfieber.«

Der alte Lacy runzelte besorgt die Stirn. »Damit ist nicht zu spaßen. Da hilft nur Chlorodyne und Brandy, und gelegentlich ein paar über Nacht in Essig gelegte Kartoffeln. Sie müssen sich unbedingt etwas mitnehmen, falls Sie nicht vorziehen, für ein paar Tage hier bei uns zu bleiben.«

»Sehr freundlich. Ich würde Ihr Angebot sehr gern annehmen, aber ich habe bereits sichtbare Fortschritte gemacht und kann den Fall vielleicht schneller abschließen, als ich dachte.«

»Oh – das ist gut! Was haben Sie gefunden? Ist es wichtig?«

»Möglicherweise ja«, erwiderte Bony vorsichtig. »Sie erinnern sich noch an das grüne Garn, das ich an einem Baum gefunden habe? Es stammte meines Erachtens von Andersons Peitsche. An demselben Baum fand ich nun noch ein Haar. Der Farbe nach könnte es von ihm stammen. Um aber den Beweis dafür zu erbringen, muß ich es erst noch mit einem Haar vergleichen, von dem feststeht, daß es von ihm stammt. Ich schlage deshalb vor, daß wir jetzt auf Andersons Zimmer gehen und das von mir gefundene Haar mit einem aus seinem Kamm entnommenen vergleichen. Das Mikroskop habe ich mitgebracht.«

Mit erstaunlicher Gewandtheit sprang der alte Lacy auf. Blake und Bony standen ebenfalls auf, Diana erhob sich als letzte.

»Das werden wir gleich haben«, erklärte der alte Herr energisch. »Wenn das Haar tatsächlich von Anderson stammen sollte – was würde es beweisen?«

»Daß er an einen Mulgabaum gefesselt und mit seiner eigenen Peitsche ausgepeitscht worden ist.«

»So etwas habe ich mir gedacht. Die verdammten Schwarzen haben ihm seine eigene Medizin zu kosten gegeben.« Die Stimme des alten Herrn klang triumphierend, denn diese Theorie hatte er von Anfang an vertreten.

Der alte Lacy ging ins Büro, um den Schlüssel zu holen, während die anderen vor Andersons Zimmer warteten.

»Sie scheinen tatsächlich einen höchst interessanten Beruf zu haben, Mr. Bonaparte«, sagte das Mädchen tonlos.

»Manchmal, Miss Lacy. Es gibt aber auch schrecklich viel Routinearbeit.«

Der alte Lacy trat aus dem Büro, sein Sohn folgte ihm. Der junge Mann begrüßte die Gäste erfreut, die Tür wurde aufgeschlossen, und die fünf Personen drängten sich in das Zimmer, das nun seit sechs Monaten unbewohnt war. Eine Tür des Kleiderschranks stand offen, man sah mehrere Anzüge. An einem Haken neben dem Fenster hingen Andersons Peitschen. Das Bett war gemacht, aber eine rote Staubschicht lag auf der Decke. Auf der Kommode, vor dem breiten Spiegel, lagen die Toilettenartikel des Vermißten.

»So, jetzt werde ich das Mikroskop auspacken«, sagte Bony leise, und die anderen traten schweigend zurück. »Könnte ich eine Petroleumlampe haben?«

Der junge Lacy eilte ins Büro. Durch das einzige Fenster fielen die Strahlen der untergehenden Sonne und überschütteten die Gesichter mit roter Glut. Bony baute auf der Kommode das Mikroskop auf, und in seinem schwarzen Haar spielten braunrote Lichter. Die Petroleumlampe wurde angezündet und danebengesetzt. Dann legte Bony das gefundene Haar sowie ein aus dem Kamm entnommenes zwischen zwei Deckgläser und schob es auf den Objekttisch, stellte das Okular ein und trat zurück.

»Ladies first! Miss Lacy, würden Sie einmal die beiden Haare ansehen und uns Ihre Meinung sagen?«

»Ich glaube kaum, daß meine Meinung zählt, Mr. Bonaparte, aber trotzdem möchte ich einen Blick riskieren.«

»Danke. Offen gestanden, ich rechne vor allem mit Ihrem weiblichen Farbensinn.«

Schweigend sahen die Männer zu, wie das Mädchen das Auge ans Okular preßte. Es mochte fast eine Minute vergangen sein, als sie sich wieder aufrichtete.

»Meines Erachtens sehen die Haare gleich aus.«

Der alte Lacy kam zu demselben Ergebnis. Blake allerdings war nicht so sicher, und der junge Lacy pflichtete dem Sergeanten bei. Bony ließ sich Zeit. Volle fünf Minuten verglich er die beiden Haare miteinander, und als er sich schließlich zu den anderen umdrehte, stand eine steile Falte auf seiner Stirn.

»Die beiden Haare stammen von verschiedenen Männern«, sagte er langsam. »Ich gebe zu, daß es sehr schwer ist, den leichten Farbunterschied zu erkennen. Das Haar, das ich am Baum gefunden habe, ist eine Nuance heller als das aus dem Kamm. Nun könnte man das allerdings auf den bleichenden Effekt der Sonnenstrahlen zurückführen. Die Farbe allein scheidet also als Kriterium aus. Der Unterschied wird aber sofort klar, wenn man Länge und Durchmesser vergleicht. Das Haar vom Baum ist kürzer und dünner als das aus dem Kamm. Außerdem werden Sie feststellen, daß das Haar aus dem Kamm rauher ist. Die Haare stammen also von zwei verschiedenen Männern. Wahrscheinlich werde ich die Haare noch nach Brisbane ins Labor schicken, aber ich bin sicher, daß die Experten meine Meinung teilen werden. Und nun schauen Sie sich die beiden Haare noch einmal an. Ich bin überzeugt, daß Sie den Unterschied nunmehr sehen.«

Nach einem kurzen Blick ins Mikroskop pflichtete Blake Bony bei, daß die Haare verschieden lang seien. Diana hingegen behauptete, daß sie gleich lang seien. und der alte Herr schloß sich ihrer Meinung an. Der junge Lacy aber wußte nicht recht, wie er sich entscheiden sollte.

»Nun, warten wir das Urteil der Experten ab«, erklärte Bony.

»Ich nehme an, daß nicht Anderson, sondern ein anderer Mann an diesen Mulgabaum gefesselt würde.«

»Dann glauben Sie also, daß Anderson jemanden an den Baum gebunden und ausgepeitscht hat?« meinte der junge Lacy.

»Ich weiß nicht recht, was ich denken soll«, gab Bony zu. »Die Geschichte ist plötzlich verwirrter als zuvor. Ich muß mir den Baum noch einmal ganz genau ansehen. In Anbetracht der Verschiedenartigkeit der beiden Haare ergibt sich natürlich eine neue Theorie. Entschuldigung.«

Bony wandte sich wieder um, steckte das Haar vom Mulgabaum in den Umschlag mit der Aufschrift ›Beweisstück 3‹. Dann beschriftete er einen weiteren Umschlag mit ›Beweisstück 4‹ und steckte verschiedene Haare hinein, die er von Kamm und Bürste entfernte. Danach hatte er es sehr eilig, wieder abzufahren.

Der alte Lacy versuchte ihn und den Sergeanten zu überreden, noch zu bleiben. Als es ihm nicht gelang, bestand er darauf, daß Bony wenigstens eine Flasche Brandy und eine Flasche Essig nahm, damit er etwas gegen das Rekurrensfieber tun könnte.

Als die beiden Polizeibeamten wieder im Wagen saßen und zum Gattertor fuhren, wandte sich Bony an den Sergeanten.

»Nun, was haben Sie für einen Eindruck von den Lacys?«

»Der alte Herr war völlig ahnungslos und schien etwas enttäuscht, als Sie auf den Farbenunterschied der Haare hinwiesen«, antwortete Blake. »Waren Sie eigentlich über den Farbunterschied tatsächlich so überrascht?«

»Nein. Ich wollte nur vermeiden, daß man mir unnütze Fragen stellte. Und wie reagierten der junge Lacy und das Mädchen?«

»Das Mädchen schien bestürzt, während der junge Lacy lediglich interessiert war. Miss Lacy scheint eine gewisse Abneigung gegen Sie zu hegen.«

»Warum wohl?«

»Nun, vielleicht –«

»Bestimmt nicht wegen meiner Hautfarbe«, versicherte Bony. »Sie mag mich nicht, weil sie mich fürchtet. Diese Haare weisen einen deutlichen Farbunterschied auf, und doch behauptete sie, sie seien gleich. In gewisser Hinsicht bin ich durchaus nicht enttäuscht, daß diese Haare verschieden sind und das eine nicht von Anderson stammt. Anderson war also nicht an den Mulgabaum gefesselt, sondern ein anderer. Und diesen Unbekannten hat Anderson ausgepeitscht. John Gordon hat ebenfalls hellbraunes Haar, oder?«

Blake runzelte die Stirn, dann nickte er.

»Ich glaube nun zu wissen, was sich an dem fraglichen Nachmittag vor sechs Monaten ereignet hat«, fuhr Bony nach einer längeren Pause fort. »Doch damit habe ich noch nicht den Beweis erbracht, daß Gordon an diesen Baum gefesselt war. Falls er es nicht war, müssen wir uns nach einem anderen Mann umsehen. Seltsam, wie die Ermittlungen oft wochenlang nicht recht vorankommen, um plötzlich durch einen scheinbar nebensächlichen Umstand mit Riesenschritten vorangetrieben zu werden. Wenn wir uns morgen abend treffen, weiß ich vielleicht schon mehr.«

18

Um acht Uhr wurde auf Karwir gefrühstückt. Anschließend erteilte der alte Lacy den vor dem Büro wartenden Leuten seine Anweisungen und telefonierte zehn Minuten mit dem Verwalter vom Vorwerk.

Während der Sommermonate wurde der Frühstückstisch auf der langen Südveranda gedeckt. Wie üblich hatte es der alte Lacy sehr eilig, obwohl dazu überhaupt keine Veranlassung bestand.

»Ich fahre hinaus nach Blackfellow's Well«, verkündete er, während er sich Hammelbraten und Schinken mitnahm. »Fred hat berichtet, daß sich der Brunnenschacht in der Mitte baucht – womöglich rutschte Erde nach. Eventuell muß ich einen zweiten Brunnen bohren lassen. Ach was, es bleibt ja gar keine andere Wahl, denn bei dieser Trockenheit brauchen wir jeden Tropfen Wasser für die Schafe! Dort draußen sollte ich überhaupt keine Schafe halten. Kommst du mit, mein Mädchen?«

»Hm, ich wollte eigentlich nach Opal Town«, erwiderte Diana zögernd. »Ich habe Besorgungen zu machen.«

»Schon gut! Ich nehme Bill der Wetter mit. Er kann fahren, und dann wird er gleich wetten, daß wir Fred unten im Brunnen finden. Ein ulkiger Kerl! Jedenfalls kann er in den Brunnen klettern und mir Bericht erstatten. Und was machst du, mein Junge? Möchtest du mitkommen?«

»Tut mir leid, aber ich habe im Büro noch eine Menge zu erledigen.« Der junge Lacy zuckte bedauernd die Achseln. »Du weißt, diese Statistiken für das Landwirtschaftsministerium. Übrigens komisch, das Telefon ist wieder in Ordnung. Vor dem Frühstück habe ich Phil Whiting angerufen.«

»Wahrscheinlich ist durch den Wind ein Ast auf die Leitung gefallen«, meinte der alte Herr. »Als ich gestern abend mit Mount-Lester telefonieren wollte, war keine Verbindung zu bekommen.«

Diana kümmerte sich persönlich darum, daß der Lunchkorb ihres Vaters gepackt und in den alten Wagen gestellt wurde, den er für seine Inspektionsfahrten verwendete. Dann schärfte sie Bill dem Wetter noch ein, den Tee ja nicht zu stark zu machen, um ihren Vater davor zu bewahren, eine Woche lang Verdauungsbeschwerden zu haben. Dabei liebte der Viehzüchter den Tee tiefschwarz.

Um neun Uhr fuhr Diana in ihrem Sportwagen nach Opal Town. Der Tag versprach stürmisch und unangenehm zu werden. Die Luftspiegelungen über den Lehmflächen und Niederungen wirkten weniger intensiv. Der Himmel war dunstig weiß, die Sonne hatte eine unwirkliche gelbe Färbung angenommen. Um halb zehn passierte Diana das Gattertor im Grenzzaun.

Da sie im Busch groß geworden war, bemerkte sie auch sofort die Stiefelspuren, die Bony hinterlassen hatte. Auf der anderen Seite des Grenzzaunes sah sie dann auch noch die größeren Eindrücke, die vom Sergeanten stammten, außerdem sehr viele Hundespuren. Sie konnte allerdings nicht sagen, um wie viele Hunde es sich handeln mochte. Diese Spuren irritierten sie, denn ihr Bruder hatte es nicht für erwähnenswert gehalten, daß Bony sich Hunde angeschafft hatte. Das junge Mädchen ging ein paar Schritte weiter, inspizierte das Lager, das Bony und dem Sergeanten für ihr abendliches Treffen diente.

Ihre Pupillen wirkten wie Stecknadelkuppen, als sie nach Opal Town weiterfuhr, und um ihren Mund hatten sich strenge Linien gebildet. Viele Fragen gingen ihr durch den Kopf, und ihr Herz war schwer.

Woher hatte dieser Mann die Hunde? Warum hatte er sie bei sich? Von Karwir stammten sie nicht, und soviel ihr bekannt war, war er nicht in Opal Town gewesen. Sergeant Blake mußte sie also mitgebracht haben. Aber wozu? Doch gewiß nicht, weil sich Bony einsam fühlte.

Wenn der Wind nicht auf Sturmstärke anwuchs, bevor er nach Süden drehte, würde dieser Mann ihre eigenen Spuren entdecken, würde sehen, wie sehr sie sich für ihn und die Hunde interessierte. Was mußte dieser Mischling doch für Augen besitzen, um ein winziges Fädchen und ein Haar zu finden, die sich an einem Baum verfangen hatten – an einem von zahllosen Bäumen! Und er wußte auch bereits, daß dieses Haar nicht von Anderson stammte. Er hatte ihr deutlich zu verstehen gegeben, daß er vermutete, es stammte von John Gordon.

Immer öfter mußte sie an diesen Mischling denken. Bevor er auf Karwir aufgetaucht war, hatte sie in einer ruhigen und friedlichen Welt gelebt. Nun würde er gewisse Dinge ans Tageslicht bringen, und daran konnte ihn nicht einmal das Rekurrensfieber hindern.

Vor der Kiefernhütte hielt Diana an, doch sie blieb im Wagen sitzen und rauchte eine Zigarette. Aufmerksam beobachtete sie die Hütte, ob sie vielleicht ein Anzeichen für die Anwesenheit eines Tramps entdecken könnte, doch aus dem eisernen Schornstein stieg kein Rauch, und die Tür war geschlossen. Reifenspuren von Blakes Wagen führten an der Hütte vorüber, von Hunden aber konnte sie keine Spur entdecken.

Der Wind trieb Staubfahnen über die Ebene, sang um die Hütte, doch das Mädchen war überzeugt, daß er das Geräusch eines sich nähernden Autos nicht übertönen würde.

Wie gut sie diese Hütte kannte! Unzählige Male hatte sie hier angehalten und mit John Gordon telefoniert. Hoffentlich ist John heute morgen da, dachte sie voller Unruhe.

Bevor sie eintrat, blieb sie in der offenen Tür stehen und musterte den Raum. Der übliche Staub lag auf Tisch und Bank. Alte Zeitungen lagen auf dem Boden und auf der weißen Asche des Herdes angekohlte Holzstückchen. Gleich neben der Tür hing das Telefon an der Wand, darunter befand sich ein kleines Schreibpult. Überall lag Staub – und in diesen Staub sollte sie kleine Kreuze gemalt haben!

Dianas Gesicht überzog sich mit Röte. Sie wußte genau, daß sie niemals derartige Kreuze gemacht hatte. Jedesmal, wenn sie sich an das Mittagessen mit Bony erinnerte, traten ihr die Tränen der Wut in die Augen. Seine Vermutung, sie habe sich mit John Gordon getroffen, hatte sie energisch zurückgewiesen, aber auf seinen Flankenangriff war sie dann glatt hereingefallen.

Dieser Mischling mit den strahlend blauen Augen hatte behauptet, er habe bisher noch jeden Fall geklärt. Nun, er würde auch auf Karwir erfolgreich sein, falls nicht das Rückfallfieber die Oberhand gewann. Ihr blieb nichts weiter übrig, als hinhaltend zu kämpfen.

Diana drehte an der Kurbel und nahm das altertümliche Monstrum von Hörer ab. Aber keine Stimme drang an ihr Ohr – nur der Wind sang um die Hütte. Sie hängte den Hörer zurück, drehte erneut die Kurbel und preßte den Hörer ans Ohr. Wieder vernahm sie nur das Singen des Windes, er summte in der Leitung, und er pfiff schrill durch die offene Tür.

In diesem Augenblick entdeckte sie den Fleck auf dem Boden unterhalb des Telefons. Sie schob einen Riegel zurück, öffnete einen Deckel – und da sah sie in dem Kasten die zerbrochenen Glasgefäße der zwei Akkumulatoren.

Eine geradezu fatalistische Ruhe überkam sie. Diana verließ die Hütte, schloß die Tür und ging zum Wagen zurück. Sie setzte sich ans Steuer und zündete sich eine Zigarette an.

Er hatte also die Akkus zerstört, damit sie nicht in Meena anrufen konnte! Er wußte also ganz genau, daß sie sich mit John am Grenzzaun getroffen hatte. Und er ahnte auch, daß das Haar, das er an dem Baum gefunden hatte, von John stammte. Er hatte nur deshalb so offen über die Haare gesprochen, um sie erneut in eine Falle zu locken – er war sich klar darüber, daß sie sofort versuchen würde, John anzurufen. Schön, sie war in die Falle getappt; zweifellos würde er ihre Spuren in der Hütte finden. Aber sie gab sich noch nicht geschlagen. Jetzt würde sie nach Meena fahren und John persönlich sagen, daß er kein Haar an Kamm, Bürste oder Handtuch zurücklassen durfte.

Sie trat hart auf den Starter, der Motor sprang an. Sie wendete und bog in die Abzweigung, die zum Herrenhaus von Meena führte. Die Straße schlängelte sich durch den Busch. Sobald der weiche Sand in Lehmflächen oder harten Boden überging, gab sie Gas. Doch sie ging stets rechtzeitig mit der Geschwindigkeit wieder herunter, denn der Sand war tückischer als eine schlüpfrige Straße. Zweimal mußte sie anhalten, um ein Gattertor zu öffnen.

Mary Gordon kam mit einem schweren Milcheimer vom Kuhstall. Sie hatte ein Leinenkleid an, und ein blaues Kopftuch schützte sie vor der Sonne.

»Ich hörte schon das Motorengeräusch«, rief sie schon von weitem. »John ist nicht da. Und ich habe den ganzen Vormittag zugesehen, wie die Schwarzen Karnickel ins Gehege treiben. Das Feuer ist zwar aus, aber es wird nicht lange dauern, bis der Kessel kocht. Ich nehme an, daß Sie uns von der Kiefernhütte aus anrufen wollten, aber keine Verbindung bekamen.«

»Ich trinke gern eine Tasse Tee mit«, erwiderte Diana. »Schade, daß John nicht da ist. Ich muß dringend mit ihm sprechen.«

»Na, kommen Sie erst mal herein. Es ist zwar noch nicht aufgeräumt, aber das stört Sie hoffentlich nicht. Ich bin schon an meine Arbeit gegangen, bevor John aufbrach.«

Mary Gordon trat durch die Gartenpforte, trippelte über den

Aschenpfad voran. Sie überquerte die Veranda und trat in die Wohnküche. Dort drehte sie sich zu dem Mädchen um.

»Na so was! Ich hatte John ausdrücklich gesagt, er sollte alles stehenlassen, und nun hat er schon aufgewaschen und für mich den Tisch gedeckt. So, setzen Sie sich auf die Couch, ich mache rasch Feuer.«

Während sie die Kappe abnahm, sah sich Diana in dem hübsch eingerichteten Raum um. Stets hatte sie den Eindruck, daß hier mindestens sechsmal täglich geputzt würde. Die Nähmaschine und der große Radioapparat bildeten einen scharfen Kontrast zu den alten Vorderladern, die John I. mitgebracht hatte, genauso wie sich der neue Zinkkessel von den alten Eisenkesseln unterschied. Die Standuhr in der Ecke, der ganze Stolz des ersten Mr. Gordon, Tisch, Stühle und Bilder, alles erinnerte an die alten Zeiten. Blumen fehlten, und der Boden roch nicht unangenehm nach einem Desinfektionsmittel.

»Die Karnickel sind eine rechte Plage«, plapperte Mary weiter. »In meinem ganzen Leben habe ich noch nie eine derartige Menge gesehen. Ich weiß nicht, wovon sie eigentlich leben. Als ich die Hühner fütterte, mußte ich aufpassen, daß die Karnickel nicht alles wegfressen. Die Viecher haben jede Scheu verloren, und unsere Katzen und Hunde sehen schon gar nicht mehr hin. Jimmy Partner meint, daß sie nicht mehr lange hierbleiben. Deshalb versuchen die Schwarzen, noch so viele Felle zu ergattern wie nur möglich. Gestern haben sie zwei spitz zulaufende Maschendrahtzäune errichtet, und am Ende geraten die Karnickel dann in ein Gehege. Gott, war das aufregend. Wir sind über den ausgetrockneten See marschiert und haben mit Stöcken auf Blechbüchsen getrommelt. Sie hätten das sehen sollen, Diana! Wie ein riesiger Strom ergoß sich das Karnickelheer in die Falle, und immer wieder stießen die Adler herab. Mehrere tausend sind in die Falle gegangen, aber noch viel mehr sind uns entwischt. Jimmy Partner schätzte, daß ungefähr fünftausend im Gehege wären. Die Schwarzen haben jetzt alle Hände voll zu tun, die Felle abzuziehen. Dieses Jahr werden gute Preise dafür gezahlt.«

»Na, dann wird aber das Bankkonto der Kalchut ganz schön anschwellen«, meinte Diana lächelnd.

»Allerdings, meine Liebe, aber für unsere Schwarzen macht das weiter keinen Unterschied.« Mary setzte sich neben das Mädchen auf die Couch. »Tut mir leid, daß John nicht zu Hause ist. Er wird bestimmt enttäuscht sein, wenn er hört, daß Sie da waren.«

»Bleibt er den ganzen Tag weg?«

»Ja. Er ist drüben bei den Painted Hills und schneidet Futter für die Mutterschafe. Jimmy Partner hätte ihn eigentlich begleiten sollen, aber die Schwarzen kommen ohne ihn mit der Karnickelfalle nicht zurecht.«

Diana nickte, man sah ihr deutlich die Enttäuschung an.

»John hat Ihnen nie erzählt, was aus Jeffery Anderson geworden ist?« murmelte sie.

»Was aus ihm geworden ist? Was soll denn aus ihm geworden sein?« Mary riß erschrocken die Augen auf.

»Bitte, dringen Sie nicht in mich. Ich habe John versprochen, nichts zu sagen. Aber ich war immer der Ansicht, daß er es Ihnen erzählen sollte, doch John meinte, es wäre für Sie besser, wenn Sie nichts wüßten. Und nun bin ich gekommen, ihm zu sagen, daß er sorgfältig alle Haare beseitigen muß – von Kamm und Bürste, von Kopfkissen und Handtuch!«

»Um Himmels willen, warum denn?«

Das Mädchen hob hilflos die Hände. »Ich kann Ihnen nichts sagen. Ich habe John mein Wort gegeben. Sie müssen Vertrauen haben, zu mir und zu ihm. Er wird bestimmt wütend sein, daß ich Ihnen schon so viel verraten habe. Aber er ist ja nicht da, und wir müssen unbedingt alle Haare einsammeln.«

Mary starrte durch das Fenster, und als sie das Mädchen anblickte, stand Furcht in ihren Augen.

»Ich – ich habe mich schon gewundert«, gestand sie. »Ich werde nie vergessen, wie ich an diesem Abend im April auf die Rückkehr von John und Jimmy Partner gewartet habe. Es regnete heftig. Schließlich lief ich zum Eingeborenencamp. Jimmy Partner sprach mit Nero, und am nächsten Morgen waren die Schwarzen auf Wanderschaft gegangen. Als John nach Hause kam, hatte er eine blaue Strieme am Hals. Er behauptete, in der Dunkelheit gegen einen Ast geprallt zu sein. Ich möchte keine weiteren Fragen stellen, aber bitte beantworten Sie mir noch diese eine: ist John in Gefahr – durch Inspektor Bonaparte?«

Diana nickte und seufzte leise. »Ja, er findet immer mehr heraus. Ach, wäre doch nur John zu Hause gewesen. Dann hätte ich Ihnen die Aufregung ersparen können. Zu dumm, daß er Sie nicht ins Vertrauen gezogen hat. Andererseits sehe ich ein, daß es klug von ihm war, Ihnen nichts gesagt zu haben, denn sollte der Inspektor zu Ihnen kommen, können Sie ihm nichts erzählen, weil Sie ja nichts wissen.«

»Aber ich weiß. Ich weiß von –«

»Nein, meine Liebe. Sie wissen nichts. Denken Sie immer daran:

Sie wissen von nichts. Auf diese Weise können Sie John am besten helfen. Verstehen Sie?«

Mary Gordon war aufgestanden, blickte hinab in die sorgenumwölkten Augen. Langsam umspielte ein Lächeln ihren Mund, und ein entschlossener Ausdruck trat in ihre Augen.

»Ich werde nichts verraten, Diana, und ich werde John auch keine Fragen stellen. Wenn er die Zeit für gekommen hält, wird er mir schon alles erzählen. Jetzt trinken wir eine Tasse Tee, und dann gehen wir auf die Jagd nach Johns Haaren.«

Sie drehte sich um und ging zum Herd. Plötzlich blieb sie stehen und starrte auf einen gestreiften Matratzenbezug, der sauber zusammengefaltet auf dem Küchenschrank lag.

»Komisch!« murmelte sie und nahm den Matratzenbezug in die Hand. Sie schüttelte ihn aus und sah, daß er aufgeschnitten war. Diana beobachtete sie, und eine steile Falte erschien auf ihrer Stirn. Die Frau fuhr mit der Hand in den Bezug, holte eine schwarze Feder heraus.

»Was ist denn damit?« fragte das Mädchen.

Mary lachte irritiert auf. »Vor Jahren, als mein Mann noch lebte, waren einmal Tausende von Vögeln auf dem See. Er ging mit den Schwarzen auf Jagd, und mit den Federn füllten wir zwei Matratzen. Auf der einen schläft John, die andere lag auf einem der unbenützten Betten. Vor ungefähr vier Wochen vermißte ich diese Matratze. Weder John noch Jimmy Partner wußten etwas davon. Die Schwarzen haben uns noch nie bestohlen. Und nun ist der Matratzenbezug wieder aufgetaucht, aber leer.«

»Jemand muß ihn also genommen haben. Vielleicht hat John den leeren Bezug draußen im Busch gefunden.«

»Dann hätte er mir gestern abend etwas gesagt, als er nach Hause kam. Es sei denn, er fand ihn heute morgen im Sattelschuppen.«

Dianas Gesicht wirkte plötzlich sehr blaß. »Um welche Zeit ist er denn losgeritten?«

»Ach, sehr früh. Gegen sechs Uhr.«

»Und Sie waren seit diesem Zeitpunkt auch von zu Hause weg?«

»Ja. Warum?«

»Sonst war niemand hier?«

»Alle, bis auf Wandin. Als ich nach Hause ging, sah ich ihn. Er saß an einem kleinen Feuer und wirkte wie ein betender Mönch.«

»Dann muß John den Matratzenbezug gefunden haben.«

»Ja, natürlich. Wer sonst. Mein Gott, das ist heute wieder mal ein Tag! Ich vergesse sogar meinen Tee.«

Trotz ihrer Sorgen genoß Diana den Tee, dann gingen die beiden Frauen in Johns Zimmer. Das Mädchen suchte gründlich das Bettzeug ab und fand auch zwei Haare auf dem Kissen. Mary nahm Bürste und Kamm mit in die Küche, verbrannte alle daran befindlichen Haare. Nun war Diana überzeugt, daß Inspektor Bonaparte nichts mehr ausrichten konnte.

»Sie brauchen John gar nicht zu sagen, was wir getan haben«, meinte sie und setzte ihre Kappe auf. »Achten Sie aber weiter darauf, daß keine Haare zurückbleiben. Es könnte ja sein, daß der Inspektor herüberkommt. Ich glaube nicht, daß er es wagen wird, um ein Haar von Johns Kopf zu bitten.«

»Keine Sorge, Diana.« Ein entschlossener Ausdruck stand auf Marys Gesicht. »Ich war nett zu Mr. Bonaparte, als er uns mit Ihrem Bruder besuchte, und ich werde auch diesmal nett zu ihm sein, aber er wird nichts aus mir herausbekommen.«

»Ich wußte, daß ich mich auf Sie verlassen kann.« Das Mädchen drückte die Frau an sich. »Sagen Sie John, daß die Akkus in der Kiefernhütte kaputt sind und ersetzt werden müssen. Und morgen vormittag um elf erwarte ich ihn an dem verbrannten Baum am Grenzzaun. Sie richten es ihm bitte aus?«

»Ich vergesse es bestimmt nicht. Auf Wiedersehen, und verlassen Sie sich ganz auf mich.«

Mary begleitete das Mädchen zum Wagen, blickte dem Auto nach, das unter Zurücklassung einer riesigen Staubfahne davonrollte.

Diana mochte die reichliche Hälfte der Entfernung zur Kiefernhütte zurückgelegt haben, als sie weit vor sich einen Reiter sah, der ebenfalls den Weg zur Kiefernhütte eingeschlagen hatte. Erst als sie sich dicht hinter ihm befand, hörte er das leise Motorengeräusch. Er ritt zur Seite und blickte sich um. Es war Bony.

Er ritt zur Kiefernhütte. Er konnte nur vom Herrenhaus in Meena kommen, von nirgends sonst.

19

Diana starrte durch die mit rotem Staub beladene Luft zu dem Mann auf der braunen Stute. Sie kannte ihn, und doch war sie von seinem Aussehen überrascht. Am Abend zuvor hatte sie ihn im Dämmerschein des scheidenden Tages und beim weißen Licht der Petroleumlampe gesehen, da hatte er müde und leidend gewirkt.

Heute – bei Tageslicht – konnte sie ihn besser mit dem Mann vergleichen, mit dem sie einmal auf der Veranda beim Lunch gesessen hatte.

Dieser Mann war ihr Feind, obwohl sie ihm ihr Mitgefühl nicht versagen konnte.

Er zog den Hut, stieg aus dem Sattel und kam, das Pferd am Zügel führend, näher.

Diana blieb sitzen. Sie schaltete den Motor ab, legte den Arm auf die Tür. Plötzlich mußte sie an ein Lampion denken, an ein Lampion, das nach einer fröhlichen Nacht vom Wind ausgeblasen worden war. Auch in diesem Mann war etwas verlöscht. Er stand einen Meter vor ihr, in seinen Augen glühte ein seltsames Feuer, und der Wind zauste sein Haar. Den Hut hielt er immer noch in der Hand. Irgendwie wirkte er kleiner als sonst, und als er lächelte, wirkte es gequält.

»Guten Morgen, Miss Lacy!« sagte er, und seine Stimme hatte nichts von ihrem Wohlklang eingebüßt.

»Guten Morgen, Inspektor.« Diana hatte das Gefühl, ihre eigene Stimme käme aus weiter Ferne. »Sie sehen krank aus. Ist das Rekurrensfieber schlimmer geworden?«

»Ich fürchte ja. Nun muß ich mich beeilen, damit ich mit meinen Ermittlungen fertig bin, bevor ich zusammenklappe. Es ist allerdings noch völlig ungewiß, wer das Rennen gewinnt.«

»Sie sehen wirklich sehr krank aus. Sollten Sie nicht lieber zu einem Arzt gehen?«

»Der Doktor würde sagen: ›Mein lieber Mann, du hast Rekurrensfieber. Da mußt du vor allem sofort aus dem Busch abreisen, und dann verschreibe ich dir eine Arznei, die das Fieber bekämpft.‹ Nun interessiert mich mein Zustand sehr. Er ähnelt nämlich durchaus dem Zustand eines Mannes, auf den die Eingeborenen das Deutebein gerichtet haben. Ich habe gesehen, wie ein Mann daran gestorben ist. Auch er war nicht in der Lage, Nahrung aufzunehmen, und er erzählte mir, daß ihn nachts schreckliche Alpträume am Schlafen hinderten. Er hatte das Gefühl, daß ihm spitze Knochen die Leber durchbohrten und Adlerklauen die Nieren zerfleischten. Auch ich spüre Schmerzen in diesen Organen.«

»Aber Sie glauben doch wohl nicht im Ernst, daß Ihre Krankheit mit den Schwarzen zusammenhängen könnte?« Diana zog ungläubig die Brauen hoch.

»Ich habe Rekurrensfieber, Miss Lacy. Aber das soll mich nicht von meinen Ermittlungen abhalten. Noch nicht. Anscheinend hatten Sie mehr Glück als ich bei Ihrem Besuch auf Meena. Als ich hinkam, war niemand zu Hause.«

»Warum waren Sie dort?« entfuhr es Diana, und sie hätte sich am liebsten die Zunge abgebissen.

»Ich wollte einen Matratzenbezug abgeben, den ich im Busch gefunden hatte. Ein Etikett verriet mir, daß er nach Meena gehörte. Vermutlich brauchten die Schwarzen die Federn und haben sich die Matratze einfach genommen. Dabei waren sie sich nicht im klaren, daß sie damit nach unseren Gesetzen ein Verbrechen begingen.«

»Oh!«

»Sie müssen wissen, daß die Schwarzen ihre Füße mit Federn bekleben, um keine Spuren zurückzulassen. Sie tun das auch, wenn sie vorhandene Spuren beseitigen wollen.«

Diese Bemerkung ignorierte sie. »Haben Sie die Telefon-Akkus in der Kiefernhütte zerstört?«

»Nein. Warum sollte ich denn?«

»Das weiß ich auch nicht. Unsere Telefonverbindung mit Opal Town war von gestern abend acht Uhr bis heute morgen gegen acht Uhr ebenfalls unterbrochen. Sie sind so ein seltsamer Mensch, und seit Sie nach Karwir kamen, sind viele seltsame Dinge geschehen.«

»Tatsächlich?«

»Jawohl! Die kleinen Kreuze, die jemand am Telefon der Kiefernhütte in den Staub gemalt haben soll, gehören auch dazu. Als ich heute morgen dort war, konnte ich keine Kreuze entdecken.«

»Ich habe das Brett abgewischt, nachdem ich sie gesehen hatte«, entgegnete Bony mit ernstem Gesicht. »Und inzwischen dürfte sich frischer Staub angesammelt haben. Sie haben also heute morgen keine Kreuze entdeckt?«

»Ich glaube, ich muß jetzt weiter, Mr. Bonaparte«, sagte Diana ein wenig scharf, hätte sich aber beinahe durch ihr Lachen verraten. Dann warf sie noch rasch ihren Köder. »Nun, haben Sie in Meena Haare von Mr. Gordon gefunden?«

Bony riß die Augen auf. »Haare von Mr. Gordon? Warum sollte ich mich denn dafür interessieren?«

»Um sie mit dem zu vergleichen, das Sie an dem Baum gefunden haben.«

»Ach so. Dumm, daß ich nicht daran gedacht habe. Richtig – Mr. Gordon soll ja auch hellbraunes Haar haben. Wenn ich Mr. Gordon treffe, werde ich ihn um einige von seinen Haaren bitten.«

Dieser Mann war nicht in die Falle getappt. Ihm war einfach

nicht beizukommen. Er mochte krank sein, aber sein Verstand arbeitete völlig normal.

»Also dann – auf Wiedersehen!« rief sie. »Sie sollten wirklich einen Doktor aufsuchen, sonst reden Sie sich zum Schluß tatsächlich noch ein, die Schwarzen hätten das Deutebein auf Sie gerichtet. Vor allem aber sollten Sie das Rezept meines Vaters befolgen: Kartoffelscheiben, in Essig gelegt. Sie müssen wissen, daß Vater ein guter Buschdoktor ist.«

Bony nickte zum Zeichen, daß er sie trotz des heulenden Windes verstanden hatte, sah dem Sportwagen nach, der in einer Staubwolke verschwand.

»Er hat das Rückfallfieber«, murmelte Diana. »Diese Geschichte mit dem Deutebein ist ja Quatsch. Dazu würde John die Schwarzen niemals anstiften. Außerdem würde doch an einem Mann wie dem Inspektor ein derartiger Zauber abprallen. Er ist doch viel zu gebildet, um daran zu glauben.«

Aus dem roten Dunst tauchte die Kiefernhütte auf. Diana gelangte auf die Straße nach Opal Town. An der Abzweigung hielt sie. Sie wußte nicht recht, ob sie lieber in die Stadt oder nach Hause fahren sollte.

»Natürlich war der Inspektor in Meena, um sich ein paar Haare von John zu besorgen«, überlegte Diana laut. »Bestimmt hat er sich auch welche beschafft. Dieser Mann ist ein ganz stilles Wasser! Aber trotzdem, es käme auf einen Versuch an ...«

Diana fuhr weiter und traf Punkt zwölf Uhr in Opal Town ein. Vor der Polizeistation stand Sergeant Blake.

»Guten Tag, Miss Lacy!« rief er durch das Heulen des Windes. »Sie haben sich aber kein schönes Wetter ausgesucht.«

»Ja, ein scheußlicher Wind, nicht wahr?« entgegnete Diana liebenswürdig. »Ich habe ein paar dringende Besorgungen zu machen, die konnte ich leider nicht aufschieben. Übrigens, Vater macht sich große Sorgen.«

»Oh, worüber denn?«

»Er macht sich Sorgen um Inspektor Bonaparte. Er meint, wenn der Inspektor tatsächlich Rekurrensfieber hat, sollte er unbedingt einen Arzt aufsuchen. Sie müssen wissen, daß sich mein Vater verantwortlich fühlt. Schließlich befindet sich der Inspektor in seinem Haus. Es wäre doch schrecklich, wenn Mr. Bonaparte in seinem einsamen Lager im Busch ernstlich erkrankte.«

»Ach, soweit wird es schon nicht kommen, Miss Lacy. Ich fahre ja jeden Abend zu ihm hinaus. Er möchte unbedingt den Fall abschließen, und nach dem Stand der Dinge scheint es auch nicht mehr lange zu dauern.«

»Nun, dann wollen wir hoffen, daß es ihm recht bald gelingt, damit er sich in ärztliche Behandlung begeben kann. Er sieht sehr krank aus. Er erzählte mir, daß die Symptome ganz so wären, als wenn man das Deutebein auf ihn gerichtet hätte. Er glaubt doch wohl nicht im Ernst, daß die Kalchut das getan haben?«

»Einigen von ihnen würde ich es durchaus zutrauen«, entgegnete Blake vorsichtig. »Wollen Sie nicht auf einen Sprung hereinkommen? Meine Frau würde sich freuen, Ihnen eine Tasse Tee anbieten zu können.«

»Das weiß ich, und ich werde sie auch darum bitten. Ich habe schrecklichen Durst. Bleiben Sie ruhig hier und passen Sie gut auf die Verbrecher auf. Unser Klatsch würde Sie doch nicht interessieren.«

Blake lächelte und öffnete ihr die Tür, dann blickte er nachdenklich die staubige Straße entlang. Eine dumme Sache, wenn Bonaparte draußen auf Karwir sterben sollte. Da würde ich ganz schöne Scherereien bekommen, dachte der Sergeant.

Im Wohnzimmer bemühte sich Mrs. Blake um ihren Gast.

»Jetzt gehen Sie erst mal ins Schlafzimmer und waschen sich den Staub ab, Miss Lacy. Sie kennen sich ja aus. Ich mache inzwischen Tee.«

Diana beeilte sich. Sie hoffte inständig, daß der Sergeant nicht hereinkommen und ihre Pläne durchkreuzen würde.

»Wie geht's Vater?« fragte Mrs. Blake, als Diana ins Wohnzimmer kam. »Er ist ein wundervoller Mann. Schade, daß es nicht viele gibt wie ihn.«

»Danke, ihm geht es gut. Er denkt natürlich nicht daran, sich zur Ruhe zu setzen. Aber er macht sich Sorgen um Mr. Bonaparte.«

»Ja, mein Mann erzählte mir schon, daß es dem Inspektor nicht gut geht«, erwiderte Mrs. Blake, »ein netter Mensch, so höflich und bescheiden.«

»In Brisbane hält man große Stücke von ihm, nicht wahr?« Diana hoffte immer noch, daß dieses Gespräch nicht unterbrochen würde.

»Ja. Mein Mann sagt, daß man ihn mit den schwierigsten Fällen betraut«, antwortete Mrs. Blake. »Ist der Tee stark genug?«

»Wunderbar. Ich hatte großen Durst. Es ist ja auch ein schrecklicher Tag. Hm, und deshalb macht sich Vater solche Sorgen um Mr. Bonaparte. Sehen Sie, wenn der Inspektor da draußen im Busch sterben sollte, würde sich mein Vater ewig Vorwürfe machen. Und in Brisbane würde man ihm womöglich die Verantwortung dafür geben, weil er den Inspektor nicht veranlaßte, nach Hause zu fahren.«

»Ja, das könnte durchaus passieren, Miss Lacy. Aber so krank ist doch Mr. Bonaparte gar nicht, oder?«

»Ich habe ihn heute morgen auf der Straße getroffen. Er sieht elend aus. Sagt, er könne keine Nahrung behalten. So kann es doch nicht weitergehen mit ihm, meinen Sie nicht auch?«

»Hm, allerdings.« Eine steile Falte erschien auf Mrs. Blakes Stirn.

»Ihr Mann sollte ihm gut zureden, daß er sich endlich in ärztliche Behandlung begibt. Gewiß, es geht mich eigentlich gar nichts an, aber wenn Mr. Bonaparte etwas zustoßen sollte, wird man bestimmt auch Ihrem Mann heftige Vorwürfe machen, weil er nichts unternommen hat. So, nun muß ich mich wieder auf den Weg machen. Ich will rasch einkaufen, damit ich nach Hause komme, bevor der Sturm schlimmer wird. Besten Dank für den Tee. Wann bringen Sie eigentlich Ihren Mann dazu, daß er Sie mit dem neuen Wagen nach Karwir fährt? Es wird langsam Zeit für einen Besuch.«

Mrs. Blake lächelte. »Er behauptet immer, so schrecklich viel zu tun zu haben.«

Sie begleitete Diana zum Wagen, und das Mädchen war froh, daß der Sergeant nicht zu sehen war. Sie erledigte ihre Einkäufe, die allerdings in erstaunlich kurzer Zeit beendet waren.

Als sie die Stadt verließ, trieb der Wind dichte Sandschleier vor sich her, und die Blaubüsche schimmerten an ihren Unterseiten purpurn. Der heiße Wind warf sich dem kleinen Sportwagen entgegen.

»Unter günstigen Umständen entfaltet sich eine kleine Eichel zu einem großen Baum«, murmelte Diana. »Vielleicht sind auch meine Worte bei dem Sergeanten und seiner Frau auf günstigen Boden gefallen. Er wird Bonaparte drängen, seine Nachforschungen aufzugeben, und Mrs. Blake wird ihren Mann bearbeiten, wegen Bonapartes Erkrankung nach Brisbane zu schreiben. Dort wird man dann schon etwas unternehmen. Damit wäre John in Sicherheit.«

Auf dem Heimweg sah sie den Inspektor mit seiner braunen Stute nicht. Der Sandsturm hatte inzwischen eine solche Heftigkeit angenommen, daß es unmöglich war, auf der Südveranda zu essen. Der Lunch wurde deshalb im Morgenzimmer serviert, und nach dem Essen kehrte der junge Lacy wieder ins Büro zurück. Diana ging auf ihr Zimmer, zog den Morgenrock an und setzte sich an den Tisch, um Briefe zu schreiben.

Kurz vor vier Uhr hörte sie den Wagen kommen, mit dem ihr Vater auf Inspektionsfahrt gewesen war. Zwei Minuten später stürmte ihr Bruder ins Zimmer, und sein Gesicht verriet Unheil.

»Bill der Wetter ist nach Hause gekommen. Vater ist schwer gestürzt. Bill meint, er habe sich ein Bein gebrochen. Er ist in den Brunnenschacht geklettert und abgestürzt.«

»Ein Bein gebrochen! Wo ist er jetzt?«

»Draußen in Blackfellow's. Er wollte sich von Bill und Fred nicht in den Wagen packen lassen. Der Lastwagen soll ihn holen. Wir fahren jetzt los. Und wir brauchen eine Matratze.«

»Und Doktor Linden«, fügte Diana hinzu, und ihr Gesicht war kalkweiß. »Rufe ihn sofort an, er soll gleich herauskommen. Ich suche inzwischen alles zusammen, was wir benötigen. Ich fahre mit!«

»Gut. Aber beeil dich, wir dürfen keine Zeit verlieren!«

Diana öffnete die Tür und rief nach Mabel. Sie streifte sich gerade ihr Kleid über, als das Mädchen erschien.

»Sagen Sie dem Koch, er soll die Thermosflaschen mit Tee füllen. Außerdem brauchen wir eine Flasche Milch. Und holen Sie auch den Brandy aus dem Büfett. Bill der Wetter kann inzwischen die Matratzen von den Betten in den beiden Einzelzimmern holen.«

»All right, Miss Lacy. Ist Mr. Lacy schwer verletzt?«

»Ja, leider. Aber nun schwatz nicht!«

Als Diana hinauskam, war der Lastwagen bereits beladen, und ihr Bruder saß am Steuer. Sie setzte sich neben ihn, Bill der Wetter stieg als letzter ein. Er war vom Staub rot verschmiert, aber seine wäßrig-blauen Augen funkelten hart.

»Der Boss mußte ja unbedingt selbst in den Brunnen klettern«, brüllte er, um Motorengeräusch und das Heulen des Windes zu übertönen. »Ich war unten und habe ihm genau erklärt, was schadhaft war. Aber nein, er mußte selbst hinab, obwohl wir uns alle Mühe gegeben haben, ihn zurückzuhalten. Er rutschte von der Leiter ab und fiel auf die Pumpenplattform. Dabei brach er sich das Bein. Ich bin hinterhergeklettert, habe ihn angeseilt, und Fred hat uns hinaufgezogen.«

»Wissen Sie, wo das Bein gebrochen ist?« fragte Diana.

»Ich glaube, es ist der Oberschenkel. Und der Boss hat mir noch eingeschärft, daß ja niemand hinter seinem Rücken den Doktor ruft. Wir haben ihn vorsichtig auf den Boden gelegt, Fred hat ihm seinen Strohsack unter den Kopf geschoben. ›Was gaffst du mich eigentlich so an!‹ hat mich der Boss angefahren. ›Setz dich in den

Wagen, aber sei vorsichtig, daß du ihn nicht ruinierst, denn bei diesen schlechten Zeiten können wir uns keinen neuen leisten.‹«

Diana legte ihre Hand beruhigend auf seinen Unterarm.

»Grämen Sie sich nicht, Bill«, sagte sie. »Wir wissen, daß Sie sich alle Mühe gegeben haben. Es wird schon alles wieder gut.«

Der alte Lacy lag neben dem Brunnen, unter dem Kopf die Strohmatratze, an seiner Seite einen Becher mit pechschwarzem Tee. Fred, der an seiner anderen Seite hockte, erhob sich.

Diana eilte zu ihrem Vater, kniete neben ihm nieder und blickte ihn aus tränenfeuchten Augen an.

»Oh, Daddy! Ist das Bein wirklich gebrochen?«

»Ich fürchte es, mein Mädchen. Aber deswegen keine Aufregung. Es war meine eigene Schuld. Bill hatte schon alles erledigt, da mußte ich alter Narr auch noch in den Brunnen steigen. Habt ihr die Matratzen mitgebracht? Gut! Legt sie auf die Ladefläche des Lastwagens. Fred hat die Tür von der Hütte geholt, damit könnt ihr mich zum Wagen tragen.«

Diana bot ihrem Vater Brandy an, doch davon wollte er nichts wissen. Vorsichtig hoben sie ihn auf die Tür, brachten ihn zum Lastwagen, und nach seinen Anordnungen ließen sie ihn auf die Matratzen gleiten.

»Möchtest du nicht doch einen Schluck Brandy, bevor wir losfahren?« fragte der junge Lacy.

»Nein. Aber gib Fred und Bill einen anständigen Schluck. Wo steckt eigentlich Fred? Ach da – daß du mir ja nicht in den Brunnen kletterst! Ich lasse das Vieh zu einem anderen Weideplatz treiben, bis ein neuer Brunnen gebohrt ist. So, und jetzt nehme ich doch einen Schluck, mein Junge, denn etwas mitgenommen hat es mich schon.«

Durch all die Aufregungen vergaß Diana ganz, daß sie sich am nächsten Tag um elf Uhr mit John Gordon am Grenzzaun verabredet hatte.

20

Der Chef der Polizei von Queensland durchquerte das Vorzimmer und betrat sein Privatbüro. Er hatte weißes Haar und einen weißen Schnurrbart, und sein Gang verriet den alten Kavallerieoffizier. Der hellgraue Anzug kleidete ihn gut, aber eine Uniform hätte ihm zweifellos besser gestanden.

»Guten Morgen, Sir!« Der Sekretär, der sich über den riesigen Schreibtisch gebeugt hatte, der in der Mitte des großen Raums stand, richtete sich auf und nahm Haltung an.

»Morgen, Lowther!«

Colonel Spendor warf den Hut auf einen Stuhl, dann nahm er in dem bequemen Drehsessel am Schreibtisch Platz, um sein Tagewerk zu beginnen. Lowther nahm den Hut und hängte ihn in einen Wandschrank.

Colonel Spendor zog sich die eingegangene Post heran, dann musterte er mit seinen dunkelgrauen Augen den Sekretär, der neben dem Schreibtisch stehengeblieben war.

»Zum Teufel, was stehen Sie noch herum? Haben Sie was auf dem Herzen?«

Lowther verzog keine Miene, er kannte seinen Chef nur zu gut.

»Chefinspektor Browne möchte Sie dringend sprechen, Sir«, meldete er.

»Browne?« knurrte der Colonel und schnaubte drohend.

»Chefinspektor Browne deutete an, daß die Angelegenheit deshalb so dringend sei, weil er einen Kriminalinspektor Bonaparte betreffenden Brief erhalten habe.«

Die beiden plumpen Hände stießen die Post zur Seite, der Colonel sprang auf.

»Ein Deserteur, Lowther! Ich habe Bonaparte befohlen, sich bis zu einem bestimmten Datum zurückzumelden – aber er kam nicht. Ich gab ihm dann noch unbezahlten Urlaub und setzte ihm eine neue Frist, aber er kam auch diesmal nicht. Er mißachtet meine Autorität. Man kann sich nicht auf ihn verlassen, Lowther. Und nun habe ich es satt. Von Browne will ich nichts mehr hören. Ich sehe ihn ja nachher bei der üblichen Besprechung.«

Colonel Spendor setzte sich wieder, nahm sich den Poststoß erneut vor.

»Inspektor Bonaparte ist aber als Kriminalist unübertroffen, Sir. Ich möchte jedenfalls nicht von ihm gejagt werden.«

»Jetzt möchte ich endlich die Post lesen und mir ehrlich mein Geld verdienen, Lowther. Anscheinend bin ich der einzige, der so denkt. Wie oft war ich schon drauf und dran, Bonaparte rauszuwerfen? Na, wissen Sie es?«

»Sechsmal, Sir. Und Sie haben ihn jedesmal ohne jede Gehaltskürzung wieder eingestellt.«

»Eben, Lowther. Ich bin zu gutmütig. Aber damit ist es jetzt aus. Wenn ich nicht auf eine bessere Disziplin achte, wird mir bald jeder Wachtmeister auf der Straße eine lange Nase drehen. Wie kommt Askew im Fall Strathmore voran? Hat Ihnen Browne das wenigstens gesagt?«

»Er hat die Angelegenheit nicht erwähnt, Sir.«

»Ach nein. Und warum? Weil dieser Askew ein Narr ist und Browne seine Zeit mit unwichtigen Dingen verplempert, anstatt sich um seine Abteilung zu kümmern. Bonaparte hätte den Fall Strathmore übernehmen sollen, aber Bonaparte spaziert im Busch herum, beobachtet die Vögel und erzählt allen Leuten, was für ein tüchtiger Kriminaler er ist.«

Mit einem Ruck stand der Colonel auf, doch Lowther ließ sich nicht so leicht einschüchtern.

»Bei Inspektor Bonaparte handelt es sich um eine Angelegenheit von Leben und Tod, Sir.«

»Leben und Tod!« brüllte der Colonel los. »Muß nicht jeder Polizeibeamte damit rechnen, plötzlich dem Tod ins Auge zu schauen? Was ist eigentlich heute morgen mit Ihnen los, Lowther? Sie fallen mir langsam auf die Nerven.«

»Trotzdem muß ich Sie bitten, mit Chefinspektor Browne zu sprechen, Sir. Wenn es nicht so überaus wichtig wäre, würde ich es nicht wagen, derart hartnäckig zu sein.«

Colonel Spendor seufzte tief, dann blickte er seinen Sekretär an.

»Na schön, Lowther. Sie haben Glück, daß ich so sanftmütig und tolerant bin. Schicken Sie Browne herein.«

Der Leiter der Kriminalpolizei wartete bereits im Vorzimmer. Er war ein Hüne von Anfang Fünfzig und erinnerte unweigerlich an eine Bulldogge.

»Wie können Sie es wagen, mich jetzt schon zu stören!« fuhr ihn der Colonel an, als der Chefinspektor durch die Tür trat. »Sie wissen genau, daß ich immer erst meine Post durchsehe. Da – setzen Sie sich.«

Colonel Spendor deutete auf den Stuhl an der anderen Seite des Schreibtisches.

»Danke, Sir. Wenn Sie gehört haben, worum es sich handelt, werden Sie wahrscheinlich froh sein, daß ich Sie so zeitig gestört habe«, erwiderte Browne ruhig, dann nahm er Platz. »Ich habe ein persönliches Schreiben erhalten von Sergeant Blake aus Opal Town. Mrs. Blake ist mit meiner Frau verwandt, deshalb hat sich der Sergeant privat an mich gewandt, statt den offiziellen Weg zu wählen. Sie werden sich gewiß erinnern, daß Inspektor Bonaparte vor mehreren Wochen nach Opal Town fuhr, um in einer Vermißtenangelegenheit Nachforschungen anzustellen.«

»Ja doch, weiter!«

»Ich werde Ihnen am besten den Brief vorlesen. Der Sergeant schreibt: ›Lieber Harry, ich habe lange gezögert, Dir zu schreiben, weil es sich im Grunde um eine offizielle Angelegenheit handelt. Halte ich aber den Dienstweg ein, könnte der Eindruck entstehen, ich wollte mich in fremde Angelegenheiten mischen. Deshalb schreibe ich Dir privat. Wie Du weißt, versucht Inspektor Bonaparte das rätselhafte Verschwinden von Jeffery Anderson aufzuklären.

Als Inspektor Bonaparte mit seinen Ermittlungen begann, war Anderson seit fünf Monaten vermißt. Im Laufe der Ermittlungen kam der Inspektor zu dem Schluß, daß ein hier ansässiger Eingeborenenstamm etwas mit Andersons Verschwinden zu tun hatte. Die Schwarzen beobachteten den Inspektor heimlich die ganze Zeit über.

Am 19. Oktober wurde von einem oder mehreren Stammesangehörigen das Deutebein auf Inspektor Bonaparte gerichtet, als er auf der Veranda einer alten Hütte schlief. Am nächsten Morgen fand er neben seiner Schlafstelle eine Gummikugel mit von ihm weggeworfenen Zigarettenstummeln. Auf diese Weise wird dem Opfer mitgeteilt, daß ein tödlicher Zauber auf ihm ruht.

Kurz darauf klagte der Inspektor über Schlaflosigkeit und Schmerzen in Leber und Nieren. Außerdem leidet er unter Erbrechen. Als ich ihm nahelegte, die Ermittlungen zu unterbrechen und nach Brisbane zurückzukehren, wies er diesen Gedanken entschieden zurück. Er machte einen sehr nervösen Eindruck und beklagte sich bitter, daß man ihn wie einen kleinen Polizisten herumkommandierte und für seine Ermittlungen nur unbezahlten Urlaub gäbe.

Dann schrieb er auf einen alten Umschlag sein Entlassungsgesuch, das ich weiterleiten sollte, aber ich habe es verbrannt. In den folgenden Tagen verfiel er zusehends. Er ist nicht mehr in der Lage, Nahrung zu behalten, und seine Kräfte lassen nach. Trotzdem will er unbedingt den Fall abschließen.

Kate hat für ihn Schonkost zubereitet, die ich ihm jeden Abend bringe, aber er kann auch diese leichte Nahrung nicht zu sich nehmen, obwohl er großen Hunger hat. Gewiß, in mancher Hinsicht ähnelt seine Krankheit dem Rückfallfieber, trotzdem halte ich sie nicht dafür. Er war noch nicht lange genug im Busch, um sich infizieren zu können. Außerdem ist es merkwürdig, daß die Beschwerden ausgerechnet zu dem Zeitpunkt begannen, als die Schwarzen das Deutebein auf ihn richteten. Beim Rückfallfieber werden im allgemeinen die Nieren nicht angegriffen.

Als ich Erkundigungen einziehen wollte, wer von den Schwarzen das Deutebein auf ihn gerichtet habe, verbot es mir der Inspektor. Er wollte auch nicht, daß ich mit Mr. John Gordon, der einen großen Einfluß auf die Schwarzen hat, über die Angelegenheit spreche. Nun schreibe ich Dir ohne sein Wissen, und mir ist gar nicht wohl bei dem Gedanken. Aber wir fühlen uns für Inspektor Bonaparte verantwortlich, und sollte ihm etwas zustoßen, dürften mir seine Vorgesetzten in Brisbane zweifellos die größten Vorwürfe machen. Meines Erachtens handelt es sich nicht um Rückfallfieber, sondern um die Folgen des auf ihn gerichteten Deutebeins. Ich weiß, daß viele Leute über solche Dinge lachen, aber hier im Busch denkt man anders darüber.

Wir dürfen auch nicht vergessen, daß Inspektor Bonaparte ein Mischling ist und damit besonders empfänglich für die Magie der Schwarzen. Dabei sind mir Fälle bekannt, wo sogar Weiße durch das Deutebein gestorben sind. Sowohl die Lacys als auch ich haben dem Inspektor nahegelegt, abzureisen und sich in ärztliche Behandlung zu begeben. Die Lacys wissen natürlich nicht, daß die Schwarzen das Deutebein auf den Inspektor gerichtet haben.

Der Inspektor ist der Meinung, daß die Schwarzen ihn lediglich hindern wollen, seine Ermittlungen zu Ende zu führen. Sobald er abreist, würde sich der Zauber lösen und der Inspektor ganz automatisch wieder gesund.

Aber leider will er nicht abreisen, und so besteht durchaus die Möglichkeit, daß er noch vor Beendigung seiner Ermittlungen stirbt. Von einem Arzt ist keine Hilfe zu erwarten. Es hätte auch keinen Sinn, den gesamten Stamm der Kalchut zu verhaften, denn abgesehen davon, daß dies gegen den Wunsch von Inspektor Bonaparte geschähe, würde damit auch der Todeszauber nicht gelöst.

Dies, lieber Harry, sind die Tatsachen. Du wirst nun meine Lage verstehen. Ich weiß einigermaßen über die Ermittlungen Bescheid und glaube nicht, daß Inspektor Bonaparte noch eine Möglichkeit hat, den Fall zu klären. Als ich ihn heute abend besuchte, hatte er kaum noch die Kraft, das Pferd zu besteigen. Er lebt praktisch nur noch von Brandy und Wasser. So kann es nicht weitergehen. Meines Erachtens ist er nur noch zu retten, wenn man ihn mit Gewalt nach Brisbane zurückholt.«

Chefinspektor Browne blickte auf, sah die unnatürlich geweiteten Augen des Colonel.

»Nun, was glauben Sie, Sir?« fragte er. »Rückfallfieber oder schwarze Magie?«

Colonel Spendor saß sekundenlang regungslos da.

»Die Ursache ist völlig gleichgültig«, erwiderte er leise. »Die Wirkung müssen wir bekämpfen. Der Staat braucht Bonaparte. Zum Donnerwetter, Browne! Wir beide hängen doch sehr an Bony. Offen gestanden würde ich lieber auf Sie als auf ihn verzichten.«

Chefinspektor Browne grinste. »Mir geht es genauso, Sir. Ich würde auch lieber auf Sie als auf ihn verzichten.«

»So ist es recht!« fuhr der Colonel auf. »Sie stehen hier herum und reden gescheit daher, während der arme Kerl da draußen im Busch stirbt. Warten Sie, Browne. Schicken Sie Sergeant – ach was! Fliegen Sie selbst nach Opal Town. Sie bringen Bony zurück, notfalls mit Gewalt. Und nun starren Sie mich nicht so an, sondern unternehmen Sie endlich etwas!«

Browne war schon auf den Beinen. Auch der Colonel stand auf.

»Rufen Sie den Flughafen wegen einer Maschine an!« bellte Spendor. »Um den finanziellen Teil kümmere ich mich.«

Als Browne verschwand, rief der Colonel seinen Sekretär.

»Lowther! Schreiben Sie an den Innenminister. Unser Vorschlag, das Dienstverhältnis mit Inspektor Bonaparte zu beenden, beruhe auf falschen Voraussetzungen. Mit dem größten Bedauern – na, Sie kennen ja den üblichen Schmus.«

»Da brauchen wir gar nicht zu schreiben, Sir. Der betreffende Brief wurde nicht abgesandt.«

»Nicht abgesandt – wieso?«

»Ich habe es vergessen, Sir.« Lowthers Gesicht bildete eine undurchdringliche Maske.

Das Gesicht des Colonel überzog sich mit einer tiefen Röte, doch gleich darauf huschte ein leutseliges Lächeln darüber. Wortlos drückte er Lowthers Arm, denn Spendor wußte genau, daß sein Sekretär niemals etwas vergaß.

21

Am Morgen des 1. November erhielt Sergeant Blake ein Telegramm: ›chefinspektor browne abfliegt heute opal town stop versuchen sie inspektor bonapartes einwilligung zu erhalten mit ihm zu kampieren stop leisten sie unserem bewährten mitarbeiter jede unterstützung stop ihr bisheriges verhalten lobenswert stop spendor‹

Mrs. Blake las das Telegramm zweimal, dann blickte sie ihren Mann an. »Siehst du wohl, ich habe es gleich gesagt, daß es richtig war, diesen Brief an Harry zu schreiben. ›Ihr bisheriges Verhalten lobenswert!‹ Vielleicht wirst du befördert, und wir kommen endlich aus dem Busch weg. Auf jeden Fall haben wir jetzt nicht mehr die Verantwortung zu tragen. Wann wird Harry kommen?«

»Am späten Abend. Frühestens! Sonst würde man mir nicht so dringend ans Herz legen, mit Bony zu kampieren.«

»Wann fährst du los?«

»Gegen elf«, erwiderte der Sergeant. »Ich muß erst noch ein paar Sachen im Büro erledigen.«

»Ich mache eine Kanne mit frischer Milch und etwas Kaffee fertig. Sieh zu, daß Bony etwas trinkt. Immer nur Brandy und Wasser! Nur gut, daß Harry ihn holt. Möchtest du nicht gleich eine Matratze und Decken mitnehmen?«

»Nein, dann schickt er mich gleich wieder weg.«

Blake eilte ins Büro, wo das Telefon klingelte. Er nahm den Hörer ab, und zu seinem Erstaunen drang die Stimme des alten Lacy an sein Ohr.

»Guten Tag, Sergeant. Nein, ich bin noch nicht wieder auf. Das Bein ist immer noch in Gips. Mein Junge hat in meinem Zimmer einen Telefonanschluß angebracht, nun kann ich vom Bett aus telefonieren. Wie geht's Bony?«

»Noch nicht besser, Mr. Lacy. Er wird immer schwächer.«

»Hat er immer noch diese Schmerzen in Nieren und Leber?«

»Ja, besonders in der Nacht. Und tagsüber legt er sich nicht hin, weil er da arbeitet.«

»Hm. Ich muß schon sagen, der Mann hat Mut. In den letzten Tagen hatte ich reichlich Zeit zum Nachdenken, und ich mache mir immer mehr Sorgen. Vielleicht erinnern Sie sich, daß mir die Symptome nicht so recht zum Rückfallfieber passen wollten?«

»Ja.«

»Nun, wie gesagt, ich habe viel nachgedacht. Ich war von Anfang an der Meinung, daß die Kalchut Jeff Anderson umgebracht haben, und nun versuchen sie die Aufklärung des Verbrechens zu verhindern, indem sie das Deutebein auf ihn gerichtet haben. Bony ist Mischling und deshalb besonders empfänglich für derartigen Zauber.«

Inspektor Bonaparte sei ein studierter Mann, also in jeder Hinsicht aufgeklärt, widersprach Blake. Da könne doch von Aberglauben keine Rede sein.

»Das hat nichts zu sagen, es dauert dann höchstens etwas länger, Sergeant«, erklärte der Viehzüchter. »Entweder ist er vergiftet worden, oder man hat das Deutebein auf ihn gerichtet. Den

Schwarzen würde ich zutrauen, daß sie während seiner Abwesenheit das Brunnenwasser vergiften. Aber ich tippe auf das Deutebein. Er muß unbedingt aus dem Busch verschwinden. Es gibt keine andere Möglichkeit. Sonst stirbt er. Sie sollten an seine Dienststelle schreiben und veranlassen, daß man ihn schleunigst abholt.«

»Tja, das wäre das beste«, meinte Blake. Nach zwei Sekunden fügte er hinzu: »Hat Ihre Tochter mit Ihnen über diesen Punkt gesprochen?«

»Ja. Sie erzählte mir, daß sie Bony getroffen hätte. Sein ganzes Aussehen erinnere an einen Mann, auf den das Deutebein gerichtet wurde. Sie macht sich natürlich auch Sorgen. Nun hören Sie zu: Sie stehen rangmäßig unter Bony und möchten sich vielleicht nicht einmischen. Wie wäre es, wenn ich nach Brisbane schreibe?«

»Wäre keine schlechte Idee«, meinte Blake nachdenklich.

»Gut! Dann will ich noch heute schreiben. Am Nachmittag bringt der Junge die Post mit dem Flugzeug nach Opal Town. Ich hätte Bony gern noch eine Weile hier, aber wir können ihn nicht sterben lassen. Und was aus Jeff Anderson geworden ist, wird wohl kein Mensch jemals aufklären können. Also dann!«

»Was macht denn das Bein?« rief Blake noch rasch, bevor der alte Lacy wieder auflegen konnte.

»Wie? Ach das Bein. Das bringt mich noch um den Verstand. Man hat es mit einer Art Flaschenzug an der Zimmerdecke aufgehängt, und die Frauen passen auf, daß ich mich ja nicht bewege. Linden meint, ich müsse noch ein paar Wochen so liegen.« Der Viehzüchter lachte. »Der Doktor wollte mich unbedingt ins Krankenhaus bringen lassen, damit er mich besser im Auge behalten kann. Aber mich bringt man nur im Sarg aus dem Haus. Wenn ich hier bin, kann ich mich wenigstens um alles kümmern. Ich bin noch lange nicht tot oder so verkalkt, daß ich mich für nichts mehr interessiere.«

Kurz vor zwölf Uhr traf der Sergeant am Grenzzaun ein. Die Stelle, die früher als Treffpunkt gedient hatte, wurde wegen Bonys zunehmender Schwäche nicht mehr benützt. Blake passierte das Gattertor und bog in den Buschpfad ein, der zum Grünen Sumpf führte. Nach drei Meilen gelangte er zu dem Eckpfosten, von wo aus der Maschendrahtzaun zwei Meilen weit nach Norden lief, um dann in die östliche Richtung abzubiegen. Dort, am Fuße der Dünen, hatte Bony sein Lager. Durch seine verschiedenen Besuche hatte der Sergeant bereits eine Fahrspur durch die Niederungen und über die Sandbänke gezogen. Als er jetzt zur Mittagszeit diesem primitiven Pfad folgte, hatte er das Gefühl, über einen See zu fahren, so flimmernd lag die Luftspiegelung über dem Land.

Als er sich den Dünen näherte, zu deren Füßen das weiße Zelt von Bony stand, kamen ihm zwei Hunde entgegengesprungen und begrüßten ihn laut kläffend. Sie beruhigten sich erst wieder, als der Sergeant einige Meter vor dem Lagerfeuer anhielt.

Inspektor Bonaparte saß im Schatten einer Kohlpalme auf einem leeren Benzinkanister. Als Blake ausstieg, stand er auf, ließ aus dem Eisentank Wasser ins Kochgeschirr laufen und stellte es auf das Lagerfeuer. Bony wirkte wie ein Greis. Seine Haltung war gebeugt, das Gesicht verzerrt, die Wangen eingefallen, die Augen stumpf, und um die Mundwinkel spielte ein starres Lächeln. Nur seine Stimme klang unverändert.

»Guten Tag, Sergeant«, sagte Bony. »Schön, daß Sie an diesem heißen Tag herauskommen.«

»Ach, die Hitze ist nicht so schlimm. Daran bin ich gewöhnt. Und wie fühlen Sie sich heute?«

»Nicht gut, Sergeant. Die Nacht war wieder schrecklich. Ich bin gerade aus einem unruhigen Schlaf aufgewacht. Ich bin jetzt sicher, daß Anderson ganz in der Nähe liegt. Wie ich Ihnen gestern schon sagte: ich muß nur noch das Grab finden, dann sind meine Ermittlungen abgeschlossen.«

»Gut! Dann werden wir nach dem Mittagessen in den Dünen weitergraben. Ich habe etwas Milch mitgebracht, und meine Frau meint, daß Ihnen ein Becher Kaffee guttun würde. Ob Sie wohl einen Bissen essen können? Wie wär's mit einer schönen Scheibe mageren Schinken und etwas Blattsalat?«

»Ich kann nichts essen, Blake. Den Kaffee will ich versuchen. Bitte übermitteln Sie Ihrer Frau meinen Dank. Die Brandyflasche habe ich möglichst wenig angerührt, besonders während des Tages. Alkohol stimmt mich immer traurig. Das kann ich im Augenblick nicht brauchen.«

Blake erwärmte die Milch in einer Kasserolle.

»Heute vormittag rief mich der alte Lacy an«, berichtete er. »Er hat sich einen Telefonanschluß ans Bett legen lassen, damit er den Verwalter und seine Leute besser auf Trab halten kann. Ich wette, daß die Krankenschwester und seine Tochter es nicht leicht haben mit ihm.«

»Ein geduldiger Patient ist er bestimmt nicht. Was macht sein Bein?«

»Gott, da hilft nur Geduld. Alte Knochen heilen nicht so rasch. Er macht sich Sorgen um Sie. Anscheinend hat das Mädchen mit ihm über Sie gesprochen. Nun glaubt der alte Lacy, daß Sie nicht das Rückfallfieber haben, sondern daß man das Deutebein auf Sie gerichtet hat.«

»Was Sie nicht sagen!«

»Ja. Anscheinend haben Sie selbst Miss Lacy diese Idee in den Kopf gesetzt. Sie begegneten ihr an dem Tag, an dem sie in Meena war. Ich habe fast den Eindruck, daß sie etwas weiß.«

»Diesen Eindruck habe ich auch. Deshalb sagte ich ihr ja, daß ich das Gefühl hätte, das Deutebein sei auf mich gerichtet worden. Weshalb glauben Sie, daß sie Bescheid weiß?«

Blake berichtete von Dianas Besuch bei seiner Frau.

»Offensichtlich versuchte sie uns mit allen Mitteln einzureden, daß Sie sich hier in Ihrem einsamen Camp in größter Gefahr befinden. Ich sollte Ihre Krankheit unbedingt nach Brisbane melden. Anscheinend gibt sie sich alle Mühe, Sie von hier wegzubringen. Nun hat sie ihren Vater bekniet, daß er nach Brisbane schreibt.«

»Das ist ja wohl der Gipfel«, rief Bony. »Ausgerechnet der Mann will dafür sorgen, daß ich hier wegkomme, der mich erst angefordert hat. Ich sehe Colonel Spendor direkt vor mir, wenn er den Brief vom alten Lacy erhält.« Bony lachte schallend. »Zum Teufel mit Bonaparte! Erst widersetzt er sich meinen Befehlen, und dann richten die Schwarzen auch noch das Deutebein auf ihn. Seine eigene Schuld! Er ist entlassen, und nun soll er sehen, wo er bleibt. Und diesem Lacy schreiben Sie: er habe ausdrücklich einen Kriminalbeamten angefordert, nun soll er ihn auch behalten! Ich wette, daß dies die Worte des Colonel sind, sobald er den Brief vom alten Lacy erhält.«

»Aber Miss Lacys Interesse an Ihnen zeigt doch –«

»Sie weiß, daß man das Deutebein auf mich gerichtet hat«, fuhr Bony fort. »Nun möchte sie mich mit allen Mitteln von hier wegbringen, denn sie fürchtet, daß ich den Fall doch noch kläre, bevor ich sterbe. Ich weiß genau, was mit Anderson geschehen ist, aber ich weiß noch nicht, was sie mit seiner Leiche gemacht haben. Ich bin einfach nicht in der Lage, logisch zu denken.«

Blake hatte den Kaffee aufgebrüht und stand auf.

»Ich glaube, es ist wohl etwas zuviel verlangt, hier im Busch eine Leiche zu finden, die man vor sechs Monaten begraben hat. Da wäre es ja geradezu ein Kinderspiel, die berühmte Stecknadel im Heuhaufen zu finden.«

»Es ist nicht schwerer, als wenn man diese Stecknadel mit einem Magneten sucht«, widersprach Bony. »Die Unberührtheit der

Landschaft ist nicht ausschlaggebend. Auch nicht die Zeit, die seit dem Verschwinden von Anderson vergangen ist. Es liegt ganz einfach an meinem Gehirn. Ich kann mich nicht konzentrieren, weil der Zauber der Schwarzen mich verwirrt hat. Solange ich Andersons Leiche nicht gefunden habe, sind die von mir entdeckten Beweismittel wertlos.«

»Wäre es unter diesen Umständen nicht besser, zunächst nach Brisbane zurückzukehren? Und wenn Sie dann wieder gesund sind, schließen Sie die Ermittlungen ab.«

»Über diesen Punkt haben wir uns nun schon so oft unterhalten, Sergeant, daß Sie langsam wissen müßten: ich denke nicht daran aufzugeben! – Der Kaffee ist übrigens sehr gut. Hoffentlich rebelliert der Magen nicht.«

»Nippen Sie ganz langsam«, riet Blake.

Wenige Minuten später wurde es Bony übel. Blake stützte ihn, brachte ihn ins Zelt und legte ihn auf das Feldbett. Er spürte, wie der Inspektor von heftigen Krämpfen geschüttelt wurde, und flößte ihm ein Glas Brandy ein. Bonys Atem ging stoßweise, das Gesicht war vor Schmerzen verzerrt.

»Das Deutebein bohrt sich in meine Leber, und die Adlerklauen zerreißen mir die Nieren«, stöhnte der Mischling.

»Liegen Sie ganz ruhig«, mahnte der Sergeant.

»Ich darf nicht aufgeben.«

»Liegen Sie wenigstens für fünf Minuten ruhig!« sagte Blake energisch.

Langsam wurden die Atemzüge wieder regelmäßig, die Lider senkten sich über die blauen Augen. War es möglich, daß dieser Mann noch vor vierzehn Tagen vor Energie strotzte? Nur gut, daß Browne bereits unterwegs ist, dachte Blake. Und sobald der mit Bony abgeflogen ist, werden die Kalchut etwas erleben! Höchste Zeit, daß ihnen ihre Zauberei abgewöhnt wird, daß sie endlich zivilisiert werden.

»Die fünf Minuten sind um«, murmelte Bony. »Ich darf nicht aufgeben. Jetzt möchte ich eine Zigarette rauchen. Ein Glück, daß ich wenigstens das noch kann.«

»Noch einen Schluck Brandy?«

»Nein, danke. Mir geht es schon wieder gut. Ich hätte der Versuchung widerstehen sollen, aber der Kaffee roch so köstlich.«

Trotz Blakes Protest stand Bony auf, kehrte mit zitternden Knien zu dem Benzinkanister zurück. Blake schenkte sich Kaffee nach, stopfte die Pfeife und zündete sie an.

»Ein Kriminalist hat dann Erfolg, wenn es ihm gelingt, sich in die

Gedankenwelt des Verbrechens zu versetzen«, erklärte Bony. »Angenommen, Sie hätten an jenem Regentag gesehen, wie Anderson von den Dünen heruntergeritten kam, und nach einem Streit hätten Sie ihn getötet. Was würden Sie mit der Leiche angefangen haben?«

Blake runzelte die Stirn. »Ich würde ihn auf der Leeseite einer Düne begraben, weil ich wüßte, daß die Düne schon bei den nächsten Stürmen über das Grab hinwegwandern würde.«

»Aber es regnete doch. Würden Sie sich da nicht sagen, daß es eine ganze Weile dauern dürfte, bis der Sand ausgetrocknet war und vom Wind weitergeweht werden konnte?

»Hm – allerdings«, gab der Sergeant zu.

»Ich glaube, ich habe bei den Dünen nur meine Zeit vergeudet.«

»Dann muß Anderson am Rande der Niederungen liegen.«

»Ja.« Bony nickte. »Und doch – versetzen Sie sich doch einmal in die Lage des Täters. Sie stehen also hier und überlegen fieberhaft, wo Sie die Leiche verschwinden lassen können. Sie waren den ganzen Tag mit dem Pferd unterwegs und haben keinen Spaten dabei. Sie besitzen also nichts als Ihre Hände und eventuell ein paar Stöcke, mit denen sich ein Loch buddeln ließe.«

»Weshalb sind Sie so überzeugt, daß Anderson hier ganz in der Nähe liegt?« gab Blake zu bedenken. »Man könnte ihn doch auch ein ganzes Stück weggebracht haben.«

»Weil diejenigen, die Anderson getötet haben, eine große Buscherfahrung besitzen. Sie wissen genau, daß man auch in der einsamsten Gegend plötzlich auf jemanden stoßen kann. Nein, Andersons Mörder sind kein solches Risiko eingegangen. Von hier aus hat man ungehinderte Sicht nach allen Seiten, und da es mehrere Täter waren, konnte einer oben auf der Düne Wache stehen, während der andere eine Grube aushob.«

»Könnten sie nicht auch zur Hütte am Grünen Sumpf geritten sein und eine Schaufel oder eine Brechstange geholt haben?« meinte Blake.

Er bemerkte nicht, wie Bonys Augen plötzlich funkelten, und als er den Inspektor ansah, hatten sich bereits die Lider herabgesenkt.

»Gewiß«, murmelte Bony. »Einer könnte zur Hütte geritten sein und eine Schaufel oder sogar eine Brechstange geholt haben. Obwohl es unnötig erscheint.«

»Allerdings, wo doch überall weicher Sandboden ist. Nun, wie fühlen Sie sich jetzt?«

»Etwas besser, aber ich bin noch nicht in der Lage, etwas zu tun.

Aber wir wollen uns noch etwas unterhalten, wenn Sie mir noch für eine Stunde Gesellschaft leisten wollen.«

Ungefähr zu der Zeit, zu der sich Sergeant Blake von Bony verabschiedete, trafen sich Diana Lacy und John Gordon zwei Meilen westlich des Blutgummibaums am Grenzzaun. Seit Bonys Ankunft auf Karwir waren die beiden nicht mehr zusammengekommen, und der Unfall des alten Lacy hatte das Treffen noch weiter hinausgezögert. Schließlich hatte Diana, durch Berichte über den sich ständig verschlechternden Gesundheitszustand Bonys bestürzt, mit Hilfe einer diskreten Person in Opal Town eine Verabredung zustande bringen können.

»O John! Ich habe so viel mit dir zu besprechen und doch nur so wenig Zeit«, klagte sie. »Um fünf muß ich wieder zu Hause sein.«

»Gut«, meinte John etwas enttäuscht. »Dann setzen wir uns am besten da drüben in den Schatten auf einen Baumstamm. Ich habe mich so sehr nach dir gesehnt. Es war eine riesige Enttäuschung, als du zu unserer letzten Verabredung nicht kamst, aber hinterher erfuhr ich dann ja, was passiert war.«

Diana berichtete von dem grünen Faden und dem Haar, die Bony an einem Mulgabaum gefunden hatte. Bony habe auch festgestellt, daß dieses Haar nicht von Jeffery Anderson stammte. Dann erzählte sie, wie sie den Inspektor nach ihrem Besuch auf Meena getroffen hatte.

»Ja, diese mit Federn gefüllte Matratze habe ich Jimmy Partner gegeben«, gestand John Gordon. »Ich wollte wissen, was der Inspektor trieb, und auf dem See waren keine Vögel, die uns mit Federn hätten versorgen können. Die Schwarzen hätten den Bezug verbrennen sollen. Wahrscheinlich haben sie sich noch nicht einmal die Mühe gemacht, die Spuren ihres geheimen Lagers zu vernichten.«

»Das mag schon sein, John, aber verstehst du denn nicht: als der Inspektor nach Meena kam, war niemand zu Hause! Ich bin überzeugt, daß er sich ein paar Haare aus deiner Bürste geholt hat. Deshalb war er doch überhaupt dort. Er hatte dich von dem Augenblick an in Verdacht, in dem er entdeckte, daß dieses Haar vom Mulgabaum nicht von Anderson stammte. Er weiß jetzt, daß an jenem Tag du an den Mulgabaum gefesselt warst.«

»Es spielt doch überhaupt keine Rolle, was er alles herausgefunden hat«, erklärte Gordon so ruhig, daß Diana unwillkürlich zurückwich. »Das ist gleichgültig, solange er die Leiche nicht entdeckt. Und die wird er niemals finden.«

»Aber, Liebster –«

»Angenommen, er hat eine ganze Reihe Indizien entdeckt – was kann er damit beweisen? Kann er beweisen, daß Anderson tatsächlich tot ist? Wir wissen, daß er am Fuße der Dünen gegraben hat. Sergeant Blake hat ihm manchmal dabei geholfen. Der Inspektor ist sich im klaren, daß er gar nichts unternehmen kann, solange er die Leiche nicht gefunden hat. Aber wie gesagt, die wird er nie finden.«

Ein kurzes, nachdenkliches Schweigen trat ein, dann seufzte das Mädchen.

»Wenn ich doch auch so zuversichtlich wäre wie du.«

»Ich mache mir wirklich keine Sorgen, Kleines«, beruhigte John Diana. »Höchstens, daß Bony seinen Bericht so abfaßt, daß einschneidende Maßnahmen gegen die Kalchut ergriffen werden. Ganz gleich, wie human man vorgeht – der Stamm würde auseinandergerissen.«

»Aber einmal wird der Zeitpunkt kommen!«

»Gewiß, meine Liebe, aber wir Gordons werden diesen Zeitpunkt so lange wie möglich hinausschieben. Durch diese Geschichte mit Anderson ist das allerdings doppelt schwer. Im Tode schadet Anderson also den Kalchut mehr als zu Lebzeiten.«

»Und du bist absolut sicher, daß der Inspektor die Leiche nicht findet?« fragte Diana skeptisch.

»Absolut sicher!«

Wieder schwiegen die beiden jungen Menschen, und wieder brach das Mädchen das Schweigen.

»Nun, der Inspektor hat ja auch keine Zeit mehr zum Suchen. Er muß sehr bald abreisen.«

»Bald abreisen? Wie meinst du das?«

»Weißt du denn nicht, daß er sehr krank ist?«

»Nein.«

»Das weißt du nicht? Die Schwarzen haben ihn beobachtet, haben sie dir nichts davon erzählt?«

»Nein.«

»Seltsam, mein Lieber. Der Inspektor leidet schrecklich an Rückfallfieber. Sergeant Blake sagt, daß er sich kaum noch auf den Beinen halten kann. Weißt du wirklich nichts davon?«

»Aber nein doch! Die Schwarzen haben es nie erwähnt. Sie müßten es also wissen. Wie lange ist er jetzt schon krank?« Gordon zog die Brauen hoch.

Er bemerkte in den violett schimmernden Augen des Mädchens plötzliche Furcht. Diana berichtete ihm von Bonys Erkrankung, aber auch davon, daß der Inspektor erwähnt habe, die Symptome glichen denen eines Mannes, auf den das Deutebein gerichtet worden sei. Ihr Vater sei überzeugt davon, daß dies der Fall wäre. Sie sah John deutlich an, wie erschrocken er war, und ihr fiel eine Zentnerlast vom Herzen, denn nun wußte sie, daß John nicht die Schwarzen veranlaßt hatte, das Deutebein auf Bony zu richten.

»Es waren die Schwarzen«, rief sie mit schriller Stimme. »Deshalb haben sie dir nichts von seiner Krankheit erzählt. O John, und ich hatte schon geglaubt, du hättest sie angestiftet, um den Inspektor von hier zu vertreiben.«

»Natürlich habe ich es nicht getan. Wenn sie tatsächlich das Deutebein auf ihn gerichtet haben, dann geschah es aus eigenem Entschluß. Sie wußten genau, daß ich nicht einverstanden gewesen wäre.« Gordon kräuselte die Lippen. »Ob Inspektor Bonaparte weiß, daß ein tödlicher Zauber auf ihm ruht?«

»Ja, John, ich bin überzeugt davon. Er ist so tapfer, würde lieber sterben als aufgeben. Ich habe mir alle Mühe gegeben, ihn von hier wegzubekommen. Ich habe Mrs. Blake zugeredet, der Sergeant solle die Erkrankung Bonapartes nach Brisbane melden, und auch Vater habe ich dazu gebracht zu schreiben.«

Eine steile Falte stand immer noch auf Gordons Stirn. »Ob das klug war? Der Inspektor wird davon erfahren, und dann muß er glauben, daß du in die Geschichte verwickelt bist.«

»Ach, ich bin doch längst darin verwickelt. Bony weiß, daß ich von der Kiefernhütte aus mit dir telefonierte, und daß wir uns damals in der Nähe des Blutgummibaums getroffen haben. Er findet alles heraus. Vor ihm läßt sich nichts geheimhalten. Wir können nur hoffen, daß man ihn zwingt, aufzugeben.«

John drückte das Mädchen an sich, das sich an den jungen Mann klammerte.

»O John, was wird geschehen, wenn er Anderson doch findet?« rief sie verzweifelt.

»Dann dürfte es allerdings sehr dramatisch werden«, antwortete er leise.

»Aber ich versichere dir nochmals, daß er Anderson nicht finden wird. Und ohne Leiche kann er nichts beweisen. Nein, Kleines, nur keine Sorge! Dagegen hast du mir heute noch nicht ein einziges Mal gesagt, daß du mich liebst.«

»Aber das weißt du doch! Ich möchte mit dir auf eine einsame Insel gehen, wo uns kein Mensch finden kann. Statt dessen muß ich jetzt aufbrechen. Sieh dir die Sonne an, es wird schon spät.«

Gordon blickte ihr nach, bis sie zwischen den Bäumen verschwunden war. Dann setzte er über den Zaun und marschierte mit langen Schritten davon. Eine halbe Meile entfernt warteten Jimmy Partner und Abie mit den Pferden. Abies Füße waren dick mit Federn beklebt. Als sich Gordon näherte, erhoben sie sich, und sie bemerkten sofort das Wetterleuchten auf seinem Gesicht.

»Was ist los?« fragte Jimmy Partner.

John Gordon trat dicht vor den athletisch gebauten Eingeborenen, und seine Stimme klang schneidend.

»Weißt du, daß auf den Inspektor das Deutebein gerichtet wurde?«

Jimmy Partner blickte auf seine Füße.

»Ja, John«, erwiderte er schließlich leise. »Ich dachte, daß wir ihn auf diese Weise am besten losbekommen. Er findet zuviel heraus. Ich habe mich mit Nero und Wandin beraten, und die waren einverstanden, das Deutebein –«

Gordons Rechte fuhr dem Schwarzen mitten ins Gesicht, und Jimmy Partner ging sofort zu Boden. Wütend drehte sich Gordon zu Abie um, der erschrocken zurückwich. Er sollte sofort alle Spuren der Zusammenkunft mit Miss Lacy beseitigen, wurde ihm befohlen. Als Jimmy Partner taumelnd in die Höhe kam, sah er durch einen rosa Schleier seinen Freund und Boss im Galopp nach Meena zurückreiten.

Seit Diana Lacys Besuch auf Meena hatte Mary Gordon täglich Kamm und Bürste ihres Sohnes sorgfältig nach Haaren abgesucht und das Haus keine Sekunde aus den Augen gelassen.

An diesem Nachmittag erwartete sie John und Jimmy Partner um sechs Uhr zurück. Um halb sechs war der Braten schön braun, der Pfirsichpudding dampfte, und die Kartoffeln hatte sie gerade auf den Herd gesetzt. Da hörte sie, wie das Gartentor ins Schloß fiel. Sie trat an die Tür und stand einem sehr aufgeregten Wandin gegenüber. »Johnny Boss noch nicht heim, Missis?«

»Nein, noch nicht, Wandin. Was möchtest du?«

Wandins Augen waren sehr groß, er atmete heftig.

»Sie kommen mit?« brachte er grinsend hervor. »Alle Karnickel gehen Wanderschaft. Verschwinden hier. Ganz schnell.«

»Die Kaninchen verschwinden?«

»Ganz recht, Missis. Gehen Wanderschaft. Fast keine Karnickel mehr in Meenasee. Sie kommen und sehen?«

Mary warf einen prüfenden Blick zum Herd, band die Schürze ab und warf sie auf die Couch. Dann eilte sie Wandin nach. Er führte sie zu den zweihundert Meter südlich des Hauses gelegenen Dünen.

Die Sonne brannte auf den ausgetrockneten See, warf harte Schatten in die Mulden zwischen den Dünen. Weitere hundert Meter südlich ging der Baumgürtel zu Ende, Mary und Wandin hatten vom Süden bis zum Nordosten einen ungehinderten Blick. Aus Südosten wehte ein kühler, würziger Wind.

»Da, Missis!« rief Wandin. »Karnickel gehen auf Wanderschaft. Sehen dieses da!«

Er zeigte auf ein Kaninchen, das keinen Meter entfernt vorüberlief. Es verriet keinerlei Scheu, schien die beiden Menschen überhaupt nicht zu bemerken. Es rannte den steilen Abhang hinab, erklomm den gegenüberliegenden Hang.

Andere liefen in der gleichen Richtung, aber die Art, wie sie sich fortbewegten, war anomal. Normalerweise rannte ein Kaninchen, selbst wenn es hungrig war, nur eine kurze Strecke, um dann aufrecht sitzend in alle Richtungen zu äugen. Diese Tiere aber rannten, ohne zu halten, zeigten nicht die geringste Furcht, weder vor den Menschen noch vor den Aasvögeln, die über ihnen kreisten.

Auch die Vögel hatten bemerkt, daß hier etwas Ungewöhnliches vorging. In den letzten Monaten hatten sich Krähen und Adler enorm vermehrt. Die Krähen stießen heisere Schreie aus, die Adler segelten im Gleitflug zum Teil dicht über dem Boden dahin.

Gebannt betrachtete Mary dieses Schauspiel. Wohin sie auch blickte, überall sah sie Kaninchen. Sie durchquerten den See, rannten an ihr vorbei nach Südosten. Es wehte ein seltsam würziger Wind.

»Bald keine Karnickel mehr in Meena«, prophezeite Wandin. »Nach Regen viel Futter. Karnickel schon lange nicht mehr so fett wie dieses Jahr.«

Mary vergaß, daß das Abendessen auf dem Herd stand. Als sie zum Meenasee zurückblickte, hing die Sonne bereits tief über den rauchblau schimmernden Bergen. Über dem Bett des Sees schwebte, in der Sonne rötlich leuchtend, ein dichter Staubschleier, der von den Kaninchen aufgewirbelt wurde.

Wandin machte Mary auf einen Reiter aufmerksam, der sich im Galopp von Süden näherte. Obwohl er eine Meile entfernt war, erkannte sie sofort ihren Sohn. Sie dachte an das Abendessen, vermochte sich aber von dem großartigen Schauspiel nicht loszureißen. Sie hörte die aufgeregten Rufe der Eingeborenen und Kinder, die immer wieder von dem heiseren Kreischen der Krähen übertönt wurden. Ein Kaninchen huschte so nahe vorbei, daß Wandin mit dem Fuß danach stoßen konnte. Es rollte, sich mehrmals überschlagend, den Hang hinab und lief weiter, als sei überhaupt nichts geschehen.

»Blackfeller morgen vielleicht auch auf Wanderschaft«, sagte Wandin. »Blackfeller wie Karnickel. Zu lange an einem Ort nix gut. Wenn kleiner Wind kommen, er gehen. Johnny Boss hat Jimmy Partner und Abie im Busch gelassen. Johnny Boss große Eile. Warum?«

Als sich John Gordon auf hundert Meter genähert hatte, winkte ihn Mary heran. John mußte sehr schnell geritten sein, denn um das Maul des Pferdes flockte Schaum. Mary bemerkte seinen wütenden Gesichtsausdruck. Im nächsten Augenblick sprang er aus dem Sattel, warf dem Tier die Zügel über den Rücken. Das Pferd wieherte und trottete zum Wassertrog.

»Die Kaninchen verschwinden!« rief Mary aufgeregt.

John streifte sie mit einem kurzen Blick, und sie wich unwillkürlich einen Schritt zurück. Dann wandte er sich an Wandin.

»Hast du und Nero auf den Polizeimann aus der Stadt das Deutebein gerichtet?«

»Ja, Johnny Boss«, erwiderte Wandin ohne Zögern. »Er finden zuviel –«

In diesem Augenblick traf ihn die geballte Faust am Kinn, Wandin drehte sich um und fiel nach vorn.

Mary stand unbeweglich, die verarbeiteten Hände auf den Mund gepreßt. Gordon nickte ihr zu, das Gesicht zu einem schrecklichen Grinsen verzerrt, dann rannte er die Düne hinab und verschwand hinter dem Haus.

»Warum Johnny Boss das tun, Missis?« stöhnte Wandin und stand unsicher auf.

Gordon rannte zum Gartentor, sprang mit einem Satz darüber hinweg und folgte dem gewundenen Pfad zum Eingeborenencamp. Es lag verlassen da, seine Bewohner beobachteten den Abzug der Kaninchen. Gordon eilte weiter am Seeufer entlang und stieß kurz danach auf Nero. Der Häuptling hockte regungslos vor einem kleinen Feuer.

Nero hörte nicht, daß sich jemand näherte. Er konzentrierte sich ganz darauf, über viele Meilen hinweg einen Menschen zu töten. Plötzlich traf ihn ein Reitstiefel in das verlängerte Rückgrat, er kippte um und blieb neben dem Feuer liegen. Haar und Bart waren von rotem Sand verkrustet, er schien aus einem tiefen Traum zu erwachen. Da wurde er auch schon gepackt und geschüttelt, bis die Augen aus den Höhlen zu treten schienen, und im nächsten Augenblick wieder zu Boden gestoßen. Als er endlich aus seiner Benommenheit aufwachte, sah er John Gordon, der neben dem Feuer hockte und sich eine Zigarette drehte.

»Warum hast du mich geschlagen?« jammerte Nero.

»Lauf zum Haus und hole Wandin. Aber renne, du Teufel!«

Nero war schon längst im gesetzten Alter, doch er mühte sich, eine schnellere Gangart als sonst einzuschlagen. Gordon hockte, ohne sich zu regen, vor dem kleinen Feuer und rauchte. Die Minuten verstrichen, die Wut verflüchtigte sich, und schließlich fühlte er sich ein wenig beschämt. Als er hörte, wie sich nackte Füße im Sand näherten, blickte er nicht auf.

»Setzt euch zu mir!« befahl er.

Wandin und Nero hockten sich zu beiden Seiten von ihm nieder.

»Wer hat euch gesagt, auf den Polizeimann das Deutebein zu richten?«

»Jimmy Partner«, erwiderte Nero. »Hör zu, Johnny Boss: dieser Polizeimann finden Baum und finden grünen Faden. Bald er finden Anderson. Dann bös für unseren Johnny Boss.«

Der letzte Satz sprach Bände. John Gordon starrte in das Feuer, fand nicht die Kraft, den beiden Eingeborenen in die Augen zu sehen.

»Warum habt ihr mir nichts davon gesagt?«

»Du uns gesagt, niemals mehr Deutebein nehmen, Johnny Boss. Vor langer Zeit du uns gesagt.«

Da hatten diese beiden sich also seit vielen Tagen und Nächten mit anderen abgelöst, hatten reglos vor einem kleinen Feuer gehockt, um einem Menschen den Tod zu suggerieren – nicht, weil sie diesen Menschen fürchteten, sondern weil sie glaubten, ihrem Johnny Boss drohe von dort Gefahr. Aus Loyalität hatten sie es getan. Gehörte er nicht zu ihnen? Hatte er nicht die Reiferiten der Kalchut erhalten? Nun drohte ihm von einem Feind Gefahr, und dieser Feind mußte vernichtet werden. Gordon stand auf, und auch die beiden Eingeborenen erhoben sich. Furchtsam musterten sie ihn, und sie waren überglücklich, als sie bemerkten, daß er nicht mehr wütend war.

»Ihr werdet also das Deutebein auf niemanden mehr richten?«

Wandin massierte sein Kinn, Nero hingegen die Sitzfläche.

»Keine Angst, Johnny Boss. Wir sagen Jimmy Partner Schluß!«

Gordon packte Nero und Wandin an den Armen, zog sie dicht zu sich heran.

»Tut mir leid, daß ich euch so geschlagen habe. Ihr seid brave Blackfellers. Ihr seid meine Väter und meine Brüder, aber ich bin euer Johnny Boss. Verstanden?«

»Ja, Johnny Boss.«

»Morgen werdet ihr alle, auch die Lubras und die Kinder, auf Wanderschaft in die Meenaberge gehen. Ihr bleibt dort, bis ich euch zurückrufe. Jimmy Partner und Malluc bleiben bei mir. Sagt Malluc, er soll sofort zu mir kommen. Und morgen früh sagt ihr den Lubras, sie sollen sich drüben Lebensmittel holen.«

Die beiden Schwarzen grinsten fröhlich.

»Und jetzt hockt ihr euch ans Feuer, die ganze Nacht hindurch, und zieht Deutebein und Adlerklauen aus dem Polizeimann!«

»Ja, Johnny Boss. Wir tun so.«

Gordon preßte die Arme der beiden noch einmal kurz, dann ging er über das verlassene Lager nach Hause zurück. Bei der Pferdekoppel sattelten Jimmy Partner und Abie gerade ihre Tiere ab. Als Jimmy Partner trotz seiner gewaltigen Kräfte John Gordon erblickte, ließ er das Pferd stehen und wollte verschwinden.

»Komm her, Jimmy Partner!« befahl Gordon.

Der Eingeborene zögerte erst, dann kam er langsam näher. Gordon streckte ihm die Hand entgegen.

»Tut mir leid, daß ich dich so geschlagen habe, Jimmy, aber es war falsch, durch Nero und Wandin das Deutebein auf Inspektor Bonaparte richten zu lassen. Es kann sehr schlimme Folgen haben – aber nicht für den Inspektor, sondern für den Stamm der Kalchut.«

Jimmy Partner grinste und schlug in die dargebotene Hand ein.

»In Ordnung, Johnny Boss. Ich habe nicht geglaubt, daß ich dir schaden könnte.«

»Nicht für mich, aber für die Kalchut kann euer unüberlegtes Vorgehen schlimme Folgen haben. Erteile also nie mehr ohne meine Einwilligung irgendwelche Befehle. So – und bevor du zum Essen kommst, solltest du dir dein Gesicht im Spiegel ansehen.«

»Ach, das war nur eine kleine Rauferei mit Abie. Stimmt's, Abie?«

Eine nachdenkliche Falte stand auf John Gordons Stirn, als er zum Haus ging.

22

Nie würde Bony den Augenblick vergessen, wie er am Morgen des 2. November aufgewacht war. Während der Nacht war mit ihm eine wundervolle Veränderung vorgegangen, und er grübelte darüber nach, was wohl geschehen sein könnte.

Das weiße Zeltdach schimmerte grau, denn die Sonne war noch nicht aufgegangen. Es war angenehm kühl, und die Fliegen schliefen noch. Auf dem obersten Ast einer der umstehenden Kohlpalmen hatte ein Würger Platz genommen und begrüßte den neuen Tag mit seinem schmetternden Gesang. Zwei Elstern hatten sich hinzugesellt, sehr zum Unmut der Krähen.

Langsam wurde sich Bony über die vorgegangene Veränderung klar. Vorsichtig bewegte er seine Glieder, doch zu seinem grenzenlosen Erstaunen blieben die erwarteten Schmerzen aus. Statt dessen überkam ihn ein lange nicht empfundenes Wohlgefühl. Auch der Geist arbeitete wieder klar, und die bisherige Niedergeschlagenheit war verschwunden.

Drüben am Meenasee mußte etwas geschehen sein. Man wünschte ihm plötzlich nicht mehr den Tod.

Er war noch mit seinen Gedanken beschäftigt, als die beiden Hunde, die am Zelteingang lagen, knurrten und im nächsten Moment ein fürchterliches Gebell anstimmten. Sie rasten zum Grenzzaun, sprangen hinüber und rannten in nordwestlicher Richtung davon. Kurz darauf brach ihr Bellen ebenso plötzlich ab, wie es begonnen hatte.

Eine tiefe Stille trat ein, die nicht einmal von dem Würger unterbrochen wurde. Die aufgehende Sonne warf einen gelben Streifen über das Zeltdach. Kurz danach vernahm Bony dumpfen Hufschlag. Ein Eisen klirrte, die beiden Hunde stürmten ins Zelt. Der eine preßte die kalte Schnauze gegen Bonys Unterarm, der andere versuchte dem Inspektor das Gesicht abzuschlecken. Dies war ihre Art, einen Besucher anzukündigen.

Ein Wink von Bony, der eine Hund stellte sich neben das Feldbett, der andere setzte sich an die Zeltwand. Beide spielten mit ihren Lauschern.

»Guten Tag, Boss!« vernahm Bony eine nicht unangenehme Stimme, die einem Eingeborenen gehörte.

Beide Hunde knurrten, wedelten aber mit den Schwänzen.

»Guten Tag«, grüßte Bony zurück. »Was willst du?«

»Ich Malluc.«

Nach Eingeborenensitte hatte Malluc fünfzig Meter vor dem

Zelt angehalten und wartete nun auf Erlaubnis, das fremde Camp zu betreten.

Malluc! Was mochte er so früh am Morgen hier wollen? Bony fragte ihn nach seinem Begehren.

»Johnny Boss schicken Brief.«

»Dann bring den Brief her«, rief Bony. Ein Brief von John Gordon? dachte er. Gingen die Leute, die das Deutebein auf ihn gerichtet hatten, etwa zum offenen Angriff über? Er zog die Pistole unter dem Kopfkissen hervor. Draußen näherten sich Schritte im weichen Sand. Mit einer Handbewegung gebot Bony den Hunden Schweigen.

Am Zelteingang erschien ein Eingeborener. Er war groß, hatte graues Haar und einen grauen Bart. Er trug einen alten Arbeitsanzug, die Füße steckten in viel zu großen elastischen Reitstiefeln. In der linken Hand hielt er einen weißen Umschlag. Eine Waffe war nicht zu sehen, und da er Stiefel anhatte, konnte er auch keinen Speer zwischen die Zehen klemmen und heimlich im Sand mitschleifen. Er lächelte Bony an, der sich aufgerichtet hatte, um den Ankömmling besser mustern zu können.

»Laß den Brief fallen«, befahl Bony, und nachdem der Eingeborene die Anordnung befolgt hatte, schickte Bony einen der Hunde vor.

Der Hund verstand sofort, nahm den Brief auf und brachte ihn Bony. Malluc zog sich einige Schritte zurück, blieb aber in Sichtweite. Bony ritzte den Umschlag auf und zog den Brief heraus.

›Zu meinem Bedauern erfahre ich soeben, daß Sie an Rückfallfieber leiden. Ich schicke Ihnen den Medizinmann der Kalchut, denn ich weiß, daß er ein Experte bei Verdauungsbeschwerden ist. Wenn Ihnen jemand rasch helfen kann, dann bestimmt Malluc. Er hat sowohl meine Mutter als auch mich bereits mit bestem Erfolg behandelt.‹

Diese Entwicklung kam so überraschend, daß Bony nicht recht wußte, was er tun sollte. Daß diese schwarzen Medizinmänner eine ganze Reihe Krankheiten erfolgreich zu behandeln wußten, war ihm bekannt. Und er war sicher, daß die Todesbeschwörungen unterbrochen worden waren.

Wahrscheinlich hatte John Gordon eingegriffen. Trotzdem widersprach es jeglicher Vernunft, einen kräftigen, feindselig gesinnten Eingeborenen in die Nähe zu lassen, wenn man selbst völlig geschwächt war.

Malluc verschwand aus der Sichtweite, und Bony packte die Pistole fester. Wenn ein Angriff erfolgen sollte, dann jetzt – obwohl ein solches Vorgehen nicht mit Gordons Brief zu vereinbaren war. Wenige Sekunden später erschien Malluc wieder im Zelteingang.

Er trug die Insignien seiner Würde. Das Haar war über der Stirn hochgebunden, und eine Schnur aus Menschenhaar preßte fünf Blätter des Gummibaums gegen die Stirn. Die Nase durchbohrte ein zwanzig Zentimeter langes Stöckchen mit nadelspitzen Enden. Seine Kleidung hatte er ausgezogen, er hatte lediglich den Lendenschurz aus Känguruhleder um. Auf Brust und Bauch hob sich weiß gegen die dunkle Haut das heilige Stammeszeichen der Kalchut ab.

Malluc war tatsächlich ein Medizinmann, und Bony war bereit, sich von ihm behandeln zu lassen, denn kein Medizinmann der Eingeborenen Inneraustraliens durfte je etwas Übles tun. Ihre Aufgabe war, zu heilen. Es lag wohl an Bonys schwarzen Vorfahren, daß er so viel von der Kunst dieser Medizinmänner hielt.

»Was du machen, Boss?« fragte Malluc. »Du ganz in Ordnung. Aber in deinem Innern Deutebein und Adlerklauen. Ich guter Medizinmann. Malluc sehen spitze Knochen und Klauen in dir.«

Da zu Beginn des Todeszaubers ein Schauspiel geboten wurde, mußte auch am Anfang der Heilung eine solche Schau stehen.

»Du bist ein guter Blackfeller, Malluc«, sagte Bony. »Du machst mich wieder kräftig?«

Malluc nickte grinsend und verschwand erneut. Wenige Sekunden später hörte Bony, wie trockenes Holz auf dem Lagerfeuer prasselte. Er schob langsam die Beine vom Feldbett und setzte sich auf. Sofort durchzuckte ihn ein wilder Schmerz, ließ ihn laut stöhnend auf das Bett zurücksinken.

Malluc trat ein. »Du besungen mit Deutebein und Adlerklauen. Ich sie sehen in dir.«

Er schob die Arme unter seinen Patienten. Dabei entdeckte er die Pistole, verriet aber keine Überraschung. Mühelos hob er Bony hoch und trug ihn vor das Zelt. Dort legte er ihn sanft am Rande des Feuers ab und zog ihm den Pyjama aus.

Bony wurde von einem heftigen Schmerzanfall geschüttelt, sein Atem ging stoßweise. Er hatte das Gefühl, eine eiserne Faust wühlte in seinem Inneren, und Angstschweiß trat auf seine Stirn. Die Hoffnung, die am Morgen in ihm aufgekeimt war, schwand. Ihm wurde klar, daß er sterben müßte, wenn der tödliche Zauber nicht von ihm genommen wurde. Malluc holte aus einem Jutesack eine Rolle dünne Baumrinde, entleerte die darin verwahrten getrockneten Blätter in ein Kochgeschirr. Dann schüttete er Wasser dazu und stellte das Blechgefäß auf das Feuer.

Dann begann Malluc, mit einem seltsamen Storchenschritt seinen Patienten zu umkreisen, wobei er immer wieder seine Hand nach Bony ausstreckte. Gleichzeitig murmelte er im Dialekt der Kalchut:

»Ich bin der Medizinmann vom Stamme der Kalchut.

Ich bin der größte Heiler vom Stamme der Kalchut.

Ich bin der Herr über den guten Zauber, kein böser Zauber kann mir etwas tun.

Ich bin das Kind von Tatuchi und Maliche, den Allmächtigen, die im Himmel wohnen, die nie geboren wurden und nie sterben können.

So hört denn, ihr kleinen Knochen des Deutebeins, und auch ihr Adlerklauen:

Ich hole euch aus dem Körper des Mannes, der krank am Boden liegt. Ich sauge euch aus. Und ich löse den bösen Zauber.

Ich sehe euch, ihr kleinen Knochen und ihr Adlerklauen.

Ich bin der Medizinmann vom Stamme der Kalchut.«

Malluc fiel neben Bony auf die Knie, wälzte den Mischling auf den Bauch. Dann saugte er heftig an Bonys Nacken. Mehrere Minuten saugte er, bis er einen gurgelnden Schrei ausstieß, aufsprang und vor Bonys Kopf trat. Er bückte sich, zwang Bony, ihn anzublicken, und Bony sah, wie der Medizinmann einen kleinen spitzen Knochen ausspuckte.

Nach einer Stunde hatte Malluc sechs Knochen und zwei Adlerklauen aus Bonys Körper gesogen. Er rollte seinen Patienten auf die linke Seite, damit Bony alles gut beobachten konnte, schob Knochen und Klauen mit Hilfe seines Nasenstöckchens auf ein Stück Rinde. Einige Meter vom Feuer entfernt grub er mit dem Stöckchen ein Loch, versenkte die Rinde mit den Knochen und Klauen. Nachdem dies vollbracht war, schob er sich das Stöckchen wieder durch die Nase.

Die Schau war zu Ende, und mit einem triumphierenden Lächeln drehte sich Malluc zu seinem Patienten um.

»Du nun bald gesund«, versicherte er. »Keine spitzen Knochen und Adlerklauen mehr in dir. Du jetzt trinken Blackfellermedizin, und in ein, zwei Tagen du wieder herumlaufen.«

Er holte das Kochgeschirr mit dem dampfenden Gebräu vom Feuer, hockte sich neben seinen Patienten und versicherte ihm nochmals, daß er nun bald wieder gesund und kräftig wäre. Er pustete über die graue Flüssigkeit, tauchte mehrmals den Finger hinein, um die Temperatur festzustellen. Schließlich schien er mit dem Ergebnis zufrieden und reichte das Gefäß seinem Patienten.

»Du austrinken«, sagte er.

Bony gehorchte wortlos. Die heiße, dicke Flüssigkeit rann die Kehle hinab, verbreitete eine angenehme Glut im Magen. Immer weiter strömte diese wohltuende Wärme: in die Schultern, durch die Arme zu den Händen und durch die Beine bis in die Zehenspitzen. Malluc hockte neben ihm, beobachtete ihn. Die innere Glut trieb Bony den Schweiß heraus, und dabei fühlte er sich so wohl, daß er mehrmals zufrieden aufstöhnte. Schließlich zog Malluc ihn näher ans Feuer. Dann verschwand der Medizinmann im Zelt, holte Bonys Sachen und zog seinen Patienten an.

Zwei Stunden blieb Malluc noch bei seinem Patienten, und erst als Bony ihm wiederholt versichert hatte, nun wieder allein stehen und gehen zu können, entfernte er sich zögernd.

»Du wieder gesund«, sagte der Medizinmann, und er war mit sich und seinem Patienten sehr zufrieden.

Bony reichte Malluc die Hand, dann zog sich der Eingeborene wieder seinen alten Arbeitsanzug an. Als er auf dem Pferd saß, drehte er sich noch einmal um und winkte fröhlich.

Ein Schwächeanfall überkam Bony, er begann zu zittern, und er sagte sich immer wieder, daß er doch nun vom Zauber des Deutebeins befreit wäre!

Gegen Mittag traf Blake ein. Er machte sich größte Sorgen um Bony, denn Chefinspektor Brownes Ankunft hatte sich verzögert, weil die Maschine in der Nähe von Windorah hatte notlanden müssen. Immerhin war er sehr erleichtert, als er sah, daß es Bony offensichtlich besser ging. Bony hatte das Motorengeräusch gehört und bereits Teewasser aufgesetzt.

»Nun, wie geht's heute?« fragte der Sergeant. Er brachte eine Kiste mit Lebensmitteln, und die beiden Hunde sprangen aufgeregt um ihn herum.

»Ich fühle mich viel besser, Sergeant«, antwortete Bony. »Als ich heute morgen aufwachte, merkte ich sofort, daß etwas anders war als sonst. Und dann erhielt ich auch noch eine wunderbare Medizin.«

»Ach. War Doktor Linden hier?«

»Nein, Doktor Malluc.«

»Malluc!«

»Jawohl. Zunächst operierte er sechs spitze Knochen und zwei Adlerklauen aus mir heraus.«

»Und Sie fühlen sich tatsächlich besser, wie?«

»Viel besser. Ich habe keine Schmerzen mehr, dafür aber einen klaren Kopf. Ich bin natürlich noch schwach. Ich glaube, heute kann ich wieder einmal Tee trinken.«

»Wie wäre es mit einem Becher Fleischbrühe? Wäre bestimmt besser als Tee. Ich habe außerdem ein Hühnchen und frisches Brot mitgebracht, und Butter auch.«

»Schön. Dann also Fleischbrühe, und danach eine Scheibe Brot mit Butter.«

Während des Essens musterte Blake Bony unauffällig, und er stellte mit Erleichterung fest, daß die Krankheit tatsächlich überwunden schien.

»Was mag wohl hinter Mallucs Besuch stecken?« fragte er.

Bony reichte ihm wortlos Gordons Brief, dann beschrieb er den Besuch des Medizinmannes.

»Gordon spricht in seinem Brief von Rückfallfieber«, meinte Bony. »Malluc aber erklärte mir sofort, daß spitze Knochen und Adlerklauen mein Inneres zerfleischen, und er produzierte in einer großartigen Schau sechs kleine Knochen und zwei Adlerklauen. Er wußte also Bescheid und brachte die benötigten Requisiten mit.«

»Gordon scheint aber nichts davon gewußt zu haben.«

»Davon bin ich überzeugt.«

»Und trotzdem glauben Sie, daß Gordon bei dem Verschwinden von Anderson –«

»Wollen wir doch einmal eine Hypothese aufstellen.« Bony saß auf dem Benzinkanister und beugte sich vor. »Sie kennen Gordon, und Sie kannten Anderson. Angenommen, Gordon tötete Anderson in Notwehr – was würden Sie tun?«

»Ich würde einen Haftbefehl beantragen, und er würde wegen Totschlags angeklagt.«

»Genau. Und warum würden sie so handeln?«

»Weil es meine Pflicht wäre.«

»Richtig. Sie sind der Polizeichef von Opal Town, Blake. Ich aber gehöre nicht mehr der Kriminalpolizei an. Deshalb wäre es möglich, daß ich in einem solchen Fall anders handelte als Sie. Und nun wollen wir einmal annehmen, Sie seien in Pension gegangen und erfahren nun, was sich zugetragen hat. Was würden Sie dann tun?«

»Geraten wir hier nicht in Treibsand?«

»Bis jetzt nicht. Nun, wie lautet Ihre Antwort?«

»Nun, wahrscheinlich würde ich nichts unternehmen«, erwiderte er nach einigem Zögern.

»Ganz bestimmt sogar, Blake, würden Sie nichts unternehmen.

Ich bin zu der Überzeugung gekommen, daß es auch sein Gutes hatte, daß Colonel Spendor mich 'rausgeworfen hat. Als Polizeibeamter wäre ich verpflichtet gewesen, den Buchstaben des Gesetzes zu erfüllen. Als normaler Staatsbürger aber kann ich es unterlassen, ohne einen schweren Fehler zu begehen. Manchmal ist das Gesetz nämlich grausam, und sobald die bürokratischen Mühlen zu mahlen beginnen, sind sie nicht mehr anzuhalten.

So, und nun will ich Sie nicht weiter ins Vertrauen ziehen, denn als Polizeibeamter kämen Sie sonst in einen Gewissenskonflikt. Sollten wir uns einmal später treffen, wenn wir im Ruhestand sind, dann werde ich Ihnen alle Einzelheiten dieses Falles erzählen. Immerhin wissen Sie bereits einige Punkte, und damit können Sie sich Ihren Teil denken.«

Blake grinste, aber es wirkte traurig.

»Nach allem, was ich weiß, bin ich Ihnen dankbar, daß Sie mich nicht weiter ins Vertrauen gezogen haben. Ich bin allerdings der Ansicht, daß die Strafen für Weiße, die sich gegen Eingeborene vergangen haben, viel zu gering sind. Übrigens – Sie baten mich einmal, den Polizeibeamten ausfindig zu machen, der vor sechsunddreißig Jahren in Opal Town Dienst tat. Er ist pensioniert worden und lebt in Sandgate. Er kann sich an ein irisches Mädchen erinnern, das um diese Zeit auf Karwir gearbeitet hat.«

»Ach richtig«, murmelte Bony.

»Sie hieß Kate O'Malley und arbeitete 1931 auf Karwir.«

Bony lächelte. »Auch diese Information mag sich noch als nützlich erweisen. Doch im Augenblick bin ich am Überlegen, ob ich wohl noch eine dünne Scheibe Brot mit Butter esse?«

»Wenn Sie glauben, daß Ihr Magen es verträgt –«

»Ich glaube schon. Und dann können Sie ruhig wieder nach Hause fahren. Sie müssen es ja langsam satt haben, mich jeden Tag besuchen zu müssen, während sich in Ihrem Büro die Arbeit ansammelt. Jetzt muß ich nur noch die Stelle finden, wo Anderson begraben wurde. Doch das dürfte nun nicht mehr schwierig sein.«

Nachdem Blake abgefahren war, nahm Bony einen leeren Sack und ging zum Grenzzaun. Vor einigen Tagen war er durch seine Schwäche genötigt gewesen, die beiden obersten Stacheldrähte durchzuzwicken. Nun konnte er über den dritten Stacheldraht den Sack legen und sich über den Zaun ziehen. An diesem Nachmittag war er so erschöpft, daß er sich am Maschendraht festklammern mußte, als er auf der anderen Seite angekommen war. Eigentlich hätte er sich auf sein Feldbett legen sollen, doch sein hellwacher Geist ließ ihn nicht ruhen. Im Laufe der Zeit war er zu der Überzeugung gelangt, daß Anderson durchaus auch unter einer harten Lehmfläche begraben sein konnte, denn kaum zwei Meilen entfernt, in der Hütte am Grünen Sumpf, waren eine Schaufel und ein Brecheisen aufbewahrt worden.

Immer wieder hatte er, oft von Sergeant Blake unterstützt, an den Leeseiten der Dünen gegraben, hatte mit den Hunden den Busch durchstreift und nach einem im Sand vergrabenen Leichnam gesucht. Nun aber nahm er sich die Lehmflächen vor, die sich am Fuße der Dünen hinzogen. Diese Lehmflächen bildeten ein breites Band, in dessen Mitte der Mulgabaum stand, an dem Bony den grünen Faden und ein menschliches Haar gefunden hatte.

Diese Lehmflächen entstehen, indem sich die großen, schweren Sandpartikel am Boden ablagern, während die leichten vom Wind weitergetragen werden. Diese großen Sandpartikel saugen wie ein Schwamm Wasser auf. Da diese feuchten Schichten im allgemeinen nur wenige Zentimeter tief sind, trocknen sie in der Sonnenhitze sehr rasch aus. Was zurückbleibt, ist eine ziegelharte Masse. Selbst schwere Lastwagen hinterlassen dort keine Spuren.

Bony interessierte sich schließlich für eine Lehmfläche, die nur wenige Meter von dem einsamen Mulgabaum entfernt war. Dort entdeckte er eine sehr schwache, sternförmig ausgezackte Vertiefung. Hätte er nicht so außergewöhnlich gute Augen besessen und nach einer derartigen Vertiefung gesucht, würde er sie niemals bemerkt haben.

Von den Hunden begleitet ging Bony zu der nächstliegenden Düne. Er setzte sich, lehnte sich zufrieden gegen den weichen Sandhang. Er war mit seinen Ermittlungen fertig. Er hatte den Fall gelöst.

»Wirklich genial«, sagte Bony zu den Hunden. »Solch eine Lehmfläche ist ein sicheres Grab. Kein Mensch wird den Toten zufällig entdecken, kein wilder Hund kann ihn ausscharren. Die Natur selbst sorgt für einen betonharten Überzug. Dort also liegt Jeffery Anderson, und vermutlich auch seine Stockpeitsche und die Halsleine des Pferdes. Dieser Mann hat zu seinen Lebzeiten viel Böses getan. Würde es da wirklich der Gerechtigkeit dienen, wenn ich nun denjenigen, der ihn in Notwehr tötete, vor Gericht bringe?«

Langsam, mit unsicheren Schritten ging Bony zum Lager zurück und brühte sich einen schwachen Tee auf. Er gab etwas Milch hinzu und schlürfte ihn bedächtig.

Nachdem er sich eine Stunde niedergelegt hatte, sattelte er die Stute und saß mit Hilfe eines Baumstumpfes auf. Das Pferd trottete zunächst zum Trog, wo es seinen Durst stillte. Ein Gefühl der Zufriedenheit überkam Bony. Die Sonne stand schon tief im Westen, die ersten Vögel kamen zur Tränke, doch er sah nicht, was um ihn herum geschah. Er plante den dramatischen Abschluß dieses Falles. Er ritt nicht zum Lager zurück, sondern folgte der Straße, die zum Herrenhaus von Karwir führte. Als Bony aus seinen Gedanken aufwachte, befand er sich in der Mitte der Niederungen beim südlichen Eckpfosten des Grenzzauns.

An diesem heißen Nachmittag lag die Luftspiegelung tief über den Niederungen. Büsche wirkten wie gigantische Bäume und kleine Bodenwellen wie hohe Klippen. Plötzlich bemerkte Bony zahlreiche Staubfahnen, die sich aus der Luftspiegelung lösten, und alle diese Staubfahnen näherten sich dem Grenzzaun.

In der Ferne stieg ein gelblicher Dunst aus der Fata Morgana. Bony ritt zum Zaun, um dieses Phänomen besser beobachten zu können. Aus der flimmernden See der Luftspiegelung tauchten bräunliche Stöcke auf, schienen durch das flache Wasser dem trokkenen Land zuzustreben. Paarweise bewegten sich diese Stöcke, ragten immer höher aus dem ›Wasser‹. Dann erschienen unter den Stöcken kleine braune Köpfe, und Bony sah zu seinem Erstaunen, daß es Kaninchen waren.

Sie strebten der Bodenerhebung zu, auf der sich Bony befand. Das erste Kaninchen rannte gegen den Maschendraht, wurde zurückgeworfen, doch immer wieder sprang es gegen das Hindernis an. Noch vor einer Minute hatte sich auf der anderen Seite des Zauns nichts geregt, jetzt aber standen dort zahllose Kaninchen auf den Hinterläufen, stießen mit den Schnauzen gegen den Maschendraht und versuchten sogar, ihn durchzunagen. Unaufhörlich tauchten neue Kaninchen aus der flimmernden Luftspiegelung auf.

In der Ferne aber stieg der gelbliche Staub immer höher, und die tiefe Stille, die trotz des hektischen Treibens herrschte, wurde fast körperlich spürbar.

23

Noch nie zuvor hatte Inspektor Bonaparte eine solche Massenwanderung von Kaninchen beobachtet. Allerdings hatte er einmal mit einem Mann am Lagerfeuer gesessen, der am Grenzzaun zwischen Südaustralien und Neusüdwales einen derartigen Ansturm von Kaninchen erlebt hatte. Auf einer Länge von vierzig Meilen hatten sich schließlich die Kadaver aufgetürmt. Und nun strömten die Kaninchen vom Meenasee zu der Ecke des Maschendrahtzaunes, an der Bony seinen Beobachtungsposten bezogen hatte.

Normalerweise leben die Kaninchen in ständiger Furcht vor ihren natürlichen Feinden: Menschen, Hunden, Füchsen und Adlern. Da ihnen außer Krallen und Zähnen keine Waffen zur Verfügung stehen, greifen sie andere Tiere niemals, sich gegenseitig nur höchst selten an.

Rings um den Meenasee war ein Heer von Kaninchen geboren worden. Als dann die erste Dürreperiode kam, als Pflanzen und Büsche verdorrten, versammelten sich die Tiere an den Ufern des ausgetrockneten Sees. Nachdem schließlich auch der letzte Tropfen Wasser verdunstet war, vermehrten sich die Nager nicht mehr, doch trotz der immer zahlreicher auftauchenden Feinde verringerte sich ihre Zahl auch nicht. Dann kam der Aprilregen, in dem Jeffery Anderson verschwand, es begann überall zu grünen, und die Kaninchen vermehrten sich ins Unermeßliche.

Mit neun Wochen paarten sich die jungen Häsinnen, und jeder Wurf – bei denen wiederum die weiblichen Tiere überwogen – bestand aus 5 bis 7 Jungtieren. So warf in der Zeit von April bis September jede Häsin im Durchschnitt 12 Jungtiere.

Im Oktober setzte dann ein schonungsloser Kampf um die immer spärlicher werdende Nahrung und gegen die immer zahlreicher auftretenden natürlichen Feinde ein. Nur die kräftigsten Jungtiere überlebten, und doch war nicht zu erkennen, daß die Kaninchen weniger wurden.

Nun strebte dieses gewaltige Heer einem geheimnisvollen Ort im Südosten zu, und nichts schien es aufhalten zu können- höchstens ein Fluß oder ein Maschendrahtzaun.

Gebannt beobachtete Bony vom Rücken seines Pferdes dieses gewaltige Naturschauspiel. Normalerweise verschwanden die Luftspiegelungen erst, wenn die Sonne untergegangen war, doch der Staub, den die Kaninchen aufwirbelten, hatte auf dem Gebiet von Meena längst die flimmernde Fata Morgana vertrieben.

An der Spitze stürmten die kräftigen, grauen Rammler, von vielen Kämpfen mit ehrenvollen Narben bedeckt. Wie geblendet sprangen sie gegen den Maschendrahtzaun, schüttelten verwundert die Köpfe, wenn sie zurückprallten. Doch wie von einer Massenpsychose ergriffen, stürmten sie weiter gegen das Hindernis an, versuchten mit ihren scharfen Zähnen den Draht durchzunagen.

Die Häsinnen hatten den Zaun noch nicht erreicht. Sie näherten sich in einer mehrere Meilen breiten Front. Die linke Flanke stieß östlich des nördlichen Eckpfostens auf den Zaun. Die Kaninchen liefen daran entlang, an Bonys Lager und an dem Mulgabaum vorüber. Die rechte Flanke traf westlich des Gattertors an der Straße nach Opal Town auf den Zaun, und da auch diese Tiere in östlicher Richtung weiterrannten, gelangten sie zu der Ecke, an der Bony Posten bezogen hatte.

Die Hunde gerieten außer sich, sprangen über den Zaun und richteten unter den Kaninchen ein Blutbad an. Doch immer neue Tiere rannten den Hunden förmlich in den Rachen, zwischen den Beinen hindurch, beachteten sie überhaupt nicht. Nach drei Minuten waren die Hunde des grausamen Spiels müde. Der eine lag keuchend am Boden, die Kaninchen sprangen über ihn hinweg. Der andere trottete zum Zaun, blickte zu Bony hinüber. Schließlich wurde er so sehr von den Kaninchen bedrängt, daß ihn Angst überkam, und er setzte mit einem Sprung über den Zaun zurück. Der zweite Hund folgte, und auch er machte einen verstörten Eindruck.

Bony ritt am Zaun nach Norden. In diesem Abschnitt drängten die Kaninchen nach Süden. Sie standen in mehreren Reihen am Zaun, nagten mit ihren spitzen Zähnen. Bony entdeckte schwarze, blaue, weiße, rehbraune und gescheckte Tiere – in normalen Zeiten ein höchst seltener Anblick.

Der Inspektor hatte völlig vergessen, daß er seine Ermittlungen erfolgreich abgeschlossen hatte, er spürte auch keine körperliche Schwäche mehr. Das Pferd wollte den direkten Weg zum Lager einschlagen, doch Bony riß es zurück, ritt am Zaun entlang.

Die Sonne stand tief am Horizont, schimmerte scharlachrot durch den Staubschleier. Und so weit Bonys Auge reichte, sah er Kaninchen – ein unüberschaubares Kaninchenheer.

Die Hunde schlichen mit eingezogenen Schwänzen zum Zelt, und nachdem Bony das Pferd versorgt hatte, bereitete er sich etwas Fleischbrühe, in die er Brot brockte. Dann fütterte er die Hunde mit gegrilltem Kaninchenfleisch und lauschte in die Nacht. Das Geräusch, das die Kaninchen verursachten, erinnerte an das Streichen des Windes durch die Blätter der Mulgabäume.

Bei Tagesanbruch war Bony wieder auf den Beinen. Er fühlte

sich zwar kräftiger, aber noch lange nicht gesund. Durch die morgendliche Stille drang vom Zaun herüber das Rascheln der Kaninchen.

Als die ersten Sonnenstrahlen den Zaun erreichten, konnte Bony das breite Band aus Pelzen erkennen, und an den steil aufragenden Löffeln sah er, daß sich die Tiere in einem endlosen Zug nach Osten bewegten.

Er war auch heute noch nicht in der Lage, ohne Hilfe eines Baumstumpfes in den Sattel zu steigen. Aber er hatte gefrühstückt und fühlte sich bei weitem nicht mehr so elend wie an dem Tag, an dem der Medizinmann sechs spitze Knochen und zwei Adlerkrallen aus seinem Körper gesaugt hatte. Diesmal machten die Hunde keine Anstalten, über den Zaun zu springen. Sie trotteten hinter dem Pferd her und zeigten nur Verachtung für das wilde Treiben auf der anderen Seite des Maschendrahts.

Bony ritt durch die Niederungen nach Süden, und die Sonne brannte heiß auf seine linke Seite. Der Kaninchenstrom war weiter angeschwollen, ergoß sich in den Winkel am südlichen Eckpfosten.

Wie eine Schneeverwehung türmten sich die Kaninchen in dem Zaunwinkel, und diese massive Pelzmasse begann bereits 50 Meter vor dem Zaun. Die vordersten Tiere waren bereits erstickt, doch unaufhörlich schoben sich die Kaninchen über den Berg aus toten Artgenossen, versuchten den oberen Rand des Zauns zu erreichen. Und dann ergoß sich ein vier Meter breiter, brauner Wasserfall auf das Gebiet von Karwir, strömte nach Südosten. Ein breites Band aus grauem Staub verdunkelte die Sonne, entzog die Kaninchen den Blicken. Von Westen und von Norden näherten sich endlose Kolonnen, vereinigten sich am Eckpfosten und ergossen sich über den Zaun. Viele Häsinnen waren darunter, alles große, kräftige Tiere.

Kurz nach zehn hörte Bony Motorgeräusch, und er nahm an, der Sergeant käme zu Besuch. Das Auto näherte sich auf dem Buschpfad, kam also von der Straße, die nach Opal Town führte. Zu seiner Überraschung sah Bony einen gelben Lastwagen, der auf ihn zufuhr. John Gordon saß am Steuer, zwei Eingeborene hockten auf Drahtrollen.

Die Hunde kläfften laut zur Begrüßung, als Gordon ausstieg, während die Eingeborenen die Drahtrollen abluden. Bony kletterte vom Pferd, ging dem Viehzüchter entgegen. Gordon trug Khakihose, Baumwollhemd und einen breitrandigen Filzhut. Auf seinem Gesicht stand ein Lächeln, doch die Augen blickten ernst.

»Guten Tag, Inspektor!« rief er. »Ich hoffe, daß es Ihnen nach der Behandlung durch Malluc besser geht. Er ist überzeugt, daß seine gräßliche Medizin geholfen hat.«

»Guten Morgen, Mr. Gordon«, erwiderte Bony lächelnd. »Ja, Doktor Malluc ist ein tüchtiger Arzt und auch ein guter Chirurg. Er hat sechs kleine, spitze Knochen und zwei Adlerkrallen aus meinem Innern herausgeholt.«

»Natürlich, er mußte ja erst seine große Schau abziehen«, beklagte sich der junge Mann. »Aber ich bin froh, daß es Ihnen besser geht. Doch schauen Sie sich diesen Schlamassel an. Die Karnickel sind schneller vorangekommen, als ich geglaubt hatte. Gestern abend wurde es klar, daß der Hauptansturm hier auf diese Ecke erfolgen würde. Deshalb habe ich Draht mitgebracht, um den Zaun zu erhöhen. Wir müssen noch Pfosten zurechtschneiden. Sie entschuldigen mich bitte, ich muß an die Arbeit gehen.«

»Selbstverständlich. Wenn Sie Ihre Verpflegung da drüben im Schatten des Tigerholzbaums abstellen, könnte ich als Koch fungieren. Sie werden viel Tee brauchen, und ich kann keine schwere Arbeit verrichten.«

»Wunderbar, wird gemacht. Es wird ein heißer Tag, und da brauchen wir viel zu trinken. Malluc meint, Sie müßten noch einmal Medizin bekommen. Er kann ja das Feuer in Gang halten und Ihnen das Gebräu zubereiten, während ich mit Jimmy Partner Pfosten besorge.«

»Ich bin ein gutmütiger Patient«, meinte Bony lachend, »und Mallucs Medizin schmeckt gar nicht so schlecht.«

»Gut!«

Gordon eilte zu dem Lastwagen, der inzwischen abgeladen worden war. Die beiden Eingeborenen sprangen auf die Trittbretter, dann fuhr er zu dem großen Baum, der eine Viertelmeile entfernt aus der Niederung aufragte.

Bony band sein Pferd an einen anderen Baum, dann trat er zu Malluc, der bereits ein Feuer angezündet und mehrere Kochgeschirre voll Wasser aufgesetzt hatte.

»Du wieder gut, Boss?« fragte er fröhlich.

»Mir geht's viel besser, Malluc. Du bist ein prima Medizinmann. Sind das dort die Kräuter?«

»Kräuter?« wiederholte Malluc verständnislos.

»Ja, die Medizin.«

Malluc lachte, dann zeigte er auf den wimmelnden Kaninchenberg in der Zaunecke. »Bald sehr stinken, wie?«

Anscheinend hielt er dies für einen prächtigen Witz, denn er lachte schallend. Er lachte auch noch, als er den Heiltrank aufgebrüht hatte und die Temperatur mit seinem staubigen Finger prüfte.

»So, du nun trinken«, sagte er schließlich.

Gehorsam schlürfte Bony den Trunk, und wieder empfand er die angenehme Wärme, die seinen Körper durchströmte.

Als der Lastwagen mit den Pfählen zurückkehrte, war ein großer Kessel mit Tee fertig. Malluc und Bony brachten den Tee und einen Laib Brot hinüber.

»Macht ganz rasch«, befahl Gordon den beiden Eingeborenen. »Wir müssen uns an die Arbeit machen und das Leck stopfen. Das wäre eine Aufnahme für die Wochenschau! In Brisbane und Sydney gibt's so was nicht, wie, Mr. Bonaparte?«

»Nein, nicht mal im Zoo«, pflichtete Bony bei. »Ich sehe einen solchen Karnickelzug zum ersten Mal. Aber ich werde diesen Anblick nie vergessen. Haben Sie das schon mal erlebt?«

»Nein. Aber meine Eltern vor vielen Jahren. Damals waren die Karnickel allerdings nicht ganz so zahlreich. Außerdem war der Zaun noch nicht errichtet. Als er dann gebaut wurde, prophezeite mein Vater gleich, daß es an dieser Ecke hier zur Katastrophe kommen muß. So, Leute, und nun auf! Jimmy Partner, du nimmst den Wagen und holst noch einmal Pfosten. Malluc, du hilfst mir, Löcher in die Pfähle zu bohren.«

Bony fühlte sich noch zu schwach, um bei dieser Arbeit helfen zu können. Gordon und Malluc verstärkten zunächst von der Ecke aus hundert Meter weit in beiden Richtungen die Pfosten mit sechs Meter hohen Pfählen. Dann bohrten sie Löcher, um den Stützdraht einzuziehen. Als Jimmy Partner zurückkehrte, mußte er eine Kiste auf die Ladefläche des Lastwagens stellen, um von dort aus die Löcher am oberen Ende der Pfähle zu bohren.

Schließlich war es soweit, der Maschendraht wurde aufgezogen, und die Flut, die sich auf das Gebiet von Karwir ergoß, konnte gestoppt werden.

Kurz nach zwölf hatten die Männer ihre Arbeit beendet, und Bony, der inzwischen Tee aufgebrüht hatte, verkündete mit lauter Stimme, daß der Lunch fertig sei. Gordon kam sofort mit den beiden Eingeborenen im Lastwagen herüber. Jimmy Partner besorgte eine Waschschüssel, Seife und ein Stück Sackleinen, und die Männer wuschen sich die Hände. Bony hatte eine Wachstuchdecke auf den Boden gelegt, die Becher, Zuckerdose, Fleisch, Brot und Tomatensoße daraufgestellt. Daneben lag etwas, das mit einem Sack zugedeckt war.

»Nun, großen Hunger, Jimmy Partner?« Bonys Stimme klang honigsüß.

»Und ob, Mr. Bonaparte. Ich könnte ein ganzes Schaf verdrükken.«

Ein freundliches Lächeln stand auf dem runden Gesicht, und niemand wäre auf den Gedanken gekommen, daß von diesem Mann der Auftrag ausgegangen war, das Deutebein auf den Inspektor zu richten.

»Hier ist das Schaf«, meinte Bony einladend, bückte sich, zog das Sackleinen zur Seite, und drei tote Kaninchen kamen zum Vorschein. Sogar Gordon mußte lachen.

»Nun du essen«, drängte Malluc und preßte sich beide Hände auf den leeren Magen.

»Klar – aber erst nächstes Jahr«, konterte der athletische Schwarze.

»O nein!« widersprach Bony. »Sie essen sie jetzt auf der Stelle, mit Pelz und Knochen. Erinnern Sie sich einmal: ich kam bei Ihnen vorbei, als Sie den Zaun reparierten, und da versprachen Sie es.«

Das Lächeln schwand aus Jimmy Partners Gesicht.

»Ich habe gesagt –«, begann er, dann brach er plötzlich ab. »Ich wollte die drei Kaninchen nur essen, wenn Sie Anderson im Umkreis von zehn Meilen finden.«

»Nun, dann halten Sie Ihr Versprechen auch. Ich habe Anderson gefunden, und er liegt noch nicht einmal eine Meile entfernt.«

Bony trat zurück. Jimmy Partner stand seltsam steif, und eine steile Furche erschien auf seiner ebenholzfarbenen Stirn. Gordon wollte sich gerade Tee einschenken, doch nun erstarrte auch er mitten in der Bewegung. Malluc hatte einen verblüfften Gesichtsausdruck. Plötzlich zog Jimmy Partner die Arme an und schob sich in Boxerstellung auf Bony zu, doch Bony hatte schon die Pistole in der Hand.

»Setz dich!« Der Befehl kam wie ein Peitschenknall, und langsam setzte sich der schwarze Hüne auf den Boden. »Du hast Glück, Jimmy Partner, daß ich nicht rachsüchtig bin. Ich habe Jeffery Anderson unter einer Lehmfläche gefunden, aber du wirst wohl nicht verlangen, daß ich dir die Stelle auch noch zeige. Ich will dir auch ersparen, die drei Kaninchen zu essen, denn es wartet noch viel Arbeit auf dich. Aber hüte dich, mir gegenüber noch einmal ein vorschnelles Versprechen abzugeben. – Und nun, Mr. Gordon, wollen wir essen. Lassen Sie sich bitte nicht den Appetit verderben. Ich kann Sie beruhigen: nachdem ich alle wichtigen Tatsachen kenne, die mit dem Verschwinden von Jeffery Anderson zusammenhängen, werde ich offiziell nichts gegen Sie oder Jimmy Partner unternehmen.«

Gordons Gesicht überzog sich mit einer tiefen Röte. »Das ist sehr anständig von Ihnen, Mr. Bonaparte. Ich möchte Ihnen aber noch erklären, warum ich damals so gehandelt habe.«

»Das hat noch etwas Zeit, Mr. Gordon«, erwiderte Bony lächelnd. »Am Zaun gibt es immer noch Arbeit. Später setzen wir uns dann zusammen. Da ich meine Ermittlungen abgeschlossen habe, muß ich Karwir noch heute verlassen. Und ich werde belohnen, was die Gordons für die Kalchut getan haben. – Hallo, da kommt das Flugzeug aus Karwir!«

Gordon lauschte. »Nein, das muß ein Auto sein.«

»Es ist ein Flugzeug«, widersprach Jimmy Partner.

24

Nachdem der alte Lacy den Brief an den Polizeipräsidenten von Brisbane geschrieben hatte – wobei er es als Tatsache hinstellte, daß die Schwarzen das Deutebein auf den Inspektor gerichtet hatten –, glaubte er, seine Pflicht getan zu haben. Seiner Tochter machte er den Vorschlag, den Nachmittag an der frischen Luft zu verbringen, und sie bat ihren Bruder, sie mit dem Flugzeug zu Bony und anschließend nach Meena hinüber zu bringen.

Um ein Uhr waren die beiden in der Luft. Zu Füßen des Mädchens stand eine Kiste mit Leckerbissen, die der alte Lacy mitgegeben hatte. Die Luft war in zwölfhundert Meter Höhe kühl und erquickend. Dianas Gesicht überzog sich mit einer gesunden Röte.

Der Weidezaun tauchte auf, die Straße nach Opal Town. Die Erde flimmerte in der Hitze, der Horizont hob sich scharf gegen einen kobaltblauen Himmel ab, und im Nordwesten ragten die dunkelblauen Meenaberge wie Felsen aus einer schwarzen See.

Diana genoß diese Flüge, das Gefühl der Schwerelosigkeit, und sie hatte unbedingtes Vertrauen in die fliegerischen Fähigkeiten ihres Bruders.

Der junge Lacy drehte sich kurz zu ihr um, zeigte nach vorn, doch sie konnte nicht erkennen, worauf er sie aufmerksam machen wollte. In Richtung auf die Kiefernhütte, die im Wald versteckt lag, bewegte sich eine Windhose, und über dem Grenzzaun kreisten mehrere Adler.

Doch dann sah sie, worauf ihr Bruder sie hatte aufmerksam

machen wollen: über dem weißen Gattertor und bei dem in Richtung zum Grünen Sumpf verlaufenden Grenzzaun stand eine gewaltige rote Staubwolke. Sie schien völlig still zu stehen und konnte unmöglich von Schafen oder Rindern aufgewirbelt worden sein. Dann bemerkte sie, daß sich dieser Staubschleier bis weit hinter den Grenzzaun hinzog und eine erstaunlich große Anzahl von Adlern in der Luft war.

Das Gattertor huschte unter ihnen vorüber, der Staubschleier wurde dichter, die Straße und die Bäume hinter dem Tor waren nur undeutlich zu erkennen. Und in diesem Staub schien sich ein schmutziger Strom vorwärts zu wälzen.

Die Maschine ging nach unten, das Gattertor wurde rasch größer. Dann war der Zaun an der linken Seite, und nur hundertfünfzig Meter unter dem Flugzeug huschten die Baumwipfel vorüber. Die Maschine geriet mehrmals in Luftlöcher, sackte durch – doch Diana bemerkte es nicht.

Sie sah jetzt, woraus dieser schmutzige Strom bestand: Tausende und Abertausende von Kaninchen! Hinter dem Zaun wimmelte es von Kaninchen, und alle rannten in dieselbe Richtung. Die Kaninchen hatten den Meenasee verlassen!

Der Motor heulte auf, die Maschine folgte der Straße nach Opal Town. Diana war so fasziniert von dem Anblick der wandernden Kaninchen, daß ihr entging, wie das Flugzeug nur um Haaresbreite den Adlern ausweichen konnte. Viele hundert Adler waren in der Luft, schienen in eine gewaltige Schlacht verwickelt.

Der junge Lacy folgte nun einer der breiten Mulden. Diana wäre am liebsten aufgestanden, hätte sich weit hinausgebeugt, um besser sehen zu können. Da vorn lag die Ecke des Grenzzaunes, eine dichte graue Staubwolke hing darüber. Und in diesen Winkel ergoß sich der Strom aus Kaninchen.

Diana sah den Lastwagen neben dem Lagerfeuer, Männer winkten heraus. Sie hatte nur Augen für John Gordon, und im nächsten Moment drehte sich die Welt um sie, die Maschine setzte zur Landung an, rollte auf den Lastwagen zu. Dicht bei einem umgestürzten Buchsbaum hielt der junge Lacy an. Hier konnte er das Flugzeug verankern, damit nicht eine plötzlich auftretende Windhose Schaden anrichten konnte.

Das Knattern des Motors hörte auf, und durch die tiefe Stille vernahm Diana John Gordons Stimme.

»Guten Tag!« Der junge Mann trat neben die Maschine. »Wollt ihr euch die Kaninchen ansehen?«

»Einfach schrecklich, John!« rief Diana. »Sieh doch nur, dort in der Ecke. Die Karnickel liegen meterhoch aufgeschichtet!«

»Ein paar Vögel sind auch da«, bemerkte der junge Lacy.

»Die Hauptmasse kommt erst noch«, erklärte Gordon. »Ich habe Jimmy Partner und Malluc mitgebracht. Als wir eintrafen, ergossen sich die Karnickel wie ein Wasserfall auf das Gebiet von Karwir. Wir haben den Zaun aufgestockt, aber es sieht ganz so aus, als würde auch das noch nicht genügen.«

Diana war so gebannt von dem Schauspiel, daß sie nicht bemerkte, wie bestürzt John Gordon wirkte. Der junge Lacy hatte das Seil in der Hand, mit dem er die Maschine vertäuen wollte, und starrte wortlos auf die Kaninchen, die – wie von Sinnen – versuchten, das Hindernis aus Maschendraht zu überwinden.

Wie eine Schlafwandlerin ging Diana hinüber zum Zaun, ihr Blick hing fasziniert an dieser einmaligen Szene. Sie hörte, wie sich ihr Bruder mit Bony unterhielt, aber sie fand nicht die Energie, sich von der Stelle zu rühren und den Inspektor zu begrüßen.

Zu ihren Füßen schob sich ein endloser Zug vorüber. Die Tiere hasteten, schubsten, bissen sich. Sie flohen vor dem sicheren Tod – und konnten ihm doch nicht entgehen. In der Ecke des Zauns war die Flucht zu Ende. Dort lagen sie, zerquetscht und erstickt, eine drei Meter hohe Masse Pelz. Doch die oberste Schicht dieses Pelzberges lebte, suchte verzweifelt, den Zaun zu überwinden. Und am Himmel brannte erbarmungslos die Sonne. Immer wieder sprang eins der Tiere in die Luft, stieß einen Schrei aus und sank, vom Hitzschlag getroffen, in die Pelzmasse. Der Tod hielt reiche Ernte, und Diana verspürte den leidenschaftlichen Wunsch, den Zaun niederzureißen und der armen Kreatur das Leben zu schenken.

»Wir müssen den Maschendraht noch weiter erhöhen, John« vernahm Diana die Stimme ihres Bruders. »Bemerkst du ein Nachlassen des Ansturms?«

»Nein«, erwiderte Gordon.

»Nach den Staubwolken, die wir vom Flugzeug aus gesehen haben, scheinen die letzten den Meenasee noch gar nicht verlassen zu haben«, fuhr der junge Lacy fort. »Aber wir müssen den Zaun nicht nur erhöhen, wir müssen auch die beiden Flanken verbreitern. Habt ihr genügend Maschendraht dabei?«

»Ich glaube nicht. Wir machen uns jetzt besser an die Arbeit. Wenn nur die Hälfte der Karnickel hier in diese Ecke rennt –«

Diana hörte, wie sich die Männer entfernten. Nur einer blieb dicht bei ihr stehen, aber sie war viel zu hypnotisiert, sich umdrehen zu können. Das Schwirren mächtiger Schwingen, die aufgeregt heiseren Schreie der Krähen wurden immer lauter. Die Vögel zeigten keinerlei Furcht. Mächtige Adler strichen mit ausgestreckten Fängen dicht über dem Erdboden dahin, andere saßen am Boden und hielten blutiges Mahl. Auf dem Zaun hockte Vogel dicht neben Vogel, und die Krähen balgten sich krächzend um die Reste, die ihnen die Adler übrigließen.

Und immer noch trafen aus Nordwesten neue Geschwader ein, kurvten tiefer und tiefer, um sich schließlich an dem Gemetzel zu beteiligen. So laut war der allgemeine Tumult, daß Bony und das Mädchen das Motorgeräusch des Lastwagens, der von Pfosten zu Pfosten fuhr, nicht hörten. Bony sagte etwas, doch seine Worte drangen nicht an Dianas Ohr.

»Kein Mensch würde glauben, daß Australien ein solches Schauspiel bieten kann«, wiederholte er noch einmal mit lauter Stimme.

»Nein, wer das nicht selbst gesehen hat, kann es nicht glauben.« Jetzt erst gelang es Diana, sich von dem faszinierenden Bild loszureißen, und sie blickte Bony an. »Hallo, Inspektor! Geht es Ihnen besser?«

»Ja, ein wenig, Miss Lacy. Ich erwarte Sergeant Blake. Ich werde ihn bitten, mich nach Karwir zu bringen, um meine Sachen zu packen und Ihrem Vater für seine Gastfreundschaft zu danken.«

Dianas Gesicht blieb ausdruckslos. »Sie wollen abreisen? Das ist bestimmt sehr vernünftig. Dann werden Sie sich auch in ärztliche Behandlung begeben können.«

»Ach, Doktor Malluc hat mich schon behandelt«, erwiderte Bony. »Seine Medizin hat Wunder gewirkt. Nein, ich reise ab, weil meine Mission erfüllt ist. Ich habe meine Ermittlungen abgeschlossen.«

Das Mädchen starrte ihn an, und ihre violetten Augen verrieten Furcht.

»Tatsächlich«, murmelte sie, und es kam so leise, daß es in dem ringsum herrschenden Tumult unterging.

Dann sah sie über Bonys Schulter hinweg das Flugzeug. Es war eine zweimotorige Maschine, die die Niederung am südlichen Eckpfosten ansteuerte. Der Tumult, den die Vögel verursachten, war so groß, daß das Motorgeräusch übertönt wurde. Erst als das Mädchen die Hand ausstreckte, drehte sich Bony um. Das Flugzeug setzte gerade zur Landung an.

Zwei Männer kletterten heraus, und über Bonys Gesicht glitt ein Lächeln, als er Sergeant Blake und Chefinspektor Browne erkannte. Kurz darauf stieg noch ein dritter Mann aus, und Bony kannte auch ihn. Es war Captain Loveacre, der ihn einmal am Diamantina River unterstützt hatte.

Die Ankömmlinge gingen auf die Männer zu, die am Zaun arbeiteten. Diana blickte zu Bony, und sie sah ein seltsames Leuchten in seinen Augen.

Colonel Spendor hatte ihn also nicht im Stich gelassen! Chefinspektor Browne war persönlich nach Karwir gekommen, um zu sehen, warum Bony sich nicht fristgemäß zurückgemeldet hatte. Sie schienen ihn sehr dringend zu benötigen, wenn der Chefinspektor sogar Loveacres Flugzeug benützte.

Der junge Lacy schüttelte Captain Loveacre und Chefinspektor Browne die Hände, deutete auf Diana und Bony, da kamen die drei Männer auch schon herüber, Captain Loveacre einen Schritt voraus. Er hatte einen Panamahut auf, den er vor Diana zog, aber sein Blick galt nur Bony.

»Guten Tag, mein Freund!« rief er schon von weitem, dann erst packte er die entgegengestreckte Hand. »Jedesmal, wenn wir uns begegnen, ziehen Sie ein gewaltiges Naturschauspiel auf. Beim letzten Mal war es eine riesige Wasserflut, und diesmal ist es eine Kaninchenflut! Und diese Vögel! Ich mußte einen weiten Umweg machen, um zu vermeiden, daß womöglich ein Propeller zersplittert. – Sie sehen reichlich spitz aus.«

Bony lächelte, und der Flieger erschrak. »Ich war ein wenig indisponiert, Captain. – Miss Lacy, darf ich Ihnen Captain Loveacre vorstellen?«

»Ich freue mich, Erics Schwester kennenzulernen. Bietet Karwir oft solch ein Schauspiel, Miss Lacy?«

»Das haben wir nur inszeniert, um Mr. Bonaparte auf andere Gedanken zu bringen«, erwiderte sie lachend.

»Miss Lacy, darf ich Ihnen Chefinspektor Browne, meinen Schwager, vorstellen«, sagte Sergeant Blake. »Er macht Urlaub und wollte einmal hier vorbeischauen.«

Das Feuer in Bonys Augen erlosch. Er war für seine Dienststelle also doch nicht so unentbehrlich. Browne machte Urlaub – nichts sonst.

Browne verbeugte sich knapp, nickte Bony ein wenig zu gleichgültig zu, dann wandten sich alle dem Drama zu, das sich hinter dem Zaun abspielte. Über Bonys Gesicht glitt wieder ein Lächeln, denn ihm war eingefallen, daß Brownes Gehalt nie zu einer solchen privaten Flugtour langen würde. Außerdem war er ein sehr vorsichtiger Mann und mit einer sehr ängstlichen Frau verheiratet. Ohne ein Wort drehte sich Bony um, ging hinüber zum Lagerfeuer.

Seine Knie zitterten immer noch ein wenig, als er die Kochgeschirre mit Wasser füllte und auf das Feuer stellte.

Er saß auf Gordons Verpflegungskiste und wartete darauf, daß das Wasser kochte, als sich Browne ebenfalls aus der Gruppe am Zaun löste und zum Lagerfeuer kam.

»Na, Bony, wie geht's denn? Ich habe gehört, Sie waren sehr krank?«

»Ja, aber ich bin über den Berg. Jetzt geht es mir wieder besser. Warum sind Sie gekommen?«

»Das ist eine direkte Frage, und ich will ebenso direkt antworten: der Chef hat mich geschickt.«

Der Chefinspektor, der einen Anzug aus Tussahseide trug, setzte sich auf die Erde und lehnte sich an einen Baum. Dann stopfte er seine Tabakpfeife. Bony mußte unwillkürlich lächeln, denn an dem Baumstamm liefen scharenweise Ameisen auf und ab.

»Warum hat Colonel Spendor Sie geschickt?«

»Er ist wohl der Meinung, daß Sie lebend der Polizei bessere Dienste leisten können, als wenn Sie hier in Karwir unter der Erde liegen. Wir erfuhren, daß Sie sehr krank waren, daß die hiesigen Eingeborenen das Deutebein auf Sie gerichtet hatten. Und da hat mir der Chef den Auftrag erteilt, Sie zurückzuholen. Kommen Sie freiwillig mit?«

Die Frage war absurd. Browne wog immerhin hundert Kilo, Bony im Augenblick nur die Hälfte, und er war so schwach, daß er nicht einmal einem Zwölfjährigen Widerstand hätte leisten können.

»Und von wem haben Sie diese Information?«

»Als Polizeibeamter müßten Sie wissen, daß wir den Namen eines Informanten niemals preisgeben«, entgegnete Browne. »Als der Chef von der Geschichte hörte, zeigte es sich wieder mal, daß er eine Schwäche für Sie hat. Falls sich die Rechnungsstelle weigern sollte, die Kosten für den Flug zu übernehmen, will der Chef sie aus der eigenen Tasche bezahlen.« Browne wußte genau, wie er Bony nehmen mußte. »Wenn Colonel Spendor in Pension geht, dann wird das ein schwarzer Tag sein, Bony, und wir beide werden einen guten Freund verlieren.«

»Da pflichte ich Ihnen bei«, murmelte Bony.

»Gut! Und nun packen Sie zusammen, damit wir abfliegen können. Loveacre möchte über Nacht in Opal Town bleiben. Niemand wird Ihnen einen Vorwurf machen, weil Sie diese Vermißtenangelegenheit nicht aufgeklärt haben. Dann werden wir uns einmal mit dem Chef zusammensetzen, und ich bin überzeugt, daß er die Entlassung rückgängig macht.«

»Glauben Sie das tatsächlich?« Bonys Augen leuchteten.

»Aber gewiß. Er weiß, daß es keinen besseren Spürhund gibt als Sie, auch wenn Sie nicht den geringsten Respekt zeigen.«

Bony seufzte. »Na schön, dann werde ich meine Ermittlungen einstellen. Ich bin sehr krank, und da fällt es mir schwer, hier noch länger Nachforschungen anzustellen. Ich muß aber dem alten Lacy noch ein paar Zeilen schreiben und mich bei ihm für seine Unterstützung bedanken. Haben Sie Schreibmaterial dabei?«

»Ja, im Flugzeug.«

»Ich habe auch noch Miss Lacy und Mr. Gordon ein paar Worte zu sagen. Wir warten dann am besten hier, während Mr. Gordon oder der junge Lacy vom Herrenhaus in Karwir meine Sachen holt. Es wird nicht lange dauern, es sind ja nur zwölf Meilen. Ich bin froh, wieder abreisen zu können.«

»Glauben Sie tatsächlich, daß die Schwarzen das Deutebein auf Sie gerichtet hatten?« fragte Browne und kniff die Augen zusammen.

»Ja. Aber wir werden deshalb nichts unternehmen. Der Medizinmann hat sich alle Mühe gegeben, den Schaden wieder einigermaßen gutzumachen. Ich fühle mich auch schon bedeutend besser. Nun holen Sie mir, bitte, das Schreibzeug, inzwischen brühe ich Tee auf.«

Bony blickte dem Chefinspektor nach, dessen massige Gestalt zum Flugzeug schritt. Er grinste, denn der breite Rücken wimmelte von Ameisen. Eine Minute später hämmerte Bony auf eine leere Blechdose. Diana, Captain Loveacre und die Männer, die am Zaun arbeiteten, folgten dieser Einladung sofort. Als sie im Schatten Platz nahmen, um den Nachmittagstee zu trinken, schrieb Bony einen Brief an den alten Lacy.

Lieber Mr. Lacy,
mein Chef hat ein Flugzeug geschickt, das mich nach Brisbane zurückholen soll. Ich hätte Ihnen gern noch persönlich für Ihre freundliche Unterstützung gedankt. Glücklicherweise geht es mir bereits viel besser. Der Medizinmann der Kalchut hat mich gestern und heute besucht, und seine Arznei hat mir wunderbar geholfen.

Ihre Tochter wird Sie über die Einzelheiten meiner Ermittlungen unterrichten. Damit dürfte das Schicksal von Jeffery Anderson geklärt sein. Gewiß werden Sie Verständnis haben, wenn ich kei-

nerlei Maßnahmen ergreife. Es dürfte für alle Beteiligten das beste sein, wenn die Umstände, die zu Andersons Verschwinden führten, möglichst rasch in Vergessenheit geraten.
Zum Schluß habe ich die Ehre, Ihnen die Verlobung Ihrer Tochter Diana mit John Gordon bekanntzugeben.
Ich bin überzeugt, daß Sie sehr glücklich darüber sind, denn Gordon ist ein sympathischer junger Mann, und die beiden lieben sich. Ich hoffe, recht bald von Ihnen die Heiratsanzeige zu erhalten. Vergessen Sie bitte nicht, ein Stück Hochzeitskuchen beizufügen – ich besitze bereits eine umfangreiche Sammlung.
Leben Sie wohl und seien Sie vielmals gegrüßt von Ihrem

Napoleon Bonaparte, Kriminalinspektor.

PS: Wie ich herausgefunden habe, ist Jeffery Anderson der Sohn von Ihnen und Kate O'Malley. Ich wunderte mich, warum Sie ihn trotz allem auf Karwir behielten. Die Vorliebe seiner Mutter für die irische Nationalfarbe zeigte sich bei ihm in der Wahl des grünen Garns, das er für die Schnalzer an seinen Peitschen verwendete. Ein trauriges Kapitel, aber man sollte nicht mehr daran rühren. – Bitte erinnern Sie Miss Lacy daran, mir ein Stück Hochzeitskuchen zu senden. Ich hoffe zuversichtlich, daß Sie bis dahin völlig wiederhergestellt sind.

Bony faltete den Brief zusammen, schob ihn in einen Umschlag, den er zu den Umschlägen mit den Beweismitteln in sein Notizbuch legte. Die Männer hatten sich inzwischen Pfeifen gestopft, während das Mädchen eine Zigarette rauchte. Bony erhob sich.

»Ich möchte Mr. Lacy bitten, nach Karwir zu fliegen und meine Sachen zu holen«, sagte er. »Chefinspektor Browne wünscht, daß ich mit ihm nach Brisbane zurückkehre. Während Mr. Lacy meine Sachen holt, hätte ich gern mit Ihnen, Miss Lacy, und mit Ihnen, Mr. Gordon, ein paar Worte gesprochen – ganz privat.« Er wandte sich an den jungen Lacy. »Bitte grüßen Sie Ihren Vater. Ich werde mich noch schriftlich bei ihm bedanken.«

»In Ordnung! Ich mache mich gleich auf den Weg. Aber ich komme mit dem Lastwagen zurück. Wir benötigen mehr Maschendraht und auch noch einige Leute«, erwiderte der junge Lacy fröhlich.

»Wir bringen Sie noch zum Flugzeug«, schlug Bony vor.

Loveacre, Browne und Blake blieben am Lagerfeuer sitzen. Als die Maschine über dem Busch verschwunden war, sahen die drei Männer, wie Bony, der zwischen den beiden jungen Leuten stand,

Diana und Gordon am Arm faßte und langsam zu einem mächtigen Tigerholzbaum führte.

»Sieht aus, als wollte er einen Spaziergang machen«, meinte der Chefinspektor.

»Vielleicht stützt er sich nur auf«, bemerkte Blake. »Er ist schwächer, als er aussieht. Sie haben keine Ahnung, was er durchgemacht hat.«

»Für meine Begriffe sieht er sehr schlecht aus«, versicherte Loveacre. »Diese Geschichte mit dem Deutebein scheint sehr übel gewesen zu sein. Was macht er da eigentlich? Will er ein Feuer anzünden? Es ist doch weiß Gott heiß genug!«

Eine Rauchspirale stieg auf, und die drei Männer konnten beobachten, wie Bony das Mädchen und Gordon aufforderte, sich zu setzen.

»Ich möchte zu gern wissen, was er vorhat«, brummte Browne. »Er war verdächtig rasch einverstanden, mit zurück zu fliegen. Wissen Sie etwas, Sergeant?«

»Nein, Sir«, erwiderte Blake mit Unschuldsmiene.

Captain Loveacre erhob sich. »Ich gehe hinüber zum Zaun. Da ist es interessanter als hier.«

Der Sergeant schloß sich ihm an. Chefinspektor Browne blickte noch einmal stirnrunzelnd zu Bony, dann folgte er brummend den beiden zum Zaun.

Die zwei Hunde sahen seiner massigen Gestalt nach, dann trotteten sie zu Bony und legten sich hinter ihm nieder.

25

Genau wie Captain Loveacre verstanden auch Diana und John Gordon nicht, warum Bony ein Feuer anzündete, wo sich doch jeder nach einer kühlen Brise sehnte. Bony drehte sich einige Zigaretten, und jetzt erst sahen seine beiden Begleiter die verheerende Wirkung des Deutebeins mit aller Klarheit: Bonys Gesicht bestand nur noch aus Haut und Knochen, die Augen lagen tief in ihren Höhlen und glühten fiebrig. Weder Gordon noch Diana hatten bisher ein Wort gesprochen. Ihre Erregung war so groß, daß sie das Geschehen völlig vergessen hatten.

»Sie brauchen keine Angst vor mir zu haben«, begann Bony leise. »Nur böse Menschen haben mich zu fürchten. Hätten Sie mich von Anfang an richtig eingeschätzt, wäre Ihnen viel Kummer und mir eine schreckliche Erfahrung erspart geblieben. Und nun hören Sie bitte gut zu. Bitte unterbrechen Sie mich nicht, denn wir haben nicht viel Zeit. –

Am achtzehnten April ritten John Gordon und Jimmy Partner auf die Ostseite von Meena, gleichzeitig ritt Jeffery Anderson den Grenzzaun der Grün-Sumpf-Weide ab. Gegen zwei Uhr begann es zu regnen, und die drei Männer sahen, daß es nicht nur einen kurzen Schauer geben würde. Außerdem war diesen drei Männern – und übrigens auch dem jungen Lacy – bekannt, daß sich John Gordon und Diana Lacy liebten und heimlich am Grenzzaun trafen.

Als es zu regnen begann, kam Anderson zu dem Schluß, er brauchte den Grünen Sumpf nicht zu besuchen. So ritt er weiter am Grenzzaun entlang. Gordon seinerseits entschloß sich, die Schafe aus den Channels zu treiben, weil sich diese Niederungen bei Regen in einen Morast verwandeln. Jimmy Partner brachte eine Herde aus der Gefahrenzone, während Gordon nach weiteren Schafen suchte. Dabei traf er Anderson, der auf der anderen Seite des Zauns entlangritt. Wir wissen, daß Anderson Miss Lacy heiraten wollte – er betrachtete John Gordon also als seinen erfolgreichen Rivalen. Außerdem dürfte er John gehaßt haben, weil die Gordons die Eingeborenen beschützten, während er selbst die Schwarzen als Menschen zweiter Klasse behandelte.

Vom Regen durchnäßt, war er bereits übel gelaunt, und nun stieß er auch noch auf seinen Rivalen. Er stieß Verwünschungen aus, drohte vermutlich, den alten Lacy von der Liebschaft zu unterrichten. Und um Gordon zu provozieren, beschimpfte er Miss Lacy. Wie ich John Gordon kenne, blieb er keine Antwort schuldig.

Nun stieg Anderson vom Pferd, band es mit den Zügeln an einen Pfosten und sprang über den Zaun. Gordon stieg ebenfalls ab. Anderson war bedeutend größer und kräftiger als sein Rivale, er schlug Gordon nieder. Und bevor Gordon wieder zu sich kam, band er ihn mit der Halsleine des Pferdes an den Baum.

Gordon wachte aus seiner Benommenheit auf und sah sich einem Sadisten gegenüber. Es war ihm sofort klar, daß er sich selbst an der Leine erdrosseln mußte, falls er erneut das Bewußtsein verlöre.

Um diese Zeit kehrte Jimmy Partner zurück, doch der wütende Anderson bemerkte ihn nicht. Zunächst führte Anderson einen Probeschlag aus und traf den Baumstamm oberhalb Gordons Kopf. Dabei verfing sich ein Stück grünes Garn in der rauhen Rinde. Um dem Schlag auszuweichen, ruckte Gordon mit dem Kopf, wobei ein Haar am Baumstamm haften blieb.

Ob Anderson noch Gelegenheit hatte, einen zweiten Schlag zu führen, weiß ich nicht. Denn jetzt sprang Jimmy Partner zu. Wir wissen, daß er ungeheure Kräfte besitzt. Gordon rief ihm noch zu, Anderson ja nicht zu töten. Doch wenn ein Eingeborener einmal in Wut gerät – und Jimmy Partner dachte gewiß an Inky Boy und die Lubra, und er war soeben Zeuge, was mit seinem besten Freund geschehen sollte –, ist er von Sinnen. So drückte er etwas zu fest zu, und Anderson war tot. Dann lief er zum Baum, band Gordon los. Während des Kampfes mit Anderson verletzte er sich an der Hand, so daß etwas Blut an die Halsleine geriet.«

»Stimmt«, warf Gordon ein. »Bis jetzt ist Ihre Schilderung bemerkenswert exakt.«

»Gut!« Bony nickte zufrieden. »Doch lassen Sie mich fortfahren. Gordon ist sehr intelligent. Er war sich sofort klar, daß Jimmy vor Gericht kommen würde, und er selbst wahrscheinlich ebenfalls. Miss Lacy würde hineingezogen werden, die Geschichten mit Inky Boy und der Lubra ans Tageslicht kommen. Kurzum, die Folgen waren unübersehbar. Jetzt, im Tode, würde Anderson seinen Mitmenschen noch mehr schaden als zu seinen Lebzeiten. Denn – es gab keine Zeugen für die Tat.

Gordon wußte, daß in der Hütte am Grünen Sumpf Schaufeln und eine Brechstange aufbewahrt wurden. Und in dieser Hütte wohnte niemand! Er schickte also Jimmy Partner mit dem Schwarzen Kaiser los, und während der Eingeborene weg war, suchte Gordon eine geeignete Stelle aus, an der die Leiche begraben werden konnte. Zu seiner Wahl muß ich ihm mein Kompliment sagen. Er entschloß sich nämlich, den Toten am Rande der Dünen unter einer Lehmfläche zu begraben.

Für Jimmy Partner war es ein leichtes, die betonharte Fläche aufzuhacken. Die Bruchstücke wurden beiseite gelegt, eine Grube ausgehoben. Neben der Leiche wurden auch Stockpeitsche und Halsleine ins Grab gelegt. Die Erde wurde darübergeschaufelt, die Lehmbrocken eingesetzt, die Ritzen mit frischem Lehm verschmiert. Die übriggebliebene Erde wurde vom Regen weggespült. Anderson lag nun unter einer betonharten Lehmfläche, auf der nicht einmal ein schwerer Lastwagen eine Spur hinterlassen würde. Niemand außer mir hätte wohl jemals die winzigen Risse entdeckt, die durch das Aufhacken der Lehmfläche entstanden waren. Ist meine Darstellung korrekt?«

Gordon nickte stumm, und Diana starrte ins Feuer.

»Der Schwarze Kaiser wurde freigelassen, wobei man die Zügel über den Boden schleifen ließ. Wie wir wissen, wurde das Pferd dann am anderen Morgen am Gartentor beim Herrenhaus gefunden. John Gordon wies auf dem Heimweg Jimmy Partner an, Nero von dem Vorgefallenen zu unterrichten. Der Stamm brach am nächsten Morgen auf, weil angeblich in Deep Well eine Lubra starb.

Auch Jimmy Partner sollte mitgehen. Der Eingeborene, der bei der Polizei in Opal Town als Tracker tätig war, wurde zurückgerufen, und als die Polizei die Suche nach Anderson aufnahm, war tagelang kein schwarzer Spurensucher aufzutreiben. Als dann endlich Tracker eingesetzt wurden, wußten sie natürlich Bescheid und suchten nicht richtig.

Ich will Sie nicht mit Einzelheiten langweilen, wie ich dahinterkam, daß Sie sich am Tage meiner Ankunft am Grenzzaun getroffen hatten. Oder wie ich merkte, daß mir die Eingeborenen nachspionierten. Ich habe nie glauben wollen, daß Sie, John, die Eingeborenen angestiftet haben, das Deutebein auf mich zu richten.

Als Sie schließlich davon erfuhren, sorgten Sie sofort dafür, daß der Zauber gebrochen wurde. Nachdem der schädliche Einfluß beseitigt war, konnte ich auch wieder klar denken und meine Ermittlungen in kürzester Zeit abschließen.

Die Akkus in der Kiefernhütte müssen Sie erneuern. Ich mußte sie leider zerstören lassen, um zu verhindern, daß sich Miss Lacy mit Ihnen in Verbindung setzen konnte.«

Bony nahm die sechs Umschläge aus seinem Notizbuch. Den Brief an den alten Lacy legte er neben sich auf den Boden, die anderen fünf Umschläge behielt er fächerförmig wie Spielkarten in der Hand.

»Dies sind die Beweismittel, die ich sichergestellt habe: der grüne Faden vom Mulgabaum, ein grüner Faden von Andersons Peitsche, das Haar vom Mulgabaum, Haare aus Andersons Kamm, und Haare aus Gordons Kamm. Diese Umschläge enthalten also genügend Beweise, um Jimmy Partner und John Gordon zu verurteilen. Das Grab habe ich nicht geöffnet und auch seine Lage nicht gekennzeichnet. Was soll nun mit diesen Beweismitteln geschehen?«

Bony blickte Diana an, und sie bemerkte den fiebrigen Glanz seiner blauen Augen.

»Würden Sie es wirklich tun, wenn ich Sie darum bitte?« fragte sie.

Bony nickte stumm.

»Verbrennen Sie alles«, sagte sie so leise, daß ihre Worte fast vom Gekreisch der Vögel übertönt wurden.

Bony lächelte. »Deshalb habe ich das Feuer angezündet. Wir werden die Umschläge samt Inhalt verbrennen, dann sind Sie beide erlöst.«

Schweigend beobachteten sie, wie die Umschläge von den Flammen verzehrt wurden, dann blickte das Mädchen Bony an.

»Sie sind ein wundervoller Mensch«, sagte sie ernst.

»Das behaupten viele Leute, Miss Lacy«, erwiderte Bony. »Ich bat Sie schon einmal, offen zu mir zu sein. Wollen Sie jetzt offen zu mir sein?«

»Wie könnte ich anders, Mr. Bonaparte.«

»Dann sagen Sie mir bitte, warum Sie Ihr Verhältnis zu John geheimhalten wollen?«

»Weil Vater John nicht leiden kann.«

»Nur deshalb?«

»Nein. Sobald ich John heirate, würde ich Karwir verlassen. Aber Vater ist alt und hat niemanden, der sich um ihn kümmert.«

»Wenn Ihre Verlobung jetzt bekanntgegeben würde, brauchten Sie doch nicht sofort zu heiraten, noch nicht einmal nächstes Jahr«, gab Bony zu bedenken und zog den Brief an den alten Lacy aus dem Umschlag. »Lesen Sie dies bitte. Ich überlasse es dann Ihnen, ob Sie diesen Brief Ihrem Vater überbringen oder auch lieber verbrennen wollen.«

Während Diana las, musterte Gordon das Mädchen aufmerksam. Bony aber starrte nachdenklich in die verlöschenden Flammen. Gordon sah, wie sich Dianas Gesicht mit einer tiefen Röte überzog, wie sie an ihrer Unterlippe nagte. Schließlich blickte sie Bony an.

»Nun?« fragte er.

»Ich weiß nicht, was ich tun soll. John soll –«

»Ja, John könnte Ihnen raten.«

Gordon las den Brief.

»Liefere ihn ab«, entschied er. »Dein Vater wird genauso viel zwischen den Zeilen lesen wie wir. Selbst wenn wir noch lange nicht heiraten können, hört endlich die Geheimnistuerei auf!«

»Das ist ganz meine Ansicht«, meinte Bony. »Lassen Sie sich aber nicht anmerken, daß Sie den Inhalt des Briefes kennen. Lassen Sie lediglich durchblicken, daß ich anscheinend weiß, wer die Eltern von Jeffery Anderson sind. Und im übrigen bildet Ihr Vater sich ja nur ein, John nicht leiden zu können.«

Er verschloß den Brief, reichte ihn Diana und stand auf. Die beiden jungen Leute erhoben sich ebenfalls.

»Erzählen Sie Ihrem Vater alles, was ich Ihnen gesagt habe. Lassen Sie nichts aus. Er wird bestimmt einverstanden sein, wenn ich den Fall auf diese Weise abgeschlossen habe.«

Diana faßte Bonys Hand. »Ich wünschte, Sie müßten noch nicht abreisen. Dann könnte ich Ihnen beweisen, daß ich gar keine so alte Kratzbürste bin.«

»Das habe ich von Anfang an gewußt. Und nun wollen wir zu den anderen gehen, sie beobachten uns schon lange genug.«

Diesmal hakten sich die beiden jungen Leute bei Bony unter, und er war froh darüber, denn er fühlte sich wieder sehr schwach und müde.

Die Sonne stand bereits tief am Horizont, als der Lastwagen aus Karwir eintraf. Er war mit Drahtrollen und Verpflegung beladen, und mehrere Männer hockten obenauf, darunter auch Bill der Wetter. Wie eine riesige rote Scheibe schimmerte die Sonne durch den rötlichen Staubschleier, aus dem sich die endlos scheinende Prozession der Kaninchen schob. Doch der Abstand zwischen den einzelnen Tieren vergrößerte sich, ließ vermuten, daß der Zug noch vor Morgengrauen zu Ende ging.

Die vollgefressenen und müden Adler saßen auf dem Zaun und in den Zweigen der Bäume oder hockten, unfähig zu fliegen, am Boden. Wie schwarze Schneeflocken hingen die Krähen in der Luft, stießen auf die Adler herab, nicht aus Hunger, sondern aus angeborenem Futterneid.

Jimmy Partner hatte inzwischen, von Malluc unterstützt, den Zaun auf einer Länge von fünfzig Metern erhöht. Der Kaninchenberg am Eckpfosten türmte sich jetzt dreieinhalb Meter hoch. Und immer noch versuchten die Tiere verzweifelt, auf das Gebiet von Karwir zu gelangen.

»So etwas habe ich mein Lebtag noch nicht gesehen«, murmelte Captain Loveacre zum hundertsten Male.

»Ich auch nicht«, pflichtete Inspektor Browne bei. »Ich bin direkt froh, daß Bony nicht pünktlich zurückgekehrt ist. Auf diese Weise habe ich ein einmaliges Schauspiel zu sehen bekommen.«

Gordon holte mit seinem Wagen Bonys Sachen aus dem Camp am Zaun. Der junge Lacy machte sich inzwischen mit seinen Leuten daran, den Lastwagen abzuladen und den Zaun weiter zu erhöhen.

Nachdem Gordon zurückgekehrt war, packte Bony seine Sachen in einen Koffer, der sofort im Flugzeug verstaut wurde. Dann mußten alle mithelfen, die schwere Maschine in Richtung auf den Grünen Sumpf zu drehen, damit Loveacre starten konnte. Während sich der Captain von den Lacys und John Gordon verabschiedete, trat Bill der Wetter zu Bony.

»Sie verlassen uns also, Inspektor«, meinte er bedrückt. »Haben Sie die Leiche gefunden?«

Bony schüttelte den Kopf, und Bill der Wetter machte ein verdrießliches Gesicht.

»Hm, dann bekomme ich also die zwei Pfund nicht. Na ja, aber ich verliere auch keine zwei Pfund. Machen Sie es gut, Inspektor!« John Gordon und Diana verabschiedeten sich von Bony, auf den Browne und Sergeant Blake schon ungeduldig warteten. Gordon drückte Bonys Hand und sagte nur ein einziges Wort: »Danke!«

Diana faßte beide Hände, drückte sie herzlich. »Tausend Dank, Inspektor!«

Bony lächelte. »Meine Freunde nennen mich Bony.«

»Ja«, sagte Diana mit bewegter Stimme. »Bony – unser Freund.«

Der Inspektor winkte Jimmy Partner, Malluc und Bill der Wetter zu, dann wandte er sich an den jungen Lacy.

»Good bye, Eric. Grüßen Sie Ihren Vater von mir. Ich wünsche ihm baldige Genesung.«

»Good bye, Bony. Und sollten Sie wieder einmal in diese Gegend kommen, dann würden wir uns aufrichtig freuen, Sie begrüßen zu können.«

Browne und Blake halfen ihm beim Einsteigen, winkten den Umstehenden noch einmal zu. Dann kletterten sie ebenfalls in die Maschine. Die Zurückbleibenden nahmen hinter den Bäumen Dekkung, denn die Propeller entfachten einen Sandsturm. Das Flugzeug schien in den Strahlen der untergehenden Sonne zu glühen, und die Kabinenfenster funkelten rot.

Die Motoren heulten auf, Bony winkte aus dem Fenster. Diana klammerte sich an John Gordons Arm, sie winkten zurück.

Über dem Grünen Sumpf zog die Maschine noch eine Schleife, dann nahm sie Kurs auf Opal Town. Und während das Flugzeug immer mehr zusammenschrumpfte, nur noch ein kaum wahrnehmbarer Punkt am Horizont war, winkten die beiden noch immer.